Pat McCraw
Duocarns – David & Tervenarius

Pat McCraw

DUOCARNS

David & Tervenarius

Roman

Pat McCraw
DUOCARNS – David & Tervenarius

ISBN: 978-3-943764-42-0

Covergestaltung: Sialyxz
Porträts: Norbert Nagy
Lektorat: Susanne Pavlovic
Korrektorat: Brigitte Mel

Alle Rechte bei:
2013 Elicit Dreams Verlag
Lieselotte Heinrich
Schieferweg 19
56727 Mayen

verlag@elicitdreams.de

Mehr über die Duocarns auf
http://www.duocarns.com

Inhalt:

Von Liebeskummer gequält springt David aus dem Fenster. Er landet in den Armen eines faszinierenden und geheimnisvollen Mannes. Von diesem Augenblick an, beginnt für ihn ein Abenteuer in ein völlig neues Leben, das ihn persönliche und auch räumliche Grenzen überschreiten lässt.

Die Gay-Romanze schildert die Liebesbeziehung von David, einem Häusermakler aus Vancouver, zu seinem Freund, dem außerirdischen Krieger Tervenarius. Dieses Pärchen werden einige Leser bereits aus dem „Duocarns" Hauptwerk kennen.

„Duocarns – David & Tervenarius" ist ein eigenständiges Buch. Es zeigt die Details dieser innigen und oftmals auch problematischen Liebe. Wohin wird sie die beiden völlig verschiedenen Männer führen?

Eine genaue **Personenliste** befindet sich am Ende des Buches.

David

»Du glaubst doch nicht im Ernst, dass du die ganze Zeit der Einzige gewesen bist?« John stand in der Tür, bereit zu gehen.

Was war denn das für ein Gesichtsausdruck? So hämisch, so verletzend. Warum? David hatte wirklich geglaubt, dass er der Einzige für ihn war – hatte ihn geliebt und gedacht, dass auch John ihn liebte. Wahrscheinlich war dieser Wichser sogar noch stolz darauf, ihn so lange verarscht zu haben. Du bist selbst jetzt zu dumm, um angemessen zu reagieren, sagte sein Gesicht. Und dann erschien dieses Grinsen.

Wah! Nun kam Leben in David! Er würde ihn garantiert nicht anbetteln, bei ihm zu bleiben. Einen Kerl, der seinen Schwanz überall hineinsteckte!

Er brauchte eine Waffe und blickte sich suchend um. Da stand sie griffbereit: der niedliche Kaktus, der ihn letzthin im Supermarkt angelacht hatte und den er unbedingt hatte kaufen müssen, weil er so einen hübschen, rosafarbenen Blütenansatz besaß. Das war ihm jetzt völlig egal. Er packte den kleinen, handlichen Keramiktopf und schleuderte ihn mit aller Wucht in Johns Richtung, versuchte, auf dessen grinsende Visage zu zielen. Verdammt, er war zu langsam! John hatte blitzschnell die Tür zugezogen und die Pflanze krachte gegen die weiß lackierte Wohnungstür, hinterließ dort eine dicke, schwarze Schramme. Verflucht!

»Du Arschloch! Du untreuer Wichser!«, schrie David. Er war bereit, John seine gesamte Kakteensammlung an den Schädel zu knallen. »Lass dich nur nie wieder hier blicken! Du brauchst auch nicht mehr zu kommen um deine Sachen ...«, er brach ab. Was hatte der Kerl denn überhaupt in seiner Wohnung? Seine Zahnbürste und zwei Hemden.

Das würde er sofort ändern. Schnurstracks lief er ins Schlafzimmer und zerrte die beiden Shirts aus der Kommode, schritt entschlossen ins Bad und griff die Zahnbürste. Dort stopfte er alles in den Badezimmer-Mülleimer. Der Deckel schnappte zu. Klapp! Das war das Geräusch, das seine Beziehung zu John beendete. Er trat erneut auf das Pedal des Treteimers und ließ den Deckel abermals herunter. Klapp! Plopp! Feierabend!

John war weg. Er stampfte immer wieder auf den Fuß-
hebel und die Tränen stiegen ihm in die Augen. Klapp!
Plopp! Wegen dieses Kerls auch noch heulen? Nee! David sah
in den Badezimmerspiegel und wischte entschlossen die
Tränen mit dem Handrücken fort. »Andere Mütter haben
ebenfalls hübsche Söhne, David«, sagte er laut. Du kannst
froh sein, dass du das Arschloch los bist. Der hätte dir vielleicht eine Krankheit angehängt. Ob er das schon hat? Nein,
er hatte immer Gummis benutzt. Jetzt war ihm klar, warum.

Entschlossen nahm er die Haarbürste und striegelte das
kinnlange, blauschwarze Haar. Er bürstete es straff nach
hinten. Nun sah er älter aus, nicht wie dreiundzwanzig. Also
ließ er es wieder ein bisschen in die Stirn fallen. »Du siehst
gut aus, David«, tröstete er sich. Seine stahlblauen Augen
mit den langen schwarzen Wimpern und der volle Mund
gaben ihm etwas Mädchenhaftes - und das hatte ohne weiteres seine Fans. Klar, er würde einen anderen finden - kein
Akt. Ein Besuch im Club und dann waren die Jungs wie üblich hinter ihm her. Zumal es sich garantiert wie ein Lauf-
feuer herumsprechen würde, dass John und er sich getrennt
hatten.

David schniefte noch einmal kurz, legte die Bürste aus der
Hand und ging ins Wohnzimmer. Sein kleiner, privater
Dschungel. Seine heißgeliebten Topfpflanzen und die Fische!
Allmählich entspannte sich sein verkrampfter Magen. Es sah
so aus, als würden die Tiere sich an den Scheiben versammeln und ihn anschauen. Als spürten sie, dass mit mir etwas
nicht in Ordnung ist, dachte er. Ach was, das war gewiss
Einbildung. Aber der Steinfisch stand wirklich an der Glas-
scheibe und sah ihn an. Er ließ sich in seinen gelben Ledersessel fallen und starrte zurück. Ja, Junge, den blöden John
sind wir los. Der Kerl, der immer seine Klamotten über die
Aquarien geschmissen hat, und dessen Slips ich vom Boden
aufheben musste. Er konnte es drehen und wenden, wie er
wollte: Er war frustriert. Glücklicherweise war er in dem
halben Beziehungsjahr weiterhin unabhängig geblieben und
hatte die Wohnung nie gekündigt oder gar seinen Job aufge-
geben. Auch wenn John etliche Male darauf gedrängt hatte,

ihn in seinem Club hinter die Bar zu stellen. Pah, er war doch nicht dessen Dekohäschen. Hübscher Boy an Bar, Eigentum des Chefs. Nein danke. Er hatte seinen Maklerjob.

Sein Blick fiel auf den Peyote, der auf dem Tischchen neben dem Steinfisch-Aquarium stand. Jetzt ist der richtige Moment, David, sagte er sich. Heute wirst du es versuchen. Die Zeit ist reif! Er eilte zu seinem Schreibtisch und suchte das Set mit den chirurgischen Instrumenten aus der Schublade. Mit einem Skalpell bewaffnet machte er sich auf den Weg zu seinem Kaktus. Jetzt bist du dran, mein Schatz. Nur ein kleines Stückchen. Vorsichtig stach er in die Haut der Pflanze und schnippelte eine Ecke heraus. Das grüne Fleisch sah gut aus und saftig. Er löste drei weitere Scheibchen.

Na denn Nun wollen wir mal sehen, ob es stimmt, was die Leute erzählen. Mal versuchen, ob es wirklich so toll wirkt, das Meskalin.

David schob eine kleine Scheibe zwischen die Lippen. Nicht übel. Wie Gurke. Er kaute das Stück langsam und bedächtig. Dann das nächste und noch eins. Er lehnte sich erwartungsvoll in seinem Sessel zurück. Die Wirkung würde bestimmt eine Weile auf sich warten lassen. Der eintönig klopfende Regen auf der Fensterscheibe des Wohnzimmers ließ ihn in Gedanken versinken.

Davids Unabhängigkeit hatte John immer gewurmt. Aber David mochte seinen Job, denn er besaß ein Faible für erstklassige Häuser. Für **sehr** exklusive Domizile. Trotz seiner Jugend, hatte er sich bereits recht gut auf dem Immobilienmarkt durchgesetzt, allerdings bei durchwegs schwuler Kundschaft. Okay, er wusste, wie man mit Äußerlichkeiten punktete, war ja nicht so. Mit der Zeit war die Qualität der Immobilien, die er zur Vermittlung anvertraut bekam, immer hochwertiger geworden. Er hatte ein Auge für gute Objekte und sah sofort, wo Schrott verarbeitet wurde. Höchstwahrscheinlich lag das daran, dass er als Kind schon mit seinem Vater auf Baustellen herumgelaufen, und von ihm wie ein Lehrling behandelt worden war. »David, schau, man sieht doch auf den ersten Blick, dass die Fliesen nicht ordentlich verfugt sind. Siehst du die feinen Haar-Risse?«

oder »Sieh genau hin. Was stimmt mit dem Haus nicht? Na? - Richtig, die Balkone sind alle nach Norden!«

Norden, dachte er. Norden, Süden, Osten, Westen. Westen hat John auch getragen, oder waren es Vogelkäfige? Hä? Vogelkäfige? War sein Gehirn verstrickt? Er sah seinen Steinfisch an. Der zwitscherte in seinem Becken wie eine Nachtigall. Hahaha! Wie lustig! Er stand auf. Nein, er stand nicht auf, sondern er schnellte hoch! Sein Körper fühlte sich an wie eine Stahlfeder – bereit zum Sprung. Mit einem Satz war er vor dem großen Standspiegel in der Ecke. Er sah aus wie immer – hatte ein dümmliches Grinsen im Gesicht. Ein strammes Gefühl in den Kieferknochen. Einen metallischen Geschmack im Mund. Er spitzte die Lippen, um sie zu entspannen. Flapp! Mit einem trockenen Klappgeräusch federte hinter seinem Rücken etwas auf. Ein Flügel! Flack! Auf der anderen Seite ebenso! Schwarze Flügel! Wenn das mal nicht total cool war! Er bewegte die Schultern, um sie vollends zu spüren. Ja, sie waren fest an seinen Schulterblättern verwachsen. So was hatte ja nun wirklich nicht jeder! David breitete sie ganz aus und ließ sie durch die Luft gleiten. Sie rauschten leise. Also schwang er sie heftiger. Das Rauschen verstärkte sich und er fühlte, wie ihn der Schwung ein kleines Stückchen vom Boden abhob. Wahnsinn! Er konnte fliegen! Ein uralter Traum von ihm! Er hatte Vancouver ein Mal von oben gesehen, aber nur bei einem Rundflug mit dem Hubschrauber. Das war ein beeindruckendes, jedoch ein sehr lautes Erlebnis gewesen. Die Schwingen ermöglichten es ihm bestimmt, lautlos dahinzugleiten.

David ging schnurstracks zum Fenster, machte es auf und spähte auf die Straße hinab. Es war April und der Regen hatte aufgehört. Der Asphalt unter ihm glänzte nass. David atmete die frisch gewaschene Luft tief ein. Ob er aus dem zweiten Stock genügend Auftrieb bekäme, um über die Dächer zu fliegen? Er bewegte nochmals die Schultern. Ein sattes Rauschen antwortete ihm. Ganz sicher! Er stieg auf das Fensterbrett, ließ den Fensterrahmen los und stieß sich ab. Er hörte noch, wie sich das Zwitschern des Steinfischs in ein Kichern verwandelte, aber da war er schon ... Aua!

Schmerz! Er prallte auf etwas Hartes, glitt an ihm hinab. Knallte unsanft auf den Boden. Schmerz! Er schoss durch den gesamten Leib. Die Flügel hatten ihn nicht hoch hinaufgetragen, sondern er war in die Tiefe gefallen wie ein Stein, einfach nur abwärts auf einen eisenharten Grund, Beton – die Straße.

Eine männliche Stimme sagte etwas zu ihm in einer fremden Sprache. Eine wütende Stimme. Hatte er sich alle Knochen gebrochen? David versuchte, nach und nach seine Glieder zu bewegen: Den Kopf, den Hals, die Schultern, das Becken schienen okay, die Flügel – da rührte sich nichts – die Knie, die Füße, aua! Rasender Schmerz fuhr aus dem rechten Knöchel hoch ins Schienbein. Fuß gebrochen?

»Bist du wahnsinnig?«, fragte die Stimme erneut. Dieses Mal in Englisch. Der Mann hatte einen leichten Akzent. Mann? Wieso Mann? Der große Fremde in dem dunklen Anzug rieb sich die Schulter und sah ihn wütend an. Die blauen Augen brannten regelrecht in seinem weißen Gesicht. David war offensichtlich auf diesen Passanten gefallen.

»Ähm.« Was sollte er antworten? Warum hatte das nicht geklappt mit dem Fliegen? Er versuchte sich aufzurichten, spürte eine starke Hand, die unter seine Achsel griff und ihn hochzog.

»Wo sind meine Flügel?«, fragte David ihn und kam sich im gleichen Moment ziemlich blöd vor. Er versuchte den rechten Fuß zu belasten und knickte vor Schmerz ein. »Au!« Der Mann blickte neugierig auf seinen Rücken.

»Keine da«, antwortete er. Er hatte ihn bereits losgelassen, aber griff wieder zu, als David in die Knie ging. Der Unbekannte packte ihn am Arm und hielt ihn fest.

»Ich glaube, ich habe mir den Fuß gebrochen.« Wieso hatte er keine Flügel und stattdessen einen pulsierend schmerzenden Fußknöchel?

»Wohnst du da oben?« Der Mann sah zum Fenster seiner Wohnung hinauf. »Du solltest einen Arzt rufen. Soll ich dich hochbringen?«

Jetzt erst wurde David bewusst, was überhaupt vor sich ging: Er stand auf der Straße vor seinem Haus in einem dünnen Muskelshirt und einer Jeans – im April – in Socken und auf einem Bein. Dazu klammerte er sich an den Arm eines fremden Mannes, der, einen Kopf größer als er, mit interessiertem Gesicht zu ihm hinabschaute. Was blieb ihm anderes übrig als dieses Angebot anzunehmen? Laufen konnte er mit diesem Fuß nicht mehr. Also nickte er ergeben.

Война es die Wirkung des Meskalins? Er wusste es nicht genau. Der Mann hob ihn einfach auf seine Arme, als wäre er ein Fliegengewicht, und David schlang den rechten Arm um seinen Hals. Immerhin wog er fünfundsiebzig Kilo. Ungeachtet dessen trug der Fremde ihn, als würde es keinerlei Anstrengung bedeuten. Augenblicklich fühlte er sich geborgen und wie in Watte gepackt. Der Fremde war stark und hart, aber gleichzeitig weich, so dass er sich vorkam, als würde ihn eine große Wolke die Treppen hinauftragen. David bewegte die Hand. Sie lag auf dessen seidenweichem, silbernweißen Pferdeschwanz. Das war kein gewöhnliches Haar, sondern fasste sich an wie das Engelshaar, das er als kleiner Junge immer an den Weihnachtsbaum hatte hängen dürfen. Dafür hatte sein Vater ihn hochgehoben, damit er bis an die Spitze kam. Der Mann war ein Himmelsbote. Ganz sicher. Er war zielgenau auf einen Engel gekracht, der zu Besuch in Vancouver war. Zum Teufel, warum sollte ein Götterbote in der Stadt herumlaufen? Er kam nicht dazu, diesen Gedanken weiter zu verfolgen, denn sie standen vor seiner geschlossenen Haustür. Himmel! Der Schlüssel! Hoffentlich hatte dieses Arschloch von John ihn unter die Zeitung zurückgeschoben. John. Wen interessierte John, während man in den Armen eines Engels lag?

»Schlüssel ist unter der Zeitung«, sagte David zu ihm und hoffte inbrünstig, dass das auch stimmte. Ohne ihn abzusetzen, bückte sich der silberweiße Mann danach. Was war denn das für ein Duft? David schloss einen Moment die Augen. Süßlich, wie Marzipan, mit einer blumigen Note. Ein Frühlingsduft. Veilchen! Marzipan und Veilchen! Der Fremde kam wieder hoch und öffnete die Hand, um ihm den Schlüssel zu zeigen.

»Ja genau der«, bestätigte David mit belegter Stimme. Die

ganze Situation war merkwürdig. Bestimmt wirkt das Meskalin noch, dachte er, aber im gleichen Augenblick wurde ihm klar, dass es sein Retter war, der ihn so stark verunsicherte. Ein duftender Engel, der ihn in diesem Moment auf seinem gelben Ledersessel absetzte und sich überrascht umblickte.

»Hier wohnst du?«, fragte er. »Erstaunlich!« Er drehte sich in seinem Wohnzimmer, um seine ganzen Pflanzen und Aquarien erfassen zu können.

»Gefällt es dir?« David bückte sich zu seinem Fuß. Der Mann antwortete nicht, sondern ging zu dem Becken mit den Kugelfischen.

David versuchte, sich den Strumpf vom rechten Fuß zu ziehen. Schmerz! Er keuchte. Das hatte weh getan! Sofort war der Mann wieder bei ihm und kniete sich vor ihn. Vorsichtig zog er die Socke vom Fuß. Der Knöchel war rot und dick geschwollen. Er pulsierte. Er war ein Fall für den Arzt, ganz klar.

Der Fremde betastete die verletzte Stelle mit konzentriertem, ernstem Gesicht. Seine Hände waren sehnig und doch weich. Eine Feder hätte seine Haut nicht zarter berühren können. Eine Gänsehaut kroch Davids Wade empor, kletterte übers Knie und zerstreute sich auf seinem Oberschenkel.

»Der Knöchel ist hin«, bemerkte der Engel trocken.

»Bist du Arzt?«, fragte David impulsiv und merkte im selben Augenblick, wie dumm die Frage war. Wie konnte ein Mann, dem er auf die Schulter geknallt war, der aussah wie ein Engel, und zudem so duftete, auch noch Mediziner sein? So viel Zufall auf ein Mal gab es nicht.

»Nein, ich verstehe nur wenig von Medizin. Ich bin eher auf Pilze und Gifte spezialisiert!«

Sein Zauberwort! Gifte! Sein großes Hobby! Das war ja weitaus besser als Arzt! David strahlte ihn an. Sein Fuß, die Flügel und John waren vergessen. »Hast du meinen Steinfisch gesehen? Ich bin so stolz auf ihn! Er ist der giftigste Fisch im ganzen Tierreich!«

Der Mann erhob sich, lief zu dem Steinfisch-Aquarium und gönnte David so einen Blick auf seine ausgesprochen reizvolle Rückansicht. Sein Anzug passte wie angegossen. Ein Maßanzug. Garantiert Boss oder Armani. David wurde der Hals trocken.

»Du solltest einen Arzt verständigen. Kennst du einen?«, fragte er und drehte sich um.

Nun war David seine Fürsorge fast peinlich. Er war doch ein völlig Fremder. Ein attraktiver, engelsgleicher Fremder, von dem er unter Garantie eine Woche lang träumen würde.

»Ich komme schon klar, vielen Dank. Ich rufe einen Freund von mir an. Er hat Medizin studiert und wird sicher herkommen. Ich danke dir für deine Hilfe.«

Der Fremde sah David mit seinen intensiven Augen durchdringend und forschend an. »Ich heiße übrigens Tervenarius«, sagte er. Was für ein passender Name für so einen beeindruckenden Mann.

»Ich bin David.« Was sollte er nun noch sagen, ohne lächerlich zu wirken? Er hatte sich mit der ganzen Aktion ja sowieso schon wieder als reichlich nervig und wenig männlich erwiesen. Diese ganze Sache wäre wieder Wasser auf Johns Mühle gewesen, der ihn ja immer als hübschen Naivling betrachtet hatte.

Der Mann ging zur Tür. David hätte ihn so gerne zurückgehalten, aber ihm fiel nicht ein, wie er das bewerkstelligen sollte. »Ich danke dir für deine Hilfe«, stieß er noch einmal hervor. Tervenarius nickte und lächelte. Lächelte. Oh Herr im Himmel! Und da war er schon zur Tür hinaus.

Er hatte Tervenarius nicht nach seiner Handynummer gefragt. Und nun war er weg. David knetete seine Socke, die er noch umklammert hielt. Er war ein Obertrottel.

Er starrte auf die große Kerbe, die sein Kakteentopf in der Tür hinterlassen hatte. Wann war das gewesen? Ihm kam es vor, als wäre es Jahre her, dass John dort grinsend gestanden hatte. Wen interessierte nach diesem Erlebnis ein Scheißkerl namens John?

David fluchte, als er am nächsten Morgen aus dem Bett aufstehen wollte. Seinem Fuß ging es nicht viel besser, obwohl ein alter Freund von ihm, Dave, der Medizinstudent, ihn sich noch am Abend angesehen und als verstaucht erklärt hatte. Die kühlende Salbe starrte fingerdick auf der Haut, als David den Verband vorsichtig löste. Auto fahren konnte er mit der Verletzung vergessen. Ärgerlich, denn er hatte eine Verabredung mit einem neuen Kunden. Wayne, ein befreundeter Häusermakler, hatte ihn David zugeschoben, da er selbst in Urlaub war. Der Mann suchte dringend ein größeres Objekt und David hatte noch drei geeignete Häuser auf Lager. Er sah auf die Uhr. Wenn er pünktlich um zehn Uhr dort sein wollte, musste er sich sputen.

Das Taxi lud ihn am vereinbarten Treffpunkt in Kitsilano ab. Er bezahlte den Fahrer und stieg etwas schwerfällig aus. Dieser blöde Fuß. Sein Kunde war nicht da. David stellte den Kragen seines Mantels hoch, denn der Wind war morgendlich frisch. Er sah zum Himmel. Immerhin versuchte die Sonne, sich einen Weg durch die graue Himmelssuppe zu bahnen.

Ein schwarzer BMW hielt am Straßenrand. David verstand nicht viel von Autos, aber sah sofort, dass dieser ein größeres Kaliber war. Das war ja schon einmal ein guter Anfang. Obwohl – sein Vater hatte ihm beigebracht, dass dicke Limousinen auch geleast werden konnten, und man nicht den Geldbeutel des Fahrers daran messen sollte.

Ein Mann stieg aus und David stockte bei seinem Anblick der Atem. Wahnsinn! Sein Kunde war ER!

Tervenarius trug einen hellgrauen Armanianzug, der mit ihm zu verschmelzen schien, und hatte das silbrige Haar mit einem schwarzen Lederband zurückgebunden. Er zog sich rasch einen dunklen Wollmantel über, drehte sich um und blickte ihn an. Seine weiße Haut wirkte in dem fahlen Morgenlicht wie von innen beleuchtet. Er lächelte. Grün. Er hatte grüne Augen.

Aber Moment mal. Wieso denn grün? Waren sie nicht am Tag zuvor blau gewesen? Davids Herz kletterte in den Hals und blieb dort laut klopfend stehen. Wie sollte er sich nach dieser verrückten Vorgeschichte verhalten? Professionell, dachte er – am besten fachmännisch und cool.

Er riss sich zusammen und hinkte auf Tervenarius zu. »Guten Morgen! Ich bin David Martinal.« Er reichte ihm die Hand und verdrängte den Gedanken daran, dass die gleiche Hand am Tag zuvor seinen Knöchel berührt hatte. »Wenn Sie wollen, können wir sofort mit der ersten Besichtigung anfangen. Wir haben hier eine Villa, die noch bewohnt ist, aber demnächst frei wird. Zwölf elegante Zimmer.«

Tervenarius lächelte höflich. »Hat sie einen Keller und wie groß ist die Gesamtfläche?« Mit keinem Wort erwähnte einer von ihnen das Erlebnis vom Vortag. Jetzt ging es ums Geschäft. Das schien sein Gegenüber ebenfalls so zu sehen. Also schloss David die Tür der 1976 erbauten, weißen Villa auf und gab ihm die ersten Informationen.

Tervenarius hörte ihm aufmerksam zu. Nun war David mal nicht der dumme August und konnte mit Fachwissen punkten. Er erklärte das Anwesen und lobte das Anwesen über den grünen Klee.

Sein Kunde schüttelte den Kopf. »Ich befürchte, das Objekt ist zu klein für meine Zwecke.« Hm, schlecht.

»Okay, kein Problem – ich habe noch zwei weitere Häuser zur Auswahl. Eine schönes Herrenhaus und – tja, da ist so eine Art alte Schule. Die hat wohl kaum Wohnqualitäten, aber das kann man ja einrichten. Dafür ist sie riesig und voll unterkellert. Sie liegt sogar nah am Meer.«

»Die möchte ich sehen.«

Sie verließen die Villa und stiegen in den BMW. Der Wagen war wahrlich ein echtes Prachtstück, innen mit Wurzelholz-Armatur und einem beeindruckenden Bordcomputer. »Ein Traumauto.« David lächelte ihn an und blickte auf die kräftigen, weiße Hände des anderen Mannes auf dem Lenkrad. Eigentlich hätte er ja lieber gesagt: »Ein Traummann in einem Traumauto.« Aber er war zu wohlerzogen, um einen potentiellen Käufer so unverhohlen anzuflirten. Also lehnte er den Kopf an die Kopfstütze und schloss eine Sekunde lang die Lider. Am liebsten hätte er für eine Weile in wohligen Gedanken verharrt, aber riss schnell die Augen wieder auf.

Der Mann war ein Kunde – er musste sich dringend zusammennehmen.

Wie er versprochen hatte, lag das Haus nah am Meer, im Seafair Drive. Tervenarius parkte und sie stiegen aus. Die Luft war angenehm frisch und salzig. Aus seinem Pferdeschwanz löste sich eine silberweiße Strähne. Sie flatterte im Morgenwind. Sofort begann David, erneut zu träumen. Ob er noch einmal die Gelegenheit haben würde, sein Engelshaar zu berühren? Tervenarius strich sich die Haarsträhne hinters Ohr. Urplötzlich fühlte David sich frustriert und leer. Er schloss auf, ließ Tervenarius den Vortritt und folgte ihm hinkend ins Haus.

Die Schule war ein langgestrecktes, weißes, Gebäude mit zwei Geschossen. Von einem langen Flur gingen viele Zimmer in alle Richtungen. Das Haus war, wie David richtig angepriesen hatte, voll unterkellert, der Kellerboden durchgehend gefliest. Sie liefen langsam durch das Anwesen, da sein Fuß weiterhin schmerzte.

Endlich nickte Tervenarius. »Das muss umgebaut werden. Was soll das Ganze kosten?«

»Da das Areal sehr groß ist und in der besten Lage ... Zwei Komma zwei Millionen.« Dazu kam dann noch seine Vermittlungs-Provision.

Tervenarius überlegte und bewegte sich dabei Richtung Eingangstür. Jetzt kam es drauf an. David wartete nervös auf seine Antwort. Die alte Schule war ein problematisches Objekt. Sie loszusein hätte ihn um einige Kopfschmerzen erleichtert. Er wollte den schönen Mann nicht über den Tisch ziehen, aber Geschäft war Geschäft.

»Da ich sehr hohe Umbaukosten haben werde, würde ich das Haus für zwei Millionen nehmen«, sagte Tervenarius schließlich.

Feilschen gehörte für ihn dazu: »Zwei Komma eins.«

Tervenarius lächelte ihn an. »Okay, aber unter einer Bedingung: Sie helfen mir, einen fähigen Bauunternehmer zu finden und beaufsichtigen die Umbauarbeiten, wenn ich nicht hier bin.«

Was für eine Chance! Jetzt hatte David die Möglichkeit, diesen traumhaften Mann näher kennenzulernen! Doch dann siegte seine Unsicherheit. »Tut mir leid, Tervenarius. Ich bin kein Innenarchitekt und kann Umbauten nur schwerlich planen.« Er hasste sich in diesem Moment für diese Antwort.

Aber Tervenarius blieb hartnäckig. »Sie haben Ihre Wohnung wunderschön hinbekommen. Das schaffen Sie bei meinem Haus bestimmt auch.« Er streckte ihm mit einem auffordernden Lächeln die Hand hin.

David gab sich einen Ruck und nahm die Hand. Es war einfach **die** Gelegenheit: »Abgemacht! Zwei Komma eins plus Beaufsichtigung des Umbaus.« Er würde das schon irgendwie geregelt bekommen. Sie lächelten sich an.

»Das sollten wir zumindest mit einem Kaffee begießen«, grinste David. Es war zu früh für Drinks.

»Kennen Sie eine Milchbar in Vancouver? – Ich bin Milch-Fan.« Tervenarius hielt inne. »Wir waren auch schon einmal beim Du.«

David spürte, wie er errötete. Das Erlebnis am Abend vorher war ihm nun mehr als peinlich. »Milchbar? Ja, natürlich. Da ist eine hübsche in Downtown.« Er war so aufgeregt mit diesem tollen Mann in die Bar fahren zu können, dass er vergaß, sich über das gute Geschäft zu freuen.

Die Miura Waffle Milk Bar hatte bereits geöffnet. David bestellte sich einen Kaffee und einige Waffeln. Tervenarius wollte Kefir. Lange saßen sie sich schweigend gegenüber und nippten an ihren Getränken. Was sollte er nun sagen? Er hoffte, dass Tervenarius das Gespräch eröffnen würde, aber er tat es nicht.

Verlegen versuchte er zu erklären: »Ich möchte mich

noch einmal für gestern Abend bedanken. Ich hätte dich bei meinem „Flug" auch schwer verletzen können. Nicht jeder wäre mit so einem Unfall derartig großzügig umgegangen. Ich stand etwas neben mir und wusste nicht, was ich tat.«

Tervenarius blickte ihn interessiert an. »Helfen die Menschen sich denn nicht gegenseitig?«, fragte er.

Was für eine seltsame Frage. »Doch natürlich. Manche sind hilfsbereit, aber, besonders in den Großstädten, sind das nicht alle.«

»Warum sind die Menschen in den Städten anders?«

Wieder so eine eigentümliche Äußerung. David überlegte. »Ich glaube, hier ist es die Anonymität, in der sich viele verstecken. Jeder denkt nur an sich, und da bleibt die Menschlichkeit schon mal auf der Strecke.«

»Das ist schade.« Tervenarius ging nicht näher auf das Thema ein, was David sehr lieb war. »Ich habe mich übrigens über deine Fische schlaugemacht.«

Seine Fische? Er hatte sich darüber informiert. David strahlte – sein Lieblingsthema. Sie versanken in Fachsimpeleien über Aquaristik, Pflanzen und Gifte. Tervenarius sah nicht nur phantastisch aus, sondern war auch noch gebildet. Sein Wissen, was Pilze anging, war enorm.

Die Zeit verrann wie im Flug und Tervenarius war bereits bei seinem dritten Kefir. David musste zum Geschäftlichen zurückkommen.

»Wann machen wir die Vertrags-Unterzeichnung?«, fragte David.

»Wenn es dir recht ist, übergebe ich dir schon einmal die Hälfte in bar und du quittierst sie mir. Miss Aiden McGallahan wird aus Calgary kommen und das Haus kaufen.«

Miss? Und sie kommt her? Verdammt, er hat eine Freundin. Das hätte er sich ja denken können. Sein Mut sank. Aber David wollte sich nicht so einfach geschlagen geben: »Deine Freundin oder Frau?«

»Nein.« Tervenarius schmunzelte. »Die Frau meines besten Freundes. Sie werden auch mit in Vancouver wohnen.« Er umklammerte mit seinen weißen Händen das Kefirglas. Es sah so aus, als würden beide verschmelzen.

Seine Hände sind das Schönste an ihm, dachte David verträumt, stark, sehnig, aber gleichzeitig weich.

»Aiden wird morgen in Vancouver sein. Wo sollen wir uns treffen?«

David sah ihn verwirrt an. Er hatte bereits wieder den Faden verloren – ach ja, die Frau.

»Ich kann selbstverständlich zu euch kommen. Wo wohnst du?«, antwortete David schnell.

»Im Rosewood.«

Eigentlich war klar gewesen, dass er im besten Hotel der Stadt wohnte. Aber würde er auch gern dort abends herumsitzen? David musste ihn einfach fragen: »Was machst du heute Abend?«

»Ich habe noch nichts vor. Vielleicht ein wenig Fernsehen.« Er sah ihn lächelnd an. »Meine Freunde nennen mich übrigens Terv.«

»Hast du Lust mit in ein Cabaret zu gehen, Terv?«, fragte David und unterdrückte die Spannung in seiner Stimme. Das wäre ja zu schön, um wahr zu sein.

»Ist das eine Darbietung? Warum nicht?«

Terv blickte in sein strahlendes Gesicht. Bestimmt waren ihm seine Aufregung und Freude anzusehen. Er hatte zugesagt! Er würde mit ihm die Travestie Show im Westend besuchen. Wahnsinn! Das würde ein toller Abend werden. Zusätzlich konnte David sich die Reaktion seiner Freunde vorstellen, wenn er mit diesem Prachtstück von Mann dort ankäme.

»Fein, dann hole ich dich um acht Uhr im Hotel ab. Ich lade dich ein.« Das war selbstverständlich, nach dem, was er an dem Objekt verdient hatte.

Terv nickte. »In Ordnung. Dafür fahre ich dich nach Hause.«

David bezahlte die Rechnung und sie verließen die Milchbar. Er hatte ein Date mit seinem Traummann! Er vergaß seinen Knöchel und ging wie in Trance zu Tervs BMW. Er konnte nicht umhin Tervenarius im Auto nochmals von der Seite anzuschauen. Sein Herz flatterte.

Tervenarius bemerkte seinen Blick und lächelte, sah ihn aber nicht an. Er hielt vor Davids Wohnung. »Bis heute Abend.«

Tervenarius war pünktlich. In dunkler Jeans, weißem Hemd und schwarzem Sakko lehnte er an der Außenwand der Lobby des Rosewood Hotels. Er trug das Haar offen. Es floss in einem silberweißen Strom über seine Schultern, was ausgesprochen aufregend aussah.

David hatte wieder ein Taxi genommen, denn er war sich nicht sicher, ob der Abend nicht vielleicht doch feuchtfröhlich enden würde.

Sie begrüßten sich mit Handschlag. David hatte sich drei Mal umgezogen, bis er etwas gefunden hatte, von dem er hoffte, dass es angemessen war und Terv gefallen würde: eine helle Hose und ein weißes, weich fallendes Hemd. Es war immer noch recht kühl. Deshalb hatte er seine schwarze Lammfelljacke darüber gezogen. Tervenarius musterte ihn, aber David konnte den Blick nicht deuten. Gefiel ihm, was er sah?

»Wo gehen wir denn hin?«, erkundigte sich Tervenarius auf dem Weg zum Taxi.

»Ich dachte, du hättest vielleicht Spaß, dir einmal eine Travestie-Show anzuschauen.«

»Was ist das?«

»Eine Art Cabaret, aber nur mit Männern.«

Tervenarius nickte zustimmend. David war sich nach wie vor nicht klar über die sexuelle Ausrichtung seiner Verabredung. Na ja, zumindest schien er tolerant zu sein, denn sonst hätte er sich bestimmt nicht bereit erklärt, eine reine Männershow zu besuchen. Das ist schon einmal gut, dachte David, als sie aus dem Taxi stiegen und sich dem Eingang näherten.

Madame Ricarda zwinkerte David zu, als sie Terv und ihn durch das kleine Klappfensterchen der Eingangstür betrachtete, und ließ sie ein. Sie lächelte vielsagend.

Sie bekamen einen Platz, von dem aus sie die Bühne gut sehen konnten. Die Show hatte noch nicht begonnen und die an den runden, schwarzen Lack-Tischchen verteilten Besucher unterhielten sich angeregt. Das rötliche Licht der Wandlampen und der hübschen Glasleuchten auf den Tischen, schmeichelte dem Aussehen der Gäste. Die gedämpfte Hintergrundmusik ermöglichte leise Gespräche. Ein angenehmes Ambiente. Hoffentlich empfand Terv das ebenfalls so.

David blickte sich um. Ausgerechnet an diesem Abend hatte keiner seiner Freunde und Bekannten den Weg ins Cabaret gefunden. Na ja, so schlimm war das ja nicht. Er konnte nun wohl nicht mit Tervenarius angeben, aber lief auch nicht in Gefahr, seinen Begleiter eventuell ausgespannt zu bekommen.

Tervenarius musterte die Getränkekarte und bestellte einen Florida-Keeper, den er jedoch nicht anrührte. Hatte er das nur aus Höflichkeit getan? Das war natürlich blöd. Den ganzen Abend auf dem Trockenen zu sitzen, würde für ihn vielleicht nicht so amüsant.

»Du trinkst nur Kefir?«

Terv nickte, und in diesem Moment begann die Show. Die Wandlampen verdunkelten sich und Scheinwerfer erhellten die mit roten Samtvorhängen eingerahmte Bühne. Die Transe Tatjana imitierte Madonna sehr gekonnt und sang dazu nach einem eigenen Text. Es war klar, dass dieser das Alter des Stars und dessen Bemühungen wie eine junge Sexbombe zu erscheinen, auf die Schippe nahm. Davids Blick huschte zu Tervenarius. Er schien sich nicht zu amüsieren, denn seine Miene blieb unbeteiligt. Vielleicht mochte er Madonna und konnte es nicht leiden, wenn sie durch den Kakao gezogen wurde. David nippte betreten an seinem Glas. Das war ungünstig.

Danach folgte ein Auftritt von fünf Can-Can-Tänzerinnen

zu lauter Musik. Sie machten ihre Sache wirklich gut, kreischten, warfen die Beine in die Höhe und sangen ein anzügliches Lied. Die Gäste lachten. Ein Seitenblick auf Tervenarius zeigte ihm, dass auch diese Darbietung bei ihm nicht so recht ankam. Verflixt, er hatte den falschen Laden gewählt. Er musste das Desaster schnell beenden.

»Sollen wir lieber irgendwo hingehen, wo es leiser ist?«, fragte er.

Tervenarius sah ihn an und nickte dankbar. »Ja, bitte.«

David winkte dem Crossdresser, der sie bedient hatte, und zahlte. Madame Ricarda öffnete ihnen mit erstauntem Gesicht die Tür, um sie hinauszulassen. Es half nichts. Er hatte Terv falsch eingeschätzt. Er schien ein ernster Mann zu sein, kein Partygänger. Hoffentlich hat ihm das jetzt nicht den ganzen Abend vermiest, dachte David bedrückt.

Erleichtert atmete Terv die kühle Nachtluft vor der Tür. Seine Miene war nun viel entspannter. Und was nun? Terv beantwortete seine unausgesprochene Frage. »Ich würde mir lieber noch einmal deine Fische anschauen – oder vielleicht ein großes Aquarium besuchen.«

»Das Vancouver Aquarium hat nicht mehr geöffnet«, antwortete David bedauernd. Er wollte das Date keinesfalls abrupt enden lassen. »Aber wenn du willst, erkläre ich dir gern alle meine Tiere.« Sein Herz klopfte zu laut. Ob Terv das hören konnte? Sie würden in seine Wohnung zurückkehren.

David winkte einem vorbeifahrenden Taxi, das sofort anhielt und sie mitnahm. Er gab dem Fahrer die Adresse. Vor Aufregung kribbelten seine Fingerspitzen. Nun war der Abend richtig spannend geworden. Er blickte zu Tervenarius, der interessiert die hell erleuchteten, vorbeihuschenden Straßenzüge betrachtete. Er war David ein Rätsel. Das verunsicherte ihn auf der einen Seite, aber machte ihn auf der anderen aufgeregt und erwartungsfroh. David presste die Beine zusammen, um nicht unruhig mit den Knien zu zappeln und war froh, als das Taxi endlich anhielt.

Seine Wohnung empfing sie mit ihrer heimeligen Dschungel-Atmosphäre. Hier war er auf sicherem Terrain.

Tervenarius fühlte sich offensichtlich auch sofort wohl und legte sein Sakko ab. Sein Hemd lag eng an seinem Körper an. An seiner Muskulatur war klar zu sehen, dass er viel Sport machte. David begutachtete seinen flachen Bauch und das durchschimmernde Sixpack. Terv gefiel ihm immer mehr. Er wusste, dass es ungezogen war, ihn anzustarren, aber war nicht fähig den Blick abzuwenden. Er riss sich zusammen.

Fische und Gifte. War das nicht ihr Thema? Daran würde er anknüpfen.

»Komm, wir setzen uns hierher und ich erzähle dir etwas über meine Fische. Sie sind eine Seltenheit, musst du wissen.« Mit diesen Kenntnissen konnte er punkten. David lächelte.

Sie ließen sich vor dem großen Aquarium auf den weichen Teppichboden nieder. David berichtete, was er über Kugelfische wusste: Er erzählte von den japanischen Köchen, deren Kunst darin bestand, den Fisch so zuzubereiten, dass nur so viel Gift auf den Teller kam, damit die Zunge prickelte.

Terv lauschte interessiert und betrachtete die ungewöhnlichen Tiere. Er tupfte mit dem Finger an das Glas und zeichnete kleine Kreise. Die Fische folgten seinen Bewegungen.

War das ein Zufall? Es war faszinierend.

Terv sah ihn an. Ja, nun waren seine Augen wieder blau.

David nahm seinen Mut zusammen: »Was ich dich die ganze Zeit schon fragen wollte ... Warum trägst du Kontaktlinsen?«

Tervenarius legte den Kopf schief. »Weil es mir gefällt.«

Diese Antwort reichte David nicht. »Und was hast du für eine Augenfarbe?«, fragte er neugierig.

»Golden.«

David lachte ungläubig. »Na klar.«

Tervenarius senkte den Kopf und tupfte sich mit dem angefeuchteten Finger in beide Augen. Die blauen Linsen lagen in seiner Hand. Dann hob er den Blick.

Es traf David wie ein Blitz. Solche Augen hatte er noch nie gesehen. Plötzlich war Tervs Aussehen vollkommen: die weiße Haut, das silbrige Haar, die Augen. Nun passte alles harmonisch. Tervenarius war sein Traum-Prinz. Das war ihm nun endgültig klar. Es war nicht nur die Art, wie er sich bewegte und sprach. Es war die Ausstrahlung, seine ganze Persönlichkeit, gepaart mit dem ungewöhnlichen Äußeren, was ihm Davids Herz zufliegen ließ. David starrte ihn an. Es stimmte, was die Leute sagen, schoss es ihm durch den Kopf. Wenn man sich verliebt, hat man Schmetterlinge im Bauch. Er fühlte sie regelrecht flattern und tanzen. Und – dieses Gefühl hatte er zum ersten Mal. Er war völlig überrumpelt.

»Unglaublich!«, keuchte er. Terv wollte die Linsen wieder einsetzen, aber David hielt ihn davon ab. »Bitte lass sie für heute Abend draußen – für mich«, bat er leise. Er warf alles in eine Waagschale. »Ich würde gern noch mehr von dir sehen.«

Terv sah ihn mit nachdenklichem Gesicht an, betrachtete ihn forschend. Eine Prüfung, die Davids Herz bis zum Hals klopfen ließ. Was dachte er nur von ihm? Würde er nun einfach aufstehen und gehen? Das war eine eindeutige Anmache gewesen. War er zu weit gegangen?

Endlich antwortete Tervenarius sanft: »Ich zeige dir gerne mehr, David, aber ich will nicht angefasst werden.«

Was für ein Abenteuer! Er würde sich ausziehen? Für ihn?

»Das ist okay«, flüsterte David.

Terv blieb auf dem Boden sitzen. In aller Ruhe knöpfte er sein Hemd auf, zog es von den Schultern. Sein Oberkörper war milchweiß und strahlte von innen wie eine Marmorstatue.

David war unfähig sich zu rühren. Nun war es ihm auch gleichgültig, dass er Terv unverhohlen anstarrte.

Tervenarius erhob sich und zog gemächlich seine Schuhe, Strümpfe und Jeans aus. Er trug keinen Slip.

Er hatte sich wirklich entkleidet. Als wäre es nichts. David konnte die Augen nicht von ihm abwenden, fühlte, wie es ihm heiß und kalt den Rücken hinablief und er anfing zu schwitzen. Tervenarius stand mitten in seinem Wohnzimmer, nackt, als ob es selbstverständlich wäre, und blickte mit unbewegtem Gesicht auf ihn hinab.

So etwas war ihm noch nie passiert. Er durfte schauen, aber nicht berühren. David lehnte sich an das Aquarium und versuchte seine Stirn an dem Glas zu kühlen.

»Alles in Ordnung mit dir?«, fragte Terv besorgt.

»Ja«, flüsterte David und richtete seinen Blick wieder auf ihn.

Terv hatte sich bereits umgedreht und war zum Becken des Steinfischs gegangen – präsentierte David so seine Kehrseite. Sein Körper war perfekt. Gebannt sah David auf die beiden Grübchen auf seinem sanft gerundeten Po. Sein Schwanz reagierte augenblicklich.

»Erzählst du mir auch noch eine Geschichte vom Steinfisch?«, fragte Tervenarius lächelnd und blickte über die Schulter.

»Entschuldige, das möchte ich lieber machen, wenn wir uns das nächste Mal sehen«, krächzte David. Er würde es in dieser Situation unmöglich schaffen, sich auf einen Vortrag über Aquaristik zu konzentrieren. Außerdem war sein Hals entsetzlich trocken.

Tervenarius kam wieder zurück und kniete sich vor ihn auf den Boden. Er sah ihm forschend ins Gesicht.

»Weißt du eigentlich, wie schön du bist?«, stieß David hervor.

»Du findest mich schön?« Dieser Gedanke schien Terv fremd zu sein.

Wie konnte es sein, dass ein Mann wie dieser zum einen nicht wusste, wie gut er aussah, und es zum anderen nicht ausnutzte?

Plötzlich begriff er offensichtlich, dass David ihm ein Kompliment gemacht hatte, denn er lächelte. Instinktiv streckte David, entgegen ihrer Abmachung, die Arme nach ihm aus. Terv wich zurück.

David ließ die Hände sinken. Er sah wie gelähmt zu, wie Tervenarius sein Hemd und die Jeans wieder anzog. Zuletzt Strümpfe und Schuhe. Ja, er hatte sich auf seine Bitte hin ausgezogen. Einfach so. Mehr nicht.

Seine Miene musste Bände gesprochen haben, denn Tervenarius kniete sich vor David hin und nahm sein schweißnasses Gesicht in die Hände. Dann küsste er ihn sanft. Davids Herz setzte einen Schlag lang aus. Seine Lippen waren weich und warm. Sein Duft von Marzipan und Veilchen hüllte David sekundenlang ein.

Tervenarius erhob sich und ging, das Sakko über die Schulter gehängt. »Wir sehen uns morgen um elf Uhr zur Unterzeichnung im Rosewood«, sagte er. David saß da wie hypnotisiert und war nicht fähig, ihm zu antworten.

David erwachte am nächsten Tag viel zu früh und konnte nicht wieder einschlafen. Er sah zum Fenster. Der April bescherte Vancouver einen leichten Nieselregen, der wie ein graues, nasses Laken über die Stadt hing. Eigentlich war es das richtige Wetter, um im Bett zu bleiben. Aber ihn hielt dort nichts mehr. Sobald er sich in die Kissen kuschelte, kamen die wohligen Gedanken an Tervenarius und er begann, von ihm zu träumen. Das tat er eigentlich viel zu oft.

Er stand auf und tappte ins Bad. Was hatte er denn bisher über das Objekt seiner Begierde in Erfahrung gebracht? Er kannte seinen Namen und wusste, dass er offensichtlich keine Geldprobleme hatte. Na ja, er hatte schon ein wenig mehr erfahren … Zum Beispiel wie sich seine Hände anfühlten und sein Haar, aber genau daran wollte David ja nicht denken. Entschlossen ging er zurück in sein Schlafzimmer und suchte nach einem passenden Outfit für das Treffen im Rosewood. Er würde dort Tervenarius' Freunde und Bekannte kennenlernen, also war es ihm wichtig, einen guten Eindruck zu machen.

Mit einer roten Krawatte in der Hand, ertappte er sich eine Stunde später dabei, wie er immer noch träumend auf dem Bett saß. Oh nein, wenn er sich nicht beeilte, kam er zu spät!

Tervenarius und seine beiden Begleiter erwarteten ihn bereits in der Empfangshalle des Rosewood. Es gehört sich nicht, jemanden direkt anzustarren. Also lächelte David das Pärchen an, das vor ihm stand, und ließ sich nicht anmerken, wie außergewöhnlich er dieses fand. Da die beiden mit Tervenarius in enger Verbindung standen, interessierte ihn jedoch jedes Detail brennend, und David fuhr seine feinsten Sensoren aus. Die Frau, eine rothaarige Schönheit mit dem dazu passenden, milchweißen Teint, blickte ihn mit ihren riesigen, grünen Augen freundlich an. Groß und langbeinig, elegant gekleidet, hätte sie ohne weiteres als Model durchgehen können. Ob seine Vermutung wohl stimmte?

Tervenarius übernahm die Vorstellung der beiden. Er deutete auf die hübsche Rothaarige: „Darf ich vorstellen. Das sind Aiden McGallahan und Solutosan. Und dies ist unser Makler David Martinal."

Der schwarz gekleidete Riese legte der Frau stützend die Hand in den Rücken und nickte David freundlich zu. Sein Gesicht war hinter seiner gigantischen, dunklen Sonnenbrille und unter dem breitkrempigen Hut kaum zu erkennen. Aber was David von ihm sah, fand er beeindruckend: ein großer, breitschultriger Körper, sicherlich fast zwei Meter hoch, mit schmalen Hüften. Unter der irritierenden Brille eine gerade Nase und ein sinnlicher Mund. Auch dieser Mann hatte einen Akzent, den David nicht einordnen konnte, als er ihn mit seiner wohlklingenden Stimme begrüßte und ihm fest die Hand drückte. Seine einschüchternde Ausstrahlung deutete darauf hin, dass er gewohnt war, zu befehlen und seinen Willen durchzusetzen. Ein Mann, auf den die Frauen sicher fliegen würden. Gegen ihn wirkte selbst der kräftige Tervenarius fast filigran. Der lächelte. Terv sah David an, aber er konnte dessen Blick nicht deuten. Er fühlte, dass er dem großen Fremden gegenüber Respekt empfand und wahrscheinlich auch Freundschaft.

»Möchten Sie das Anwesen zuerst besichtigen?«, fragte David Solutosan. Es irritierte ihn ein bisschen, den Nachnamen des Mannes nicht zu kennen.

Der lächelte freundlich. Seine Zähne blitzten. »Nicht nötig, ich habe Handyfotos gesehen. Außerdem weiß mein Freund genau, was ich mir wünsche. Wenn die Substanz des Hauses in Ordnung ist, kaufen wir es.«

Solutosan blickte Tervenarius lange an. Erstaunlich, an der Mimik der Männer sah David, dass sie zu kommunizieren schienen. Sie sagten jedoch kein Wort. Diese Stille war unheimlich. David spielte verlegen mit dem Griff seiner Aktentasche und überlegte, was er in so einer Situation sagen sollte. Es war ungewöhnlich, dass der Käufer das Haus nicht sehen wollte.

Aiden McGallahan rettete ihn. »Haben Sie das Geld schon erhalten, Herr Martinal?«, fragte sie freundlich.

»Ja, eine Anzahlung.«

Sie wandte sich an Solutosan. »Ich für meinen Teil würde jetzt erst gern zum Haus fahren und es besichtigen. Wir können die Abwicklung ja dort fertigmachen.« Sie beendete so die stille Kommunikation der Männer.

»Selbstverständlich«, antwortete David beflissen.

Sie verließen das Rosewood und gingen zu dem BMW, den ein diensteifriger Hotelboy vorgefahren hatte. Der große Solutosan betrachtete den Wagen und brach unversehens in lautes Gelächter aus.

Tervenarius grinste: „Ja, ich habe bei der Exklusivität des Autos vielleicht ein wenig übertrieben.“

Dann verstand David: Tervenarius war von Solutosan beauftragt worden ein Auto zu kaufen und hatte diesen Luxus-Schlitten erstanden. Der Mann schien nicht nur der Freund, sondern auch Tervenarius' Boss zu sein.

Die hübsche Aiden schüttelte in gespieltem Ernst den Kopf: »Männer und ihre Spielsachen!« Aber auch sie musste lachen.

Erstaunlich, wie sich Solutosans Verhalten auf ihre Fröhlichkeit hin veränderte. Er strahlte sie an und freute sich an ihrem Lachen, ergriff ihre Hand und drückte sie.

Von da an ging alles sehr schnell. Solutosan hatte die Entscheidungsmacht. Er musterte die Schule, ließ den Blick über die kleine Straße zum offenen Meer schweifen. Dann lächelte er. David fiel ein Stein vom Herzen. Nun war das Objekt endgültig verkauft.

Aiden McGallahan lief begeistert in den vielen Räumen umher. Sie blickte Solutosan an: »Ich glaube, ich werde mit Tervenarius hierbleiben und das Haus planen.«

Solutosan beugte sich erstaunt zu ihr. »Richte es ein, wie du es haben willst, Aiden!« Er nahm sie ungeniert in den Arm und küsste sie.

David jubelte innerlich. Das hieß Terv war frei. Hoffentlich ...

»Ich brauche keinen Architekten«, sagte Aiden in diesem Moment. »Die kosten nur unnötig Geld. Außerdem sind Tervenarius und Herr Martinal ja hier. Wie ich gehört habe, helfen Sie uns, den Bau zusätzlich zu überwachen?«

»Das war so abgemacht«, nickte David.

»Fein!« Sie ließ Solutosan los, drückte den Kaufvertrag gegen die Wand und setzte schwungvoll ihre Unterschrift darunter.

»Gratuliere zum neuen Haus!« Davids Herz schlug bis zum Hals, als er Tervenarius ansah. Der lächelte.

Mit dem Hausverkauf plus seiner Zusage, beim Umbau mitzuhelfen, begann sein Desaster. Ja, dachte David und blickte zu Terv, der an einem improvisierten Schreibtisch aus zwei Böcken und einer Platte saß, und an seinem Laptop arbeitete. Das habe ich mir selbst zuzuschreiben. Er will nichts von mir und ich sitze nun hier und himmele ihn an. Warum habe ich mir das angetan?

David betrachtete Terv und nahm jedes Detail in sich auf: die eng sitzende Jeans und den eierschalfarbenen Strickpulli. Das zu einem Pferdeschwanz gebundene Haar hatte sich, wie kleine silberweiße Schlangen, auf dem Rücken in den groben Maschen des Pullovers verwoben. Die sehnigen Hände auf der Tastatur, das konzentrierte, vorgeneigte Profil. Tervenarius bemerkte seinen Blick und wandte den Kopf. Er trug Kontaktlinsen, wie immer wenn sie auf der Baustelle waren. An diesem Tag benutzte er braune. Nein, er lächelte nicht, sah wieder gedankenverloren auf den Bildschirm, als hätte er David gar nicht wahrgenommen.

Ja, selbst dran schuld. David traute sich nicht, zu seufzen. »Ich gehe mal nachsehen, wie weit der Fliesenleger im Keller ist«, teilte er Terv mit, der lediglich nickte.

David erhob sich und verließ das Zimmer. Nein, ihn zog es nicht ins Untergeschoss, sondern erst einmal nur fort. Er benahm sich peinlich, jedoch wollte er nicht schon wieder so nervig sein. David lehnte sich an die Wand im Flur. Wie werde ich diese rosarote Brille nur los?, fragte er sich. Er hatte sich derartig rettungslos in Tervenarius verliebt, dass ihm bei jedem seiner Blicke das Herz in die Hose rutschte. Ich muss cool bleiben. Ich muss mich wie ein Mann verhalten, und nicht wie ein kleiner, dummer Junge. Das wird die einzige Möglichkeit sein, um ihn von mir zu überzeugen. Ich muss Kompetenz zeigen. Er nickte. Ja, Fachwissen wäre gut. Er beschloss, sich gründlich über Innenarchitektur schlauzumachen. Außerdem wollte er versuchen, Tervenarius zu Freizeit-Aktivitäten zu überreden. Was gab es denn in Vancouver in dieser Richtung? Er hatte keine Ahnung davon, was die Touristen in seiner Heimatstadt gerne besichtigten. Er selbst kannte nur das Aquarium. Genau, das würde er machen. Vom Aquarium wusste er, dass es um siebzehn Uhr schloss, also würde er Terv für den Nachmittag einladen, mit ihm dorthin zu gehen. Da konnte er auf jeden Fall mit interessanten Informationen aufwarten.

Nun setzte er sich doch in Richtung Keller in Bewegung und warf einen Blick auf den Fußboden. Die Fliesenleger waren fleißig gewesen und hatten die Hälfte geschafft. Zufrieden stieg er die Treppen hinauf.

»Die sind gut vorangekommen«, verkündete er im Wohnzimmer angekommen. Terv drehte sich zu ihm und nickte. »Gut. Haben sie auch die Wände des Umkleideraums gemacht?«

Verdammt, das hatte er natürlich nicht kontrolliert. Es fing ja gut an mit seiner Kompetenz. »Da war ich nicht«, antwortete er wahrheitsgemäß und setzte sich an den großen Tisch mit den Hausplänen. »Aber wenn du willst, gehe ich nachschauen.«

Tervenarius schüttelte den Kopf. »Nicht nötig. Das werden wir ja am Abend sehen. Die Firma, die den Schießstand einbaut, hat eben angerufen. Sie fängt morgen mit der Isolierung an.«

»Wofür braucht ihr den eigentlich?«

Terv sah ihn an, das Gesicht ausdruckslos. »Wir haben Sportschützen im Haus.« Er blickte wieder auf seinen Bildschirm.

»Aha.« David nahm seinen Mut zusammen. »Terv?«

»Hmm?« Er sah nicht auf.

»Ich wollte dich etwas fragen. Ich meine, heute Nachmittag haben wir nicht so viel auf dem Plan.« Er stockte. »Hast du nicht Lust, mit mir ins Aquarium zu gehen?« Er konnte nicht verhindern, dass er rot wurde.

Tervenarius musterte ihn durchdringend, was seine Röte noch verstärkte. Er hasste sich dafür.

»Warum nicht? Ja, das wird bestimmt interessant«, antwortete Terv und lächelte.

Das war vieldeutig. Oder bildete er sich das ein? Unter Garantie hatte Terv nur die Fische gemeint und nicht ihn. Verdammt.

»Prima.« Trotz seiner Röte gab er sich Mühe ein unbeteiligtes Gesicht zu machen. »Dann lass uns nach dem Essen losfahren, okay?«

Es war bereits hell, als David aufwachte. Samstag. Die Arbeiter würden an diesem Tag später kommen – wenn überhaupt. Aiden war mit Solutosan nach Calgary geflogen. Also hatte er an diesem Tag auf jeden Fall frei.

Er kuschelte sich ins Kissen. Terv ins Aquarium einzuladen war eine gute Idee gewesen. Ein paar gemeinsame Stunden, ohne die Probleme des Umbaus zu wälzen. Dementsprechend entspannt waren sie durch das beeindruckende Gebäude mit der hohen Luftfeuchtigkeit geschlendert und hatten die Fische in den Becken bestaunt. Ein Mal hatten sich ihre Hände berührt, als sie vor dem Aquarium mit den Haifischen standen. Ob Terv das bemerkt hatte? Nein, wahrscheinlich nicht.

Er konnte Tervs Verhalten nicht deuten, was ihn nach wie vor verunsicherte. Tervenarius hatte ihn geküsst. Machen Hetero-Männer so etwas? Eigentlich nicht. Vielleicht war er homosexuell und David war einfach nicht sein Typ? War es eher ein väterlicher Kuss gewesen? Das musste es sein.

Ich gebe nicht so schnell auf, dachte er. Ich werde meinen Plan weiter verfolgen und versuchen mit ihm auszugehen. Irgendwann gibt er sicher nach. Oder er sagt mir auf den Kopf zu, dass er nicht will. Das muss ich riskieren. David seufzte. Ach, es wäre so schön, wenn er nachgäbe. Wenn er mich in den Arm nehmen und küssen würde. Ob er wohl ein aktiver Mann war? Ein Top? Oh je, so weit mochte er überhaupt nicht denken. Jedoch die daunenweichen Kissen, verführten ihn zu träumen. Er liebte es, dass Tervenarius so weich war – Teint und Haar wie Seide. Alle seine bisherigen Liebhaber hatten glatte Haut gehabt, stramm über den Muskeln, und nicht derartig streichelzart. Dazu diese Augen. Da fiel ihm ein, dass er noch nie Bartstoppeln an ihm bemerkt hatte. Ob er sich ständig rasierte? David seufzte erneut.

Er selbst war in der Männerwelt beliebt. Aber er schien nicht gut und reizvoll genug für Tervenarius. Ob der überhaupt schwul war?

Meine Gedanken drehen sich im Kreis, dachte David frustriert. Ich stehe mal besser auf und informiere mich gründlich über die Sehenswürdigkeiten von Vancouver. Ich werde ihn so lange belagern, bis er mir eine Antwort auf meine unausgesprochene Frage gibt!

Wunderschöne Wochen lagen hinter ihnen. Phantastisch deshalb, weil er sie mit Tervenarius verbracht hatte. David überlegte, ob sie noch eine Vergnügung ausgelassen hatten? Nein, ihm fiel keine mehr ein. Er dachte an ihre gemeinsame Bergwanderung. Beim durchtrainierten Tervenarius waren ihm an den darauf folgenden Tagen keinerlei Nachwirkungen der Kletterpartie aufgefallen, während er vor lauter Muskelkater fast am Stock gegangen war.

Er hatte sich wirklich bemüht. Mit welchem Erfolg? Mit absolut keinem. Tervenarius war freundlich und zurückhaltend geblieben und hatte sich nicht aus der Reserve locken lassen. Er war ein Diplomat durch und durch.

Leise fluchend stieg David vor der ehemaligen Schule aus dem Auto. Der Regen rauschte schon seit geschlagenen drei Tagen in Kübeln vom Himmel. Die Gullis konnten die Wassermassen nicht mehr fassen, so dass viele Straßen überschwemmt waren. Sie hatten aufgrund der Feuchtigkeit früher Feierabend gemacht. Aiden und Terv waren ins Hotel gefahren. David hatte dummerweise sein Handy im Wohnzimmer vergessen und musste auf halbem Weg nach Hause deswegen umkehren.

Stimmte mit seinen Augen etwas nicht? Die neu angemauerte Wand der riesigen Garage sah schief aus und hatte eine Ausbuchtung. Er stieg aus dem Auto, zog sich die Jacke über den Kopf und rannte los, um sich möglichst nah am Haus vor dem Regen zu schützen, was ihm nicht sonderlich gut gelang.

Er spähte zu der Wand. Himmel! Sie hatte wirklich einen Bauch und sah aus, als würde sie unter dem Dach wegrutschen. Wenn die Mauer nicht abgestützt, ihr Fuß vor den strömenden Wassermassen geschützt würde – sie wäre verloren. Er war kein Fachmann, aber das sah selbst er.

Die Garagenfront klaffte noch offen, da die Metalltore bisher nicht geliefert worden waren. Also hastete er zu der improvisierten Zwischentür, die Haus und Garage verband, fummelte mit klammen Fingern den Schlüssel aus seiner Jeans und schloss eilig auf. Sein Handy lag wirklich neben Tervs Laptop. Er drückte die Kurzwahl.

»Ja?« Tervs' Stimme ließ sein Herz sofort schneller schlagen.

»Tervenarius? Hier im Haus ist ein massives Problem. Die neue Garagenwand bricht ein. Der Regen hat den Mörtel ausgeschwemmt.«

»Ich komme!«

David legte auf und stierte nachdenklich auf sein Handy. Terv kam. Was würden sie brauchen? Regenkleidung, Balken, Werkzeug, Säcke, Sand.

Er lief eilig im Haus umher, suchte die benötigten Dinge zusammen und schleppte sie in die Garage.

Der BMW hielt am Straßenrand und Tervenarius rannte durch den Regen auf ihn zu. Bumm, bumm. Bitte Herz, hör auf so zu kallern, dachte er. Ich brauche jetzt einen klaren Kopf. Sein Blick verfing sich an Tervs feuchtem Pferdeschwanz, der dunkel an seiner nassen Jeansjacke klebte. Tervenarius drückte mit der Hand gegen die absackende Wand und sprintete dann kopfschüttelnd in die trockene Garage.

»Wir müssen versuchen sie aufzufangen, David«, sagte er und musterte ihn ernst.

»Ja, ich habe schon Sachen dafür zusammengetragen.« Er deutete auf den Haufen Material und reichte Terv den olivfarbenen Regenschutz, bestehend aus einer Hose und einer Jacke.

»Okay«, der nickte zufrieden. »Ich denke, wir probieren es erst einmal mit Balken. Vielleicht können wir sie abstützen. Den Fuß der Wand legen wir mit Sandsäcken trocken.« Während er das sagte, schlüpfte er in die überweite Regenhose.

»Gut«, entgegnete David knapp und zog ebenfalls Regenkleidung über seine Jeans.

Sie kämpften, trotz der Regensachen nass bis auf die Knochen, denn das Wasser durchdrang nach einiger Zeit selbst die beschichteten Jacken und lief ihnen in den Nacken. Sie arbeiteten verbissen, tackerten eine Plane über die Garagenwand, füllten Sandsäcke, klemmten Balken gegen die durchweichte Mauer. David wischte sich das Wasser von der tropfenden Nase.

»Ich glaube, wir haben es geschafft!« Tervenarius stand neben ihm im Garageneingang. Gemeinsam betrachteten sie ihr Werk. In diesem Moment gab die Wand endgültig nach und sackte nach vorne weg. Ihre Rettungsversuche waren zu spät gekommen. Der Mörtel war ausgeschwemmt, der Fuß der Wand instabil. Resigniert sahen sie zu, wie die große Garagenwand in die Knie ging.

»Beim Vraan!« Terv brüllte enttäuscht und ärgerlich, während er nur mit offenem Mund auf das Durcheinander aus Steinen, Sand und Balken starrte. Tervenarius schlug mit der Faust auf einen Berg Zementsäcke, die auf einer Palette in der Garage gestapelt waren.

»Das hätten wir uns sparen können!« Er war stinksauer. David musterte ihn hilflos. Es war nicht zu ändern. Wenn der Regen endlich nachließ, würden die Maurer die Wand neu machen müssen. David seufzte und ging tiefer in die Garage hinein. Ihm war kalt und er fror. Alles klebte an seinem Leib. Er musste unbedingt aus den nassen Sachen.

Tervenarius tobte noch eine Weile in der offenen Garagenfront. Zum ersten Mal agierte er nicht wie der Gentleman, den David kannte. Er gestikulierte und deutete immer wieder auf den peitschenden Regen. In einer Sprache fluchend, die David unbekannt war, stapfte er dann ebenfalls ins trockene Innere.

David fand diesen Gefühlsausbruch extrem anziehend. Er hatte Tervenarius nicht so viel Temperament zugetraut.

David zog sich den nassen Slip über den Po und blickte ihm entgegen. Tervs goldene Augen funkelten. Er hatte die Kontaktlinsen vergessen. Er wirkte wie ein Löwe: mächtig, wild und zornig. David bekam weiche Knie.

Tervs Blick hielt ihn fest umfangen, die Wut daraus wich nicht. Mit diesen hypnotisierenden Löwenaugen kam er auf ihn zu. »Jetzt ist Schluss. Du willst es? Dann kriegst du es«, knurrte er.

David stand wie festgeklebt. Womit war Schluss? Tervenarius packte ihn brutal am Haar, zog ihm den Kopf in den
Nacken. Mit der anderen Hand drehte er ihn zu dem roten
Ölfass, das neben ihm stand. Er zwang ihn, sich nach vorne
über das Fass zu beugen. David war seiner brachialen Kraft
völlig überrumpelt ausgesetzt. Himmel, Terv war stark! So
viel Stärke! Und nun wandte er sie gegen ihn!

David fühlte sein Glied schlagartig erigieren. Er war da! Er
beachtete ihn! Er fasste ihn an! Terv presste ihn gegen das
kalte Metall des Fasses. Passierte das wirklich? Er wusste,
was nun kam. Terv drückte ihm die Beine auseinander. Ja,
der Mann, in den er sich so wahnsinnig und irrwitzig verliebt hatte, stand hinter ihm, keuchend und wütend. Er fa-
ckelte nicht lange, sondern stieß zu. Der Schmerz flammte
auf, rauschte über seinen Rücken, brachte seine Pobacken
zum Zittern. Terv war da und er tat ihm so weh! Es schien
ihm gleichgültig zu sein. War es überhaupt noch Tervenarius, der da wie ein wildes Tier knurrte und in ihn stieß?

Nun erhielt er die Strafe für seine ganzen nervigen Annä-
herungsversuche. Diese letzte eindeutige Aufforderung hatte das Fass zum Überlaufen gebracht. Terv wehrte sich. David spürte Verzweiflung, Wut, Hilflosigkeit. Sein Schwanz
wurde zur Waffe. Sein Schwanz ... Sein stoßendes Glied er-
schütterte seinen Leib. Terv war tief in ihm. David konnte
kaum noch atmen. Es war, als wäre die Luft in der Garage
plötzlich zum Schneiden dick geworden. Er röchelte. Es war
ihm egal. Er nahm ihn. Endlich! Davids Penis prallte durch
seine Stöße gegen das Fass. Der harte Rand schnitt in den
Bauch. Es war schmerzhaft, aber unendlich geil! Wie oft
hatte er vor Tervenarius' Schwanz geträumt! Ihm schwanden die Sinne. Der Mann stöhnte laut und dann kam sie, die
finale Wärme. Sein Herz setzte einen Schlag lang aus. Er war
so nah! David zitterte am ganzen Leib. Stille.

Tervenarius rührte sich nicht. Er stand hinter ihm mit he-
runtergelassener Hose. David fühlte seinen Blick auf seinem
nackten Rücken. Endlich war Terv da, da wo er ihn immer
gewollt hatte. David drehte sich um. An das Ölfass gelehnt
sah er in ein fassungsloses Gesicht. Das Gold war aus Tervs

Augen gewichen. Sein Blick war dunkel, das Feuer erloschen. David spürte fast körperlich sein Entsetzen und seinen Kummer.

Nein, er sollte nicht so sein! Er durfte nicht bereuen. David wandte sich vollends um, zerrte Tervs Kopf zu sich und küsste ihn. Wild, ungezügelt! Nun traute er sich! Jetzt ließ er seinen Gefühlen freien Lauf!

»Endlich!«, keuchte David. »Endlich bist du bei mir!« Er musste reden, aber er wollte ihn gleichzeitig auch küssen, tief und hungrig. »Du bist da! Ich liebe dich!« Er steckte Tervenarius die Zunge in den Hals, biss ihn, biss in seiner Hektik sich selbst, klammerte sich an ihn. Er würde ihn nicht mehr loslassen!

Nun kam Leben in Tervenarius. Er löste sich. »Du weißt nicht, was du sagst!«, brüllte er außer sich. »Es wird immer wieder so sein! Ich werde dir weh tun. Ich verliere die Kontrolle und bin gefährlich. Ein Wunder, dass ich dich nicht umgebracht habe!«

Er hielt David auf Armeslänge vor sich und stierte ihn an als würde er ihn zum ersten Mal sehen. Dann erschlafften seine Arme. Sein Gesicht sah mit einem Mal alt und grau aus. Gram, ja echte Reue spiegelte sich darin, Schmerz. Und er, David, war die Ursache dafür, dass Tervenarius litt. Das durfte nicht sein. Sein Geliebter sollte nicht leiden.

Instinktiv zog er den regungslosen Tervenarius zu sich, umschlang ihn ganz fest, presste sein Gesicht an die nackte Schulter, streichelte sein feuchtes Haar, flüsterte besänftigende und tröstende Worte. Er würde alles tun, damit es ihm wieder besser ging.

Tervenarius erbebte. David fühlte sachte Berührungen auf seiner Schulter. Was war das? Etwas lief kitzelnd seinen blanken Rücken hinunter und kam leise klickend auf das Ölfass auf.

Der Körper in seinen Armen erschlaffte, wurde nachgiebig. Tervenarius löste sich von ihm und drückte zart gegen seine Brust, musterte ihn aufmerksam. Seine Augen glommen wieder golden im Licht der einzigen Glühbirne. Erstaunen, Ungläubigkeit und Nachdenklichkeit spiegelten sich in seinem Gesicht. Er betrachtete ihn – lange. Dann kam Wärme in seinen Blick. Er lächelte, zaghaft zuerst, schließlich leuchtete er regelrecht. Er berührte zärtlich Davids Wange – und ließ die Hand abrupt fallen.

David war wie gebannt, festgenagelt. Was war da eben geschehen?

»Du wirst dir den Tod holen, David!« Tervenarius streifte rasch seine nasse Hose ab. Splitterfasernackt rannte er eilig los zu seinem Auto und kam mit einer Decke und einem alten Handtuch wieder.

David hatte sich zu dem Ölfass umgedreht und suchte, was ihm da über den Rücken gerollt war. Ungläubig blickte er auf ein paar goldfarbene Kügelchen, die auf dem Deckel verstreut lagen. Gebannt nahm er eine in die Hand. Sammelte sie alle auf. Ja, es waren goldene, erstarrte Tränen.

Wie vom Blitz getroffen stand er da, während Terv Davids Finger einfach um die Tränen zur Faust schloss, ihm die wärmende Wolldecke um den Leib wickelte und sich dann selbst das Handtuch um die Hüften schlang.

»Komm!«

Terv nahm ihn bei der Hand, führte ihn zu den Zementsäcken, drückte ihn darauf nieder und zog fürsorglich noch einen Zipfel der Decke über seine nackte Schulter. Wie selbstverständlich setzte er sich eng neben ihn.

Allmählich kam David zu sich. Es hatte aufgehört zu regnen und er konnte aus der offenen Garage die untergehende Sonne sehen, deren glutrote Strahlen sich durch die dunklen Wolkenbanken drängten und sofort wieder verschwanden. Seine Gedanken rotierten. Es war ihm, als hätte sich plötzlich aus den wild durcheinander fliegenden Puzzleteilchen ein perfektes Ganzes gebildet. Jedoch traute er sich kaum, seine Schlussfolgerung zu äußern. Terv würde ihn vielleicht als Spinner abstempeln. Zögernd drehte David den Kopf, blickte in sein bleiches Gesicht, das ruhig und gelassen wirkte wie immer. Seine Haut, die Augen, das Haar, seine Tränen. Niemand auf der Erde war so wie er.

»Du bist kein Mensch, stimmt's?«, fragte er leise.

»Ich bin Duonalier. – Es ist eine lange Geschichte.«

David starrte ihn weiterhin verblüfft an. Er hatte stets geahnt, dass es außerirdisches Leben gab, aber einem Alien leibhaftig zu begegnen ... Dieser Gedanke trieb ihm den Schreck in die Glieder. Leibhaftig – das war es ja wohl im wahrsten Sinne des Wortes gewesen. Er versuchte, blitzschnell die letzten Monate Revue passieren zu lassen: seinen Fenstersturz, den Hauskauf, ihre gemeinsamen Aktivitäten und nun ... Hatte Terv sich irgendwie bedrohlich verhalten? Nein, er war höflich und zurückhaltend gewesen, ein Gentleman. Na ja, bis zum heutigen Tag. Aber vielleicht war es ja so, dass auf seinem Planeten derartig heftig gevögelt wurde.

»Ist es in deiner Welt normal so harten Sex zu machen?«, stieß er hervor.

Tervenarius erbleichte, soweit das bei seiner blassen Haut noch möglich war. Der gequälte Gesichtsausdruck erschien erneut und David bereute sofort, das gefragt zu haben.

»Nein«, Terv senkte beschämt den Kopf. »Ich war wütend und habe mich gehenlassen. Das ist unverzeihlich. Ich hatte gehofft, dass mir so etwas nicht mehr passiert. Ich ...« Er verstummte.

Ich will nicht, dass er deswegen wieder weint, dachte David und legte ihm schnell die Hand auf den Arm. Wie wunderbar er sich anfühlte. Er betastete seine Haut, streichelte den Unterarm. Hatte sich sein Verhältnis zu Terv geändert? Im Gegenteil. Sie waren sich ein großes Stück näher gekommen. Mag sein, dass er auf einem anderen Planeten geboren ist, überlegte David, aber er ist keine Bedrohung für die Erde und er sieht menschlich aus. Nicht nur das, sondern er ist auch umwerfend männlich und ..., David spürte, wie ihm erneut die Hitze in die Lenden schoss – er ist ein Top, wie ich gehofft habe. Sein Herz klopfte genauso heftig wie zuvor, wenn er Terv betrachtete, der weiterhin mit gesenktem Haupt neben ihm saß und offensichtlich mit seinem Schicksal haderte. Er liebte einen Alien. David drückte seinen Unterarm und Terv hob den Kopf und sah ihn mit seinen goldenen Löwenaugen an.

»Ich verzeihe dir«, sagte David fest. »Geschehen ist geschehen.« Tervs Augen weiteten sich erstaunt. Oh mein

Gott, dachte David, ich liebe ihn. Ich will nicht mehr aufhören ihn anzusehen. Ich will seine Stimme hören, seine Hände spüren – möchte ganz eng bei ihm sein. Es ist mir gleichgültig, woher er kommt. Ich will ihn, ohne Wenn und Aber. Ob Terv das wohl verstand? Wurden seine Gefühle erwidert? Er wusste, wie er nun aussah. Er war nicht fähig sich zu verstellen. Terv konnte in seiner Miene lesen wie in einem Buch.

Tervenarius blickte ihn an, das Gesicht wie aus weißem Marmor gehauen. Allmählich begannen seine Augen zu strahlen. Er lächelte und neigte sich zu ihm.

Das ist unser erster richtiger Kuss, dachte David. Sein Herz schlug laut, jedoch in gleichmäßigem Takt, als Terv seine Lippen öffnete, ihn tief mit der Zunge penetrierte und so endgültig gefangen nahm. Ich werde nie wieder von ihm loskommen. Dieser Gedanke floss wie zähes, betäubendes Öl durch seinen Verstand. Er versank. Eine kleine Unendlichkeit.

Sie lösten sich voneinander.

»Es tut mir so leid, was geschehen ist. Das wird nicht mehr passieren.« Tervs Stimme war voller Reue.

Was? David kam schlagartig aus seinem angenehmen Dämmerzustand. Das konnte ja wohl nicht sein Ernst sein! Er wollte niemals wieder auf ihn verzichten! Nur – David rutschte ein wenig auf seinem schmerzenden Hinterteil herum – Terv musste lernen, dass ihm Sex ohne Vorspiel, Zärtlichkeit und Gleitmittel auf Dauer kein Vergnügen bereitete. Bei aller Liebe nicht. Aber das würde er ihm beibringen.

Der Gedanke ließ ihn schmunzeln und er antwortete mit gespielter Empörung: »Oh doch! Wir werden es wieder machen. Nur musst du verstehen, dass es Regeln gibt. Man kann sich nicht einfach nehmen, was man will!«

Terv blickte ihn prüfend an. Dann lächelte er. »Ihr Menschen seid schwer zu begreifen. Ich habe noch nie jemanden wie dich getroffen. Du bist, wie soll ich das sagen ...«, er zögerte, »... großherzig, außergewöhnlich, sensibel und dazu – sehr begehrenswert.«

David schoss die Röte ins Gesicht. »Ich finde mich ganz normal«, stotterte er. Komplimente waren ihm schrecklich unangenehm. Nun musste er schnell das Thema wechseln, bevor er weitere Peinlichkeiten über sich und seinen Charakter zu hören bekam. Er zupfte einen Fussel von der Decke, spürte weiterhin Tervs Blick auf sich ruhen. »Erzähle mir lieber, wo du herkommst. Warum willst du dich ausgerechnet in Vancouver niederlassen?«

Terv nahm seine Hand und strich sacht nacheinander über jeden seiner Finger. Ein Kribbeln lief Davids Arm hinauf, bis zur Schulter.

»Wir kommen von einer Welt namens Duonalia. Auf einer Weltraumpatrouille sind wir in eine Raumverzerrung geraten, wahrscheinlich eine Anomalie. Dadurch kamen wir vom Kurs ab und sind mit einem Raumschiff in Calgary gestrandet. Unser Führer hat kürzlich beschlossen, nach Vancouver umzuziehen.«

»Raumschiff?« David riss die Augen erstaunt auf.

»Ja.«

»Kann ich das mal sehen?« Ein echter Raumkreuzer! Selbstverständlich kannte er klingonische Warbirds, die Enterprise und die Defiant und sogar die Moya. Aber das war Science-Fiction. Obwohl – er hatte immer an Leben außerhalb der Erde geglaubt, hatte gedacht, dass Aliens die Welt zumindest beobachteten. Natürlich wären sie nie in Erscheinung getreten, denn die Menschheit war viel zu gefährlich. Welcher Außerirdische würde sich mit passionierten Selbstzerstörern beschäftigen wollen, die ihre Umgebung bis zum Ruin ausbeuteten? All das schoss ihm sofort durch den Kopf.

»Der Kreuzer wurde bei der Notlandung beschädigt und wir haben ihn danach zerstört. Einer meiner Freunde hat ihn in Atome zerteilt.«

Er hatte noch mehr Freunde? Oh je, hoffentlich kam da kein Konkurrent auf ihn zu.

»Ich kenne nur Solutosan und Aiden, Terv. Wer sind denn die anderen? Kommen sie alle nach Vancouver? Ist das Haus deshalb so ausgebaut worden?

Tervenarius nickte und streichelte ihm sanft die Wange. »Du brauchst nicht so besorgt schauen, David. Wir sind keine Menschenfresser. Da wir kaum eine Chance haben werden, nach Hause zurückzukehren, wollen wir uns hier unauffällig anpassen. Unsere Kaste nennt sich Duocarns, bestehend aus fünf Kriegern und einem Navigator. Solutosan ist der Chef. Er hat Aiden in Calgary kennengelernt. Sie hat uns viel geholfen.«

»Ist sie ein Mensch?«, staunte er. »Fand sie es nicht außergewöhnlich echten Aliens zu begegnen?«

»Doch, natürlich. Sie hat sich jedoch Hals über Kopf in Solutosan verliebt.«

So wie ich mich in dich, dachte David und schloss einen Moment die Augen, denn Tervs streichelnde, weiche Hand glitt über seine Nase, berührte seine Lippen, das Kinn. Sie fuhr seinen Hals hinab, umfasste das Genick und zog ihn zu sich heran. Seine Küsse, sein Duft – David gab sich auf, versank in ihm. Jede weitere Minute unseres Zusammenseins, jeder zusätzliche Kuss bindet mich mehr an ihn, schoss es ihm durch den Kopf. Er war sich klar darüber, dass er eine riesige rosafarbene Brille trug. Aber es fühlte sich so gut an.

David kuschelte sich an Tervs nackte, weiße Schulter, die sich plötzlich noch weicher anfühlte. »Ich finde, dass du sehr menschenähnlich bist. Ich hätte nie gedacht, dass sich Außerirdische küssen.«

Terv lachte leise. »Das tun sie auch nicht. Das mit dem Küssen habe ich im Internet gesehen. Ihr habt da solche Filme ... Es fasziniert mich, dass diese Art sich gegenseitig zu penetrieren derartig anregend ist.«

Himmel! Die Duocarns hatten ja Zugang zum Internet. Ja klar, sie würden im Netz unter anderem Pornos gefunden haben. Was mussten sie für einen Eindruck von der Menschheit haben! David fand das einen Moment lang ausgesprochen peinlich. Vielleicht war Terv gar nicht schwul, sondern machte einfach nur nach, was er dort gesehen hatte. David schluckte trocken.

»Ihr küsst nicht, aber es gibt doch bei euch bestimmt zwei Geschlechter, oder?«, fragte er vorsichtig.

Tervenarius nickte. »Ja, und wie du an mir siehst, ähneln wir den Humanoiden. Wir sind ebenfalls lebendgebärend und die Frauen säugen die Kinder.«

»Und ihr habt Sex wie wir?«, erkundigte sich David gespannt.

»Nein, meist bitten die Frauen den Mann ihrer Wahl um eine Samenspende für eine künstliche Befruchtung. Kopulationen laufen nach einem strengen Ritual.«

»Oh!« David senkte nachdenklich den Kopf. Das bekam er alles nicht richtig zusammen. »Es gibt also auf Duonalia keine Männer, die Männer lieben?«

Terv lachte. »Offiziell nicht. Aber du kannst dir vorstellen, dass bei dieser Art von steriler oder ritualisierter Sexualität eine homosexuelle Gemeinschaft existiert. Nur würde niemals jemand offen darüber sprechen.«

Heiße Angst schoss in Davids Venen. Terv war mit fünf anderen Männern auf einem Raumschiff gewesen. Vermutlich sehr lange. Es gab schwule Duonalier. Hatte er einen Partner?

Tervenarius griff unter sein Kinn und hob sein Gesicht zu sich empor. »Was ist, David?«

»Ist noch ein weiterer Homosexueller bei den Duocarns?«, fragte er. Er senkte den Blick und nagte nervös an der Unterlippe.

Tervenarius lachte wieder. »David, du bist köstlich. Willst du mich für dich alleine?« Er ließ ihn los.

David nickte verlegen.

»Ja, ich glaube, dass sich Patallia, der Mediziner der Duocarns, ebenfalls nur für Männer interessiert. Aber, halt, bevor du dir deswegen Sorgen machst, ich käme nie auf die Idee, mit ihm etwas anzufangen. Wir sind nur Kameraden. Eigentlich sind alle Duocarns Einzelgänger. Patallia ist Sexualität gleichgültig. Er kennt nur seine Forschung.«

Uff, das war gut. Er lächelte zu Terv hoch. Das war alles wirklich gut. Sein Lächeln wurde zu einem Strahlen. In diesem Moment blinzelte die Abendsonne einen letzten Schein durch die Wolken, bevor sie endgültig hinter dem Horizont versank. Sie erleuchtete Tervs Gesicht mit einem rosigen

Schimmer, verwandelte das Gold seiner Augen in ein Orange.

Er hatte einen außerirdischen Freund. Einen wunderschönen Mann, der genau so war, wie er ihn sich immer erträumt hatte. Terv musste garantiert noch eine Menge über die neue Welt lernen. Jetzt war er, David, da, und würde, ebenso wie Aiden, ihn und die Duocarns unterstützen – in allem. Den Gedanken an Tervs unkontrollierten Wutanfall verdrängte er.

Es war soweit! David stand an der Seite von Tervenarius leicht fröstelnd im Morgengrauen vor dem fertiggestellten Haus in Seafair und wartete auf dessen Bewohner. Es war noch vor fünf Uhr morgens und die graue Feuchtigkeit vom Ozean vermischte sich mit der Dämmerung zu einer dumpen, feuchten Suppe. David war ganz früh aufgestanden und nach Seafair gefahren, um die Ankömmlinge zu begrüßen und natürlich auch zu bestaunen.

Nein, Terv hatte nicht bei ihm geschlafen. Zehn Tage waren seit dem Erlebnis in der Garage vergangen. Der Umbau hatte sie derartig in Anspruch genommen, dass sie kaum eine ruhige Minute für sich gehabt hatten, um ihre frische Liebe zu pflegen. Es war Solutosan gewesen, der es hasste im Hotel zu wohnen, und der deshalb mit massivem Druck die Fertigstellung vorangetrieben hatte. Dabei hatte er ständig Tervs Aufmerksamkeit gefordert, was für Tervenarius und David geheißen hatte, sich immer nur zwischen Tür und Angel mit flüchtigen Zärtlichkeiten begnügen zu müssen. Das gefiel David wohl überhaupt nicht, aber Terv hatte ihn getröstet. ›Wenn der leidige Umbau beendet ist, haben wir endlich Zeit für uns.‹ Damit hatte David sich wohl oder übel zufriedengegeben.

Ein wenig frustriert zog David den Reißverschluss seiner Jacke bis ans Kinn. Was kam, nachdem die Bewohner eingezogen waren? Terv hatte ihn nicht gefragt, ob er, David, ebenfalls im Haus wohnen wollte. Würde es nachher heißen: »War schön mit dir, Bye Bye?« Prüfend blickte er zu Terv, dessen Miene ruhig und entspannt wirkte wie immer. Der spürte seine Unruhe und wandte den Kopf. Tervs honigfarbener Blick wurde weich. Nein, Terv würde ihn sicher nicht wegschicken.

Bevor sein Freund etwas sagen konnte, öffnete die Haustür und Solutosan und Aiden traten zu ihnen. »Sie werden jeden Moment hier sein«, teilte der Chef der Duocarns ihnen mit, eine Auskunft, die bei David die Nervosität steigen ließ. Er kämpfte mit sich, um nicht hilfesuchend Tervs Hand zu fassen.

»Da sind sie!« Tervenarius deutete auf den großen, weißen LKW, der vor ihnen auf dem Seitenstreifen hielt. Aliens, nun kamen echte Aliens! Tervenarius hatte ihm erzählt, dass sogar ein Bacani und dessen Mischlingssohn erwartet wurden. Das war total aufregend. Wie gut, dass diese Wesen um eine so frühe Uhrzeit ankamen, zu der es unwahrscheinlich war, dass ihnen eine Menschenseele begegnete. Trotzdem würde er mit Ausschau halten, dass niemand kam. Gespannt spähte David in den feuchten Nebel.

Zuerst stieg ein schmächtiger Mann mit einem Irokesen-Haarschnitt aus dem LKW, der einen etwas widerspenstigen Jungen in einem blauen Jogginganzug aus dem Fahrzeug zog. Junge? Tervenarius hatte ihn bereits auf die Ankunft fremdartiger Wesen vorbereitet. Und dieser Kleine war definitiv kein normaler Erdenbewohner. David bemühte sich, den Knaben nicht all zu intensiv anzustarren, dessen langer, behaarter Schwanz aus einem Loch in der Hose ragte, und der mit klauenartigen Händen die Riemen seines Rucksacks umklammerte. Als der Junge an ihm vorbeilief, fletschte er ein paar blendend-weiße Fangzähne. »Das ist Pan, der Sohn von Chrom«, erklärte Tervenarius.

»Pan! Sofort ins Haus!«, kommandierte der dünne Mann und lächelte David an. Er streckte ihm die Hand hin. David blickte schnell darauf. Nein, er hatte keine Klauen. Lediglich sein Gesicht war ungewöhnlich langgezogen, mit weit auseinanderliegenden, violetten Augen. »Ich bin Chrom«, stellte er sich vor. Ein Hund schoss mit großen Sprüngen aus der Fahrerkabine, bremste und verharrte eng an Chroms Seite gedrückt. David blieb vor Erstaunen der Mund offen stehen. Das, was er für einen Hund gehalten hatte, war ein ausgewachsener Wolf, der ihn mit seinen gelben Augen fixierte. »Und das ist Lady«, erklärte Chrom. Lady. Ob er im Beisein der Wölfin Chroms Hand schütteln durfte? Vielleicht würde das Tier es missverstehen. Vorsichtshalber lächelte David lediglich.

»David«, antwortete er etwas eingeschüchtert. Chrom zog verständnisvoll grinsend die Hand zurück und verschwand hinter Pan im Haus.

»Lady ist die Mutter von Pan«, erklärte Tervenarius. Was? David sah ihn mit offenem Mund an. Terv nickte. »Die Bacanis können sich in vierfüßige, pelzige Wesen verwandeln, und ähneln dann Hunden oder Wölfen. Chrom war eben in seiner üblichen, unauffälligeren Gestalt.«

Aliens, die sich mit Wölfen paaren. David bemühte sich, nicht allzu schockiert aus der Wäsche zu schauen. Himmel! War das zu toppen? Was konnte denn nun noch kommen?

In der Zwischenzeit waren drei weitere Männer dem Truck entstiegen. David schluckte trocken und tastete nun doch nach Tervs Hand.

Der erste Mann blickte ihn freundlich an. Seine grauvioletten Augen hatten etwas Hypnotisches. Glatzköpfig mit einer extrem weißen, tiefgründig schimmernden Haut sah er menschenähnlich aus. David spürte, dass er meilenweit davon entfernt war, ein Mensch zu sein, konnte dieses Gefühl aber nicht begründen.

»Unser Mediziner, Patallia«, stellte Tervenarius ihn vor.

Patallia reichte ihm eine kühle, glatte Hand. »Ich habe schon viel von dir gehört«, sagte er freundlich. »Dir haben wir das Haus und den Umbau zu verdanken.«

David errötete verlegen. »Nein, ich habe nur mitgeholfen«, antwortete er. »Es war eine Gemeinschaftsarbeit.« Patallia nickte ihm zu und ging ins Haus.

Der lächelnde große Mann, der neben Patallia aufgetaucht war, ließ sein Herz kurzzeitig höher schlagen. Ein Model!

Der Blonde mit den Stachelhaaren musste ein Model sein mit diesem perfekten Körper und dem klassisch geschnittenen, maskulinen Gesicht. Seine giftgrünen Augen sahen kurz auf seine mit Tervs verwobene Hand und blitzten dann amüsiert.

»Ich bin Meodern«, stellte er sich im Vorbeigehen vor und berührte ihn zart an der Wange. David sah zu Tervenarius. Der grinste.

Der letzte Ankömmling war ein roter, glatzköpfiger Riese und schien direkt aus einem Body-Building-Magazin entstiegen zu sein.

»Xanmeran«, erklärte Tervenarius. Der Mann mit den schwarzen Augen nickte höflich im Vorbeigehen.

»Komm, David. Jetzt hast du sie ja alle gesehen«, lächelte Terv. »Du wirst noch genügend Zeit haben, jeden von ihnen kennenzulernen. Ich möchte dir etwas zeigen. – Danach können wir ja mithelfen die Sachen auszuladen.«

Sie hatten sich zwei Tage nicht getroffen, denn David war wegen einiger neuer Objekte unterwegs gewesen, die zum Verkauf standen.

Terv zog ihn an der Hand ins Haus. Es war wirklich schön geworden. Sie liefen die mit weichem Teppichboden belegten Treppenstufen in den ersten Stock zu einem Zimmer am Ende des langen Ganges. Tervenarius öffnete die Tür.

Davids Blick fiel auf ein gigantisches Bett, dessen Seitenwände und geschwungenes, gepolstertes Kopfteil in weinrotem Leder glänzten. Das Möbelstück wirkte sehr edel, aber durch seine Farbe fast schon unanständig. Die strahlend weiße Bettwäsche bildete einen starken Kontrast zu dem Leder. Es war ein Bett, nicht nur zum Schlafen geschaffen, und es musste ein Vermögen gekostet haben. Augenblicklich schlug sein Herz bis zum Hals.

»Gefällt es dir?« Terv sah ihn prüfend mit schief gelegtem Kopf an.

David war im ersten Moment nicht fähig zu antworten. »Nicht?« Die Enttäuschung in Tervs Stimme war unüberhörbar.

»Oh doch, Terv! Ist das dein Zimmer? Es ist wunderschön!

Ähm ... Du wirst bestimmt phantastisch darin schlafen. Ich ... ähm.« Er wusste nicht, wie er sich ausdrücken sollte.

Tervenarius wischte mit einem Lächeln seine Bedenken fort. »Das ist unser Raum, David. Das Bett ist viel zu groß für mich alleine. Oder wolltest du nicht bei mir bleiben?«

Sein Herz machte einen gigantischen Satz und ein Glücksgefühl rauschte durch seinen Körper, ließ ihn vor Freude erröten. »Doch«, flüsterte er und kam sich entsetzlich unbeholfen vor. Er konnte Terv immer noch nicht richtig einschätzen. Seit er wusste, dass sein Freund kein Erdenmann war, beobachtete er ihn stärker und stellte ständig Unterschiede zu seinen verflossenen Liebhabern fest. Die ankommenden Duocarns hatten ihn endgültig verunsichert. In was für eine bizarre Gesellschaft war er da hineingeraten?

Tervenarius wartete immer noch auf eine Antwort.

»Darf ich es ausprobieren?«, fragte er scheu.

»Natürlich.«

David streifte die Schuhe ab, kletterte auf das Bett und legte sich lang hin. Es war fast so wie auf einer weichen Wolke zu liegen. Er streckte die Arme nach Terv aus, sah in dessen Gesicht einen kleinen Kampf.

»Ich will noch unten mithelfen«, antwortete der, aber kniete sich auf die Matratze.

»Nur fünf Minuten bitte!« David lächelte ihn mit einem treuherzigen Augenaufschlag an und wusste, dass Terv ihm nicht widerstehen konnte.

Mit einem Satz war Tervenarius bei ihm, nahm ihn in die Arme, zog Davids Kopf auf seine Schulter und streichelte ihm sanft das Haar. Einer der Unterschiede zu den Erdenmännern war Tervs Zärtlichkeit. Nach der heftigen Szene in der Garage hatte ihn diese am meisten erstaunt. Terv ließ sich gerne unendlich lange streicheln und gab diese Schmuseeinheiten mit Hingabe zurück.

Die versprochenen fünf Minuten waren viel zu schnell vorbei.

»Ich brauche nicht mehr zu gehen«, lächelte Tervenarius. »Sie kommen auch ohne mich klar.«

»Woher weißt du das?«, staunte er, denn Terv hatte die

ganze Zeit neben ihm gelegen. »Ich habe mit Solutosan gesprochen, David. Wir Duonalier sind Telepathen.«

David stützte sich auf und betrachtete Terv lange und prüfend, so als könne er dessen Telepathie in den Augen oder seiner Mimik sehen. »Wahnsinn«, er ließ sich wieder ins Kissen sinken. Wenn DAS nicht mal ein gewaltiger Unterschied zu einem Erdling war. Auf einmal verstand er die Stille, die zwischen Terv und Solutosan im Hotel geherrscht hatte, trotz der wechselnden Gesichtsausdrücke.

»Meinst du, deine Freunde werden mich akzeptieren?«, fragte er.

Terv nahm seinen Kopf in beide Hände und betrachtete ihn. »Natürlich. Warum sollten sie auch nicht? In unserer Gemeinschaft ist bisher jeder so genommen worden, wie er ist. Und du gehörst nun dazu.«

David freute sich. Mit Tervs Hilfe würde er garantiert bei den anderen bestehen können. Er schob sich ein wenig höher, stopfte sich ein Kissen in den Rücken und zog Tervenarius auf seine Brust. »Erzähle mir, wie ihr auf die Erde gekommen seid.«

Er streichelte sein Engelshaar und lauschte gespannt Tervs Bericht:

»Ich habe dir ja schon erzählt, dass die Duocarns vom Planeten Duonalia stammen. Als wir von der Anomalie erfasst wurden, waren wir gerade einem flüchtenden Bacani-Schiff auf den Fersen. Denn es ist unsere Aufgabe, Bacanis zu jagen und zur Strecke zu bringen. Wir sind aufgrund unserer außergewöhnlichen Gaben vom Duonat, das ist die Regierung von Duonalia, ausgesucht worden, um sie zu bekämpfen. Eigentlich sind die Bacanis ein friedliebendes Volk, durch ihre Rudel und die Milch ihrer Nahrungsmütter im Gleichgewicht. Trotzdem begannen sie irgendwann ihre Spiralvenen zu benutzen, um Energien aus den Duonaliern zu saugen. Diese Energien wirken wie eine Droge auf die Männchen. Die Parasiten organisierten sich recht schnell, planten Überfälle und verschwanden spurlos, bis wir herausfanden, dass sie Raumschiffe hatten. Mir ist bis heute nicht klar, wie sie in deren Besitz gelangten, und ob ein bacanischer Heimatplanet existiert. Wir verfolgten sie auf viele verschiedene Planeten, jedoch keiner von ihnen war hauptsächlich mit Bacanis bevölkert.«

»Wahnsinn!«, staunte David. »Also hast du bereits andere Welten besucht?« Tervenarius nickte.

»Die fünf Duocarns sind ein zusammengewürfelter Haufen. Ich denke, sie haben uns ausgesucht, weil wir die meisten kriegerischen Gene haben. Die duonalischen Frauen sind vor Angst erstarrt, wenn sie einen von uns sahen. Solutosan, Meodern und Xanmeran waren chancenlos. Unabhängig davon war dieser Zusammenschluss für jeden von uns gut. Keiner der Duocarns hatte sich in seiner Umgebung wohl gefühlt, denn wir sind alle Außenseiter. Gemeinsam bekamen wir eine Aufgabe und einen Platz in der Gesellschaft. Als dann der Vorschlag des Duonats kam, sind wir durch das Sternentor gegangen, um unsterblich zu werden – um Duonalia für immer zu dienen. Das hat uns zusätzlich zusammengeschweißt.«

David drückte seine Nase ins Tervs Haar und schnupperte genießerisch. Er fühlte sich unwirklich und leicht benommen. »Unsterblichkeit. Kaum zu glauben. Erzähl weiter«, nuschelte er.

»Nun, sehr viel kommt jetzt nicht mehr. Wir machten eine Bruchlandung nördlich von Calgary. Wir wissen nicht, ob das Bacani-Schiff auch aus der Anomalie geschleudert wurde. Solutosan behauptet immer, dass er fühlt, dass sie ebenfalls auf der Erde sind, wir haben jedoch keine Beweise.« Er hielt nachdenklich inne. »Wir sind gestrandet und heimatlos, aber müssen mit der veränderten Situation klarkommen. Aiden hat uns oftmals geholfen und natürlich die Tatsache, dass wir ein wertvolles Metall besitzen, das uns in eine gute, finanzielle Position versetzt.«

Tervenarius drehte sich, legte beide Arme auf seine Brust und sah ihn an. Er musterte ihn gründlich. »Ich war auf dich nicht vorbereitet. Nein, wahrlich nicht. Ich habe mich in der langen Zeit nie fest gebunden und hatte es auch nicht vor. Was hast du nur mit mir gemacht? Du bist hartnäckig«, stellte er fest.

Davids Herz machte bei diesen Worten einen Satz.

Langsam schob Terv Davids Shirt hoch, liebkoste seine Brustwarze mit den Lippen und der Zunge. Knabberte an ihr, so dass David kaum noch fähig war, einen klaren Gedanken zu fassen. Dabei wollte er doch über die gehörte Geschichte nachdenken – hatte vor, weitere Fragen zu stellen.

»Ich ..., ich habe nichts gemacht. Du bist so zärtlich«, stammelte er. »Ich dachte ...«

»Was hast du gedacht, David?« Terv hob den Kopf.

»In der Garage, da ...«

Tervenarius zog die Brauen zusammen. »Die Mauer war damals der Tropfen, der das Fass zum Überlaufen gebracht hat. Ich war wütend, David. Du weißt, dass mir das leid tut. Verzeihst du mir, wenn ich verspreche, dass ich dir nie wieder weh tun werde.«

»Ich, ich ...« David errötete unter Tervs forschendem Blick. Er hatte ihm doch schon längst verziehen aber ...

David bemerkte, wie Tervenarius anfing, seine Verlegenheit zu genießen, denn er musterte ihn mit leicht spöttischer Miene. Er half ihm nicht, sein Stottern in einen Satz zu formulieren. Terv wusste sicherlich auch nicht, was er nun gestehen wollte. Verdammt!

»Ich mag es, gelegentlich ein wenig härter angefasst zu werden«, bekannte David. »Nur das war ein bisschen ZU hart. Ähm, ja weißt du, mit Gleitmittel und ...« Verflixt, warum half Terv ihm nicht? Dessen Mundwinkel zuckten lediglich amüsiert.

»Gleitmittel?«, fragte der ganz unschuldig. »Meinst du so etwas?« Terv ergriff seine Hand und strich ihm eine dickflüssige, milchige Substanz auf die Handfläche. Erstaunt betrachtete David die Masse. Konnte Terv zaubern?

»Was ist das?« David tippte in die halb-transparente Materie.

»Das ist meine Sporenflüssigkeit«, erklärte Terv und rollte sich an seine Seite. Er stützte den Kopf auf die Hand. »Das ist die Grundsubstanz, in die ich meine Pilzsporen einfließen lasse. Ich kann sie auch ohne diese Substanz freisetzen, dann sind sie wie eine Art zerstäubendes Pulver.«

»Wo kommt die her?«, staunte David.

»Ich sondere sie aus den Körperöffnungen ab, darüber hinaus aus den Handflächen. Sie besteht aus einer milchigen Basis, denn ich ernähre mich ja grundsätzlich nur von Dona oder Kefir.«

David betastete seinen Arm und blickte ihn verblüfft an.

»Ja. Ich bin ein Pilz, ein fungider Hybrid. Deswegen bin ich so weich.«

Das war ungeheuerlich! Nun fügten sich einige Puzzlesteinchen zusammen. »Deshalb weißt du so viel darüber!«

Terv nickte. »Ich bin fähig, jeden Pilz zu reproduzieren, nachdem ich eine Probe von ihm genommen habe. Das Pilzreich besteht allein auf der Erde aus hunderttausenden Arten. Diese gehen von den Mikroorganismen auf der Haut der Menschen bis hin zum Champignon. Ich studiere schon seit sehr langer Zeit Mykologie.«

David war völlig perplex.

»Sind alle Duocarns so?«

»Nein«, lächelte Terv. »Meine Freunde haben andere, in deinen Augen vermutlich ebenso ungewöhnliche, Gaben.«

David starrte ihn an. Er vermochte sich kaum auszumalen, was Tervenarius für vielfältige Möglichkeiten hatte. Pilze! Sie waren überall und somit quasi mit seinem Geliebten verwandt.

Er rutschte näher an Terv heran und berührte nochmals dessen silbern-weiße Mähne, blickte ihm tief in die Augen.

»Wieso ist dein Körper so menschlich?«, fragte er. Er hätte noch gern nach dem Sperma gefragt, aber wusste nicht, ob dieses Thema nicht doch zu indiskret war. Nein, er würde ihn fragen. »Und dein Ejakulat? Wie vermehrst du dich?«

Tervenarius lächelte geduldig und zog ihm das grüne Shirt über den Kopf, streifte ihm die Jeans die Beine hinab und nahm den Slip direkt mit. Er hockte im Bett und begutachtete ihn, als ginge es um Davids Leib und nicht um seinen.

»Ich weiß nicht, warum ich so bin«, antwortete er und zog sich ebenfalls aus. »Auf Duonalia gab es niemanden wie mich. Ich bin ein Einzelstück.« Er schob seine Kleider auf den Boden.

David betrachtete ihn begehrlich.

»Ich mische meine Spermien in die Sporenflüssigkeit.« Zur Bestätigung zeigte er ihm nochmals seine glänzende Handfläche. Mit einer fließenden Bewegung setzte er sich rittlings auf Davids Oberschenkel. David stieß die Luft aus, als er Tervs Glied an seinem spürte. Sein Schwanz erigierte augenblicklich. Unbeeindruckt widmete sich Tervenarius wieder Davids Brustwarzen, küsste und biss sie zärtlich, griff hinter sich und schob ihm sanft die Hand zwischen die Beine. Ohne nachzudenken, spreizte David die Schenkel und wand sich genussvoll, als Terv ihm die Sporenflüssigkeit in das Tal zwischen seinen Pobacken rieb.

Er hatte noch so viele Fragen, nur wieso fielen ihm die auf einmal nicht mehr ein? David hatte das Gefühl, dass sein Gehirn schlagartig blutleer wurde.

»Aber, aber ...«. Er verhaspelte sich. Seine Brustwarzen reckten sich Tervs Lippen entgegen, hart und angespannt. Sein Schwanz pulsierte. Sein Unterleib wand sich unter Tervs massierender Hand.

»Was denn?«, fragte Tervenarius amüsiert. Er sah ihn offensichtlich als williges Opfer, das ihm sowieso nicht das Geringste entgegenzusetzen hatte.

Er hat recht, sagte Davids innere Stimme. Du hast überhaupt nichts mehr zu melden. Du bist verknallt und er hat dich völlig in Griff! Warum stellst du jetzt noch blöde Fragen?

Er keuchte auf, als er den Finger seines Geliebten an seiner Öffnung spürte. Terv massierte behutsam und benetzte den Eingang. Wieso hatte David jemals daran gezweifelt, dass Terv schwul war? Er entspannte sich unter seinen versierten Lippen und Händen.

Tervenarius löste seine Hand und küsste ihn tief, heiß und innig. Dann rollte er sich neben ihn.

Warum? David verstand den abrupten Abbruch nicht. Hatte er einen Fehler gemacht? Er rappelte sich hoch. Terv lag dicht an ihm, das große, marmorweiße Glied reckte sich. Sein Geliebter hatte bequem die Arme hinter dem Kopf verschränkt und lächelte ihn an. Die honigfarbenen Augen funkelten herausfordernd.

»Na David.« Seine Stimme drang in sein verwirrtes, erregtes Gehirn wie eine verführerische, milchige Schlange. »Gefällt er dir?«

David starrte sein Glied an.

Schließlich nickte er.

»Dann hol ihn dir.« Hatte Terv überhaupt die Lippen bewegt?

Mit heftiger Gier stürzte David sich auf die pralle Verlockung. Er leckte mit weicher Zunge über die Eichel, streichelte mit der Zungenspitze den winzigen Schlitz in der Mitte. »Marzipan«, murmelte er benommen.

»Magst du Süßigkeiten?« Tervs Stimme drang sanft in sein Bewusstsein. Ja, er mochte gern Süßes. David nickte und nahm die Spitze ganz in den Mund. Eigentlich schmeckte Tervenarius nun nach Honig, aber das war vielleicht eine Täuschung. Er saugte stärker, war nicht mehr fähig aufzuhören und drückte den Schwanz so tief er konnte in den Rachen. Er hatte das Bedürfnis ihn verschlingen zu müssen – wollte ihn gleichzeitig endlos verwöhnen. Er fand einen Rhythmus, der Tervenarius zum Stöhnen brachte. David umklammerte mit einer Hand Tervs Po, massierte mit der anderen die Hoden. Er war entfesselt. Er begehrte ihn so sehr. Und ihn dürstete, dass er ... Der warme Saft strömte in seinen Mund. Honig mit Pfirsich, dachte er und ließ ihn genussvoll seine Kehle hinabfließen. Er zitterte vor Erregung. Tervenarius' Erguss schmeckte nicht wie das Sperma der Menschenmänner. Nicht salzig-herb, sondern süß. Benommen schob er sich an Tervs kräftigem, muskulösen Leib hoch, genoss dabei die Weichheit seiner Haut. Er schmiegte sich an ihn und suchte seine Lippen. Ein Rausch, überlegte er gemächlich, Tervenarius ist ein Rauschgift. Er versank in Tervs Mund. Ihre Zungen umschlangen sich.

Tervenarius hob sein Becken ohne Mühe an und drang in ihn ein. David holte tief Luft, wollte denken, etwas sagen, aber sein Verstand war träge, die Gedanken zähfließend. Er hat doch eben ..., dachte er, jetzt ist er in mir. Tervenarius nahm ihn vorsichtig, bewegte sich langsam. Keine Zeit, um nachzudenken.

Er war so groß, erfüllte ihn. »Ja!« Seine eigene Stimme war ihm fremd. »Ja!« Er wollte ihn. Er wollte mehr, wollte es stürmischer. David stellte die Füße auf das weiche Bett, stützte sich auf seinen Leib und ritt ihn. Schneller! Mehr! Tiefer! Schweiß strömte seinen Rücken hinab. Er fühlte Tervs Hände an seiner Hüfte, der ihn bremste, auf sich hinunter presste und ihn tief durchdrang. Dann kam er mit einem gewaltigen Stöhnen. Noch während Terv sich in ihn ergoss, packte er mit einer Hand Davids Glied samt den Hoden und drückte zu – hart, fest, schmerzhaft schön.

David schrie. Die fremde Stimme war voller Lust und Schmerz. Eine berauschende Woge löste sich aus seinem Unterleib, schoss die Wirbelsäule empor und knallte in sein benebeltes Gehirn, nahm den letzten Rest Verstand mit und trug ihn fort. Sein Schwanz in Tervs Hand entlud sich. Er wusste nicht wohin, denn der heftige Orgasmus machte ihn einen Augenblick lang blind.

David brach auf ihm zusammen. Er zitterte, fühlte Tervs sanfte Hand seinen schweißnassen Rücken streichen, einen Moment verharren und merkte dann, wie Tervenarius zur Seite griff und eine Decke über sie beide zog. Er sorgt sich um mich und möchte nicht, dass ich friere, ging es ihm wohlig durch den Kopf.

Immer noch vereint, von seinem Schweiß und Sperma zusammengeklebt, lag er erschöpft und genoss, wie eine bleierne Schwere in seinen Körper stieg. Tervs Brustkorb hob und senkte sich ruhig. Schlafen, dachte er, hier will ich schlafen. Sein Geliebter berührte sanft sein Haar, strich es ihm aus der Stirn.

Es war so angenehm bei ihm zu sein. Er rieb die Nase an ihm. Marzipan und Veilchen. Vorhin war es aber Honig und Pfirsich, überlegte er. Oder hatte er sich getäuscht? Er fühlte sich tonnenschwer und satt. Langsam kam sein Verstand wieder in Bewegung. Einen derartigen Rausch hatte er beim Sex noch nie erlebt.

David löste sich, entließ sein Glied und schob sich eng

neben Tervenarius. Der lag entspannt mit geschlossenen Augen.

»Terv?«

»Hm?«

»Sag mal, sind deine Sporen irgendwie berauschend?«

»Hat es dir nicht gefallen?«

»Ähm, doch. Aber das war nicht meine Frage.«

Er blickte Tervenarius gespannt ins Gesicht, der nun ein Auge öffnete.

»Ich benutze beim Sex gelegentlich halluzinogene Sporen. Ich mische sie in den Speichel. Warum?«

»Eben auch?« David bemühte sich, seine Stimme nicht zu erheben. Nein, das war ihm nicht recht. Er wollte nicht ohne seine Zustimmung betäubt werden.

Nun öffnete Terv die Augen ganz. »War dir das nicht angenehm?«

David schluckte und überlegte, um die richtigen Worte zu wählen. »Es ist mir unangenehm, nicht vorher gefragt zu werden. Bitte mach das nicht wieder. Ich möchte dich so erleben und fühlen, wie du bist.«

Tervenarius schwieg.

Hatte er ihn gekränkt? Er musste schnell noch etwas sagen. »Ich habe Honig geschmeckt und Pfirsiche. Was waren das für Sporen?«

Nun drehte sich Tervenarius vollends zu ihm um.

»Ich weiß nicht, was Pfirsiche sind, aber mochtest du diese Aromen auch nicht? Ich dachte, du magst Süßes.«

Himmel Herrgott, er hatte ihn berauscht und seinen Erguss für ihn aromatisiert. So machten Aliens also Sex. Das war bizarr – und auf irgendeine Art sogar ganz witzig.

David sah seinen besorgten Gesichtsausdruck und lachte. »Ich liebe Honig und Pfirsiche. Nur lass bitte in Zukunft die Halluzinogene weg. Tervenarius pur ist mir Droge genug.«

Ein Strahlen erschien auf Tervs Gesicht. »Möchtest du weitermachen? Dieses Mal ohne sie?«

Seine Miene musste Bände gesprochen haben, denn Terv blickte ihn verblüfft an. »Stimmt etwas nicht?«, fragte er.

»Du kannst jetzt sofort wieder vögeln?«

»Ja, sicher. Warum nicht?«

David kicherte. »Das ist bei den Menschenmännern unüblich. Wir brauchen eine Erholungsphase.«

»Wirklich?«, fragte Tervenarius erfreut. »Was hast du für ein Glück, David!« Er grinste und griff nach ihm.

Oh Gott. Wo bin ich hier nur hineingeraten?, dachte er und genoss Tervs langen und unendlich geilen Kuss.

Der Gedanke in ein Abenteuer geschlittert zu sein, wiederholte sich in den folgenden Wochen immer wieder, denn er lernte nach und nach die anderen Krieger kennen und Chrom, den Navigator. Nicht zu vergessen, Pan und die Wölfin Lady.

Wie Terv prophezeit hatte, waren alle Duocarns nett zu ihm. Besonders Patallia, der Mediziner. Er kam David einsam vor, zurückgezogen und in seine Forschungsarbeit vertieft. Deshalb nutzte David, wann immer er ihn sah, die Gelegenheit wenigstens kurz mit ihm zu sprechen.

David schleppte einige Tüten seines Großeinkaufs in die Küche. Tervenarius hatte ihm die Ernährungsgewohnheiten der Duocarns erklärt. Auf ihrem heimischen Planeten ernährten sie sich von einer Art Allround-Pflanze namens Dona. Aus der schien man offensichtlich alles Mögliche produzieren zu können – vom trockenen Pulver bis zum glibberigen Kuchen. Na ja, zumindest stellte David sich Donakuchen so vor. Die Duocarns mussten eine Weile herumexperimentiert haben, bis sie Kefir entdeckt hatten, eine Substanz, die sie vertrugen, und die Dona ausreichend ersetzte.

David hatte bis zu diesem Zeitpunkt eine wage Vorstellung davon gehabt, was genau Kefir war. Erst als er die vielen Behälter mit den in Kuhmilch herumschwimmenden Kefirpilzen in der Küche der Duocarns sah, verstand er dessen Eigenschaften.

Er hatte Kefir getestet, aber sofort wieder ausgespuckt. Das bitter-säuerliche Aroma war ihm unangenehm gewesen.

Sich allein davon zu ernähren, schien ihm unmöglich.

Dann entdeckte er die Milchschnitten im Kühlschrank. Also naschten die Duocarns auch. Das machte ihm die Duonalier sofort wieder sympathischer.

David begann, die Tüten auszupacken. Ihm war die Vielfalt der Lebensmittel wichtig gewesen, dafür hatte er jeweils nur kleine Mengen gekauft. Er musste die Sachen höchstwahrscheinlich alleine essen. Aber er würde sie Tervenarius zumindest alle zum Probieren geben. Mit dieser Aktion hatte er die Aufmerksamkeit der Bewohner gewonnen. Aiden war keine Feinschmeckerin und hatte hauptsächlich gefrorenes Fertigessen im Kühlfach gestapelt.

»Kannst du kochen?« Sie stand mit begeistert blitzenden Augen vor ihm. Das graue Kostüm der Hilfsorganisation saß wie angegossen. Das rote Haar trug sie hochgesteckt. Sie sah toll aus. Das musste David anerkennend bemerken.

»Nein«, gestand er. »Aber ich habe vor es zu lernen.« Er zog aus einer der braunen Papiertüten ein Kochbuch hervor. »Ich finde, Terv sollte zumindest einmal alles kennenlernen, was es auf der Erde gibt.«

Er wollte sich nützlich machen, für die Duocarns genau so wichtig werden wie Aiden. Am Abend zuvor, nach einigen ausgiebigen Liebesakten, waren Tervenarius und er in die Küche gegangen, um zu essen. David plagte das schlechte Gewissen. Sie hatten versäumt den LKW mit auszuladen und setzte sich deshalb nach der Mahlzeit zu den anderen ins Wohnzimmer. Aber niemand schien gekränkt zu sein. Im Gegenteil, die Bewohner waren freundlich, bis zu dem Zeitpunkt an dem Aiden die frohe Botschaft verkündete. Danach war die Heiterkeit grenzenlos: Aiden hatte es geschafft, für die Duocarns Ausweis-Papiere zu organisieren. Diese Nachricht schlug ein wie eine Bombe. Aiden war die Heldin des Abends. Die Duocarns freuten sich wie die Schneekönige und sogar Lady war herumgetanzt.

Ein wenig verlegen blätterte David in dem Buch, während Aiden ihn weiterhin freundlich lächelnd betrachtete. Er wollte unbedingt, dass Tervs Freunde ihn mochten.

Meodern schlenderte in die Küche. »Das interessiert mich

auch. Gute Idee«, meinte er grinsend. Er nahm ein geöffnetes Tütchen Oregano und schnupperte daran. »Du weißt aber, dass Chrom, Pan und Lady nur Tierfutter essen und die Duocarns sich von Kefir ernähren?«

»Keine Sorge, David.« Aiden lachte und schnappte ihre Handtasche vom Tisch. »Ich werde dir helfen, die Ergebnisse deiner Kochkunst zu vertilgen. Ich muss nun los.«

Meodern blickte ihr kurz nach, als sie durch die Tür verschwand. »Ich weiß nicht, was wir ohne ihre Hilfe getan hätten. Sie ist unser guter Geist.«

David nickte.

»Bleibst du jetzt auch bei uns?« Meodern lehnte sich gegen die Küchentür. Er trug einen bequemen, grauen Jogginganzug. Seine grünen Augen schimmerten intensiv.

Was sollte er darauf antworten? Selbstverständlich wollte er bei Terv bleiben. Aber wie lange dieses Verhältnis dauern würde, stand in den Sternen. David biss sich verlegen auf die Unterlippe. Er hatte jedoch Glück. Tervenarius betrat die Küche und rettete ihn.

»Natürlich bleibt er, Meo.« Er legte den Arm um ihn. David strahlte. Sein Herz hämmerte laut. Ich reagiere wie ein Schuljunge, schoss es ihm durch den Kopf. Das ist total peinlich. Er wand sich aus seinem Arm, holte einen Pfirsich aus der Obstschale und hielt ihn Terv unter die Nase. »Siehst du, das ist ein Pfirsich. Möchtest du mal probieren?«

Er schnitt zwei Scheibchen von der Frucht und reichte sie Tervenarius und Meodern. Zwei Außerirdische, dachte er. Und ich mitten drin. Das ist definitiv gewöhnungsbedürftig. Er beobachtete, wie die beiden an ihrem Stückchen rochen, es dann verkosteten und in den Mülleimer spuckten. »Ungewöhnlich, aber gut«, nickte Meo. »Wie schade, dass wir es nicht vertragen.«

Auch Terv lächelte. »Das stimmt. Der Pfirsich riecht und schmeckt wie der duonalische Tarn-Pilz, David. Er wächst auf Duonalia unter der Baumrinde eines bestimmten Baumes.«

»Du hast mir einen Baumpilz in deinem … ähm«, Meodern war ja noch im Raum. »Ja … ähm gegeben?«

Der blonde Duocarn lachte. »Ich lasse euch mal lieber allein. Wir können ja bei Gelegenheit deine Einkäufe weiter testen.«

Terv blickte ihm nach. »Ich sehe schon, uns steht eine interessante Zeit bevor. Voll mit den verschiedensten Aromen.« Er wandte sich zu ihm um. David errötete. »Ich finde es nett, dass du das tust. Lebensmittelkunde interessiert uns. Wir lernen gerne. Und es wird dich den anderen näher bringen.«

Das war ein Lob. Terv nahm ihn in den Arm und küsste ihn zärtlich. David spürte seine Knie weich werden. Ob er wohl für immer so auf Tervenarius reagieren würde? Er straffte sich. »Das freut mich«, antwortete er steif. »Ich habe beschlossen, kochen zu lernen – und du wirst alles probieren müssen. So kann ich mich ein bisschen für deine „Pilz-Lehrgänge" revanchieren.« Er grinste schief und betont männlich. Terv lächelte.

Die Idee, kochen zu lernen und so die Bewohner des Hauses immer wieder zu Kostproben in der Küche zu versammeln, war ein guter Einfall. Inzwischen kannte David jeden der Männer mehr oder weniger. Eine Annäherung an Patallia, der sich meist in seine Arbeit verkroch, fand David nach wie vor schwierig.

Der Chef der Duocarns, Solutosan, ging oft mit Aiden aus und zog sich mit ihr zurück. Er war freundlich zu David, aber kaum mitteilsam. Im Gegensatz zu dem blitzschnellen und kommunikativen Meodern. Der Duocarn war bereit, mehr von ihrem Leben auf dem Planeten Duonalia zu erzählen. Den muskelbepackten Xanmeran sah David wenig, denn der trainierte fast den ganzen Tag oder saß im Computerraum an einem Rechner und surfte im Internet. Dort hielten sich Chrom, Pan und Tervenarius ebenfalls hauptsächlich auf. Er verstand das. Um die Erde umfassend kennenzulernen, bot das Netz die idealen Möglichkeiten. Die Duocarns entdeckten jeden Tag etwas Neues und tauschten sich ständig aus.

David blieb auch nicht untätig. Er war stolz auf seinen Maklerjob, denn das Geschäft mit den Immobilien lief besser als je zuvor. David hatte einen Untermieter in seine Wohnung einquartiert, den er aus seinem Aquaristik-Club kannte. Martin war glücklich, für kleines Geld bei ihm wohnen zu dürfen und versorgte gerne seine Fische.

Um keinen Preis wollte David das Haus in Seafair wieder verlassen. Er hatte das Bedürfnis bei Terv zu sein, und oftmals nervten ihn die vielen Geschäftstermine. So wie der an diesem Tag, für den er dummerweise das Auto stehengelassen hatte.

Terv stand staunend am frühen Abend vor dem Bett. »Was ist denn mit dir los? Du hast dich ja schon hingelegt«, wunderte er sich.

David zog die Decke noch höher bis zum Kinn. »Ich bin heute ganz mutig mit dem Rad zu meinem Termin gefahren. Das war nicht so weit und ich will ja sportlicher werden. Auf dem Rückweg bin ich in einen verdammten Sturzregen gekommen.« Er fröstelte. »Ich habe schon heiß geduscht. Das hat aber nicht viel geholfen.« Terv zog die Bettdecke sanft zur Seite und betrachtete seinen dicken, hellblauen Schlafanzug.

»Hey!« David zerrte ihm die Decke aus der Hand. »Du möchtest wohl, dass ich mich erkälte«, schmollte er und beobachtete Terv mit Argwohn, wie er sich auszog und seine Kleider vors Bett fallenließ. »Willst du das Sakko nicht aufhängen?«, fragte er. »Es bekommt dem Stoff nicht, auf dem Fußboden zu übernachten.«

Terv grinste, aber bückte sich gehorsam, hob die Jacke auf und ging, um sie auf einen Bügel an der Schranktür zu hängen. Dabei gewährte er David einen Blick auf sein strammes, nacktes Hinterteil. »Hm.« Das gefiel ihm natürlich. David rieb seine eiskalten Füße gegeneinander. Ob Terv etwas dagegen hatte, wenn er die Eisbeine an ihm wärmen würde? Vielleicht einfach zwischen seine Beine steckte?

»Na? Zufrieden, du hübscher, hellblauer Betthase?«, erkundigte sich Terv grinsend.

David nickte. »Wenn du mir nun noch hilfst, warm zu werden, bin ich happy.«

Tervenarius grinste vielsagend, schlüpfte unter die Decke, schob sofort seine weichen Hände unter Davids Schlafanzug-Oberteil und streichelte seinen Bauch.

Erst jetzt fiel ihm auf, dass Terv ihn „Betthase" genannt hatte.

»Du denkst, ich wäre dein Boy-Toy«, schmollte David.

Terv lachte leise. »Ist das schlimm?« Er küsste ihn liebevoll. »Und als was siehst du mich?«

Ja, das war eine gute Frage. Terv war toll, und der beste Lover, den David je gehabt hatte. So ein bisschen liebte David es ja auch, mit ihm zu spielen, ihm Zärtlichkeiten zu entlocken und ihn zu Höchstleistungen anzuspornen.

»Du bist mein Man-Toy«, antwortete er entschlossen. Terv hielt inne, dann brach er in schallendes Gelächter aus. »Wenn das die anderen Duocarns gehört hätten!« Er zog den Schlafanzug höher und entblößte Davids Bauch, küsste lachend seinen Bauchnabel. »Ich bin einer ihrer ältesten Krieger und werde von dir zum Spielzeug degradiert.« Er lachte und konnte sich kaum noch beruhigen.

»Das ist doch nur sexuell«, rechtfertigte David sich. »Du weißt, wie ich das gemeint habe.« Er presste die Lippen zusammen. Es war schwer sich gegen Tervenarius zu behaupten, besonders wenn man so viel jünger war. Verglichen mit Terv war er ein Baby. »Wie alt bist du denn überhaupt genau?«

Tervenarius hatte seinen Heiterkeitsausbruch überwunden, legte sich bequem hin, den Kopf immer noch auf seinem nackten Bauch. »Ich weiß es nicht, David. Die Zeit auf Duonalia vergeht anders. Ich denke, sie ist dort langsamer. Wir rechnen auch nicht in Jahren. Wir haben die Zyklen, die durch die Bewegungen der vier Monde bestimmt sind. Wenn ich meine Lebensspanne in Jahren schätzen müsste, würde ich sagen, dass ich so um die tausend Jahre existiere. Nur Solutosan ist älter als ich, denn er passierte als Erster das Sternentor.«

Tausend Jahre! Wahnsinn! Er fuhr mit den Fingern in

Tervs seidenweiches Haar, streichelte die langen Strähnen, die sich auf seinem Bauch schlängelten. Der rötliche Schein der kleinen Nachttischlampe gab ihnen einen hübschen, orangefarbenen Schimmer.

»Ich war ein junger Mann, als ich durch das Tor ging und unsterblich wurde, David«, erzählte Terv versonnen weiter. »Vielleicht etwas älter als du. Seitdem habe ich meinen Körper nicht mehr verändert, beziehungsweise ich bin alterslos geworden.« Er wandte den Kopf und entzog ihm so das Haar. »Ist dir immer noch kalt?« David nickte. »Na dann!« Er richtete sich auf. »Du hast viel zu viel an, David. Zieh das aus. Arme hoch!« Ohne auf seine Proteste zu achten, zog Terv ihm das Schlafanzug-Oberteil über den Kopf, streifte kurzerhand die Hose hinab und beförderte sie mit einem Tritt aus dem Bett. Danach deckte er ihn wieder sorgfältig und liebevoll zu und schmiegte sich an ihn. Sein nackter Leib fühlte sich wunderbar an. Harte Muskulatur unter samtweicher Haut.

»Okay, jetzt kommt die Spezialbehandlung für Boy-Toys«, raunte Terv. Er rutschte höher und begann an seiner Stirn, bedeckte jeden Quadratzentimeter seines Körpers mit kleinen Küssen. Das kitzelte. David wand sich. Terv setzte seine Reise unbeirrt fort. Nun waren die Augenlider dran, die Wangen und die Nase. Auf dem Mund hielt Terv sich länger auf. Aber schon ging es weiter zu den empfindlichen Ohrmuscheln, links, dann rechts. Für den Hals brauchte er lange, denn er ließ tatsächlich keine Stelle aus. David seufzte. Er war so konzentriert, dass er wirklich vergaß, an seine kalten Füße zu denken. Wenn Terv so weitermachte ... Er stellte sich einige andere Körperteile vor, die sein Freund gleich küssen würde, und langsam wurde ihm wahrhaftig warm. Tervs Lippen waren seinen Arm hinab gewandert, bedachten jeden einzelnen Finger. Er drückte ihm den Arm hoch und berührte die empfindliche Unterseite des Arms mit dem Mund, landete in der Achsel. Nun bemerkte David, dass Terv nicht nur küsste, sondern auch intensiv seinen Körpergeruch inhalierte, dass er seinen Haaransatz beschnupperte, hinter seinem Ohr tief eingeatmet hatte. Terv besaß garantiert nicht die Wahrnehmung eines Menschen. Dadurch, dass er auf mikroskopisch kleine Pilze spezialisiert war, musste er einen feinen Geruchs- und Geschmackssinn haben. Er hatte inzwischen seine Brustwarzen erreicht, die er nicht nur mit Küssen verwöhnte, nein, sie umkreiste er zusätzlich mit der Zunge, leckte und biss zart in deren Knospen, die sich ihm entgegen reckten. Ja, er war noch nicht einmal am Bauchnabel angekommen, als David ihm entgegenkam, sich wand und fieberte, wo er ihn wohl als Nächstes berühren würde. Natürlich hatte sich der kleine David zwischen seinen Beinen bereits aufgerichtet, streckte sich und wollte seine rosige Spitze ebenfalls geküsst bekommen. Aber Terv beachtete ihn nicht. Er kümmerte sich um seine Schenkel, rieb seine Nase in den Kniekehlen, glitt tiefer und liebkoste seine Füße. Er saugte hingebungsvoll an seinen Zehen, was David zum Keuchen brachte. Er ließ sich lange und genussvoll Zeit. Davids Körper vibrierte, als Terv gemächlich wieder seinen Leib hoch wanderte. Jetzt, dachte er, jetzt. Er reckte Terv den Unterleib entgegen. Der küsste jedoch haarscharf an seinem Schwanz vorbei. Erst rechts, dann links. Die Mitte, nimm die Mitte, beschwor David ihn in Gedanken und krallte sich ins Bettuch. Doch Terv berührte nur sacht die Schaftwurzel und glitt anschließend höher, über seinen Bauchnabel, die Brust hinauf zum Gesicht und küsste ihn leidenschaftlich. Seine Zunge drang tief in Davids Mund ein, liebkoste ihn. David strampelte empört. »Und er?«

»Wer?«

»Na er.« Er deutete nach unten.

Tervenarius lachte. »Weint er schon?«

David nickte eifrig.

»Zeig mal her.«

Terv rutschte erneut an ihm hinab und nahm sein Glied in die Hand. »Ja, stimmt, er tropft sehnsüchtig«, bestätigte er und David fühlte seinen Daumen über die feuchte Eichel fahren.

Er kam wieder in Augenhöhe und strich ihm mit konzentriertem Gesicht den glänzenden Schleim auf die Lippen. »Du machst mich verrückt«, ächzte David.

»Genau das möchte ich auch«, flüsterte Terv in sein Ohr. »Ich will, dass du mich bittest. Nein, dass du bettelst.« Um seinen Worten Nachdruck zu verleihen, beugte er sich über ihn und nahm seine Brustwarze in den Mund, kaute sanft darauf herum. Er sollte betteln. Ihm schwanden die Sinne. Wenn Terv so weiter machte, würde sein Schwanz explodieren.

Er biss die Zähne zusammen und schüttelte stur den Kopf. So einfach war er nicht zu haben.

Tervenarius war wieder hochgekommen, sah ihm ins Gesicht und lächelte. Kam näher. Hm, sein Mund. David schloss erwartungsvoll die Augen. Enttäuschung, er küsste ihn nicht. Er fuhr mit der Zungenspitze die Konturen seiner Lippen nach. David griff instinktiv nach Tervs Schwanz. »Nein, David.«

Terv packte seine Handgelenke und zwang ihm die Arme über den Kopf, presste sie dort eisern mit der linken Hand zusammen. Dann leckte er weiter seine Lippen ab, während er die Rechte langsam unter seinen Po schob. David versteifte sich, was seinem Geliebten ein Lächeln entlockte. Tervenarius hielt Davids Hände unnachgiebig fest, drang mit der Zunge tief in seinen Mund ein und drückte die Hand zwischen seine Pobacken. Er hatte seine gleitende Sporenflüssigkeit abgesondert, so dass es David nichts nützte, sie zusammenzukneifen. Zielsicher fand Tervs befeuchtete Rechte, was sie suchte, ein Finger nahm behutsam den Weg in seine Öffnung. David wollte Luft holen, aber Tervs Lippen ließen es nicht zu. Er wand sich, streckte genussvoll die Beine. Das war so schön. Himmel, es war angenehm so genommen zu werden. Hilflos ausgeliefert. Tervenarius bestimmte nun sogar, ob er atmen konnte oder nicht. Der löste den Mund. »Und, wie steht's jetzt?«, raunte Terv an seinem Ohr. Unbeirrt bewegte er seinen Finger langsam und drang tiefer in sein Fleisch ein. »Soll ich ihn wieder herausziehen?«

»Nein«, keuchte David. Mist, das war ihm einfach so entwichen. »Nein, mach weiter, Terv!«

»Wie sagt man denn?«, fragte Tervenarius eindringlich.

»Bitte!«

»Was bitte?«

»Bitte ... ähm.«

»Ja?«

»Bitte fick mich«, flüsterte David verschämt. Sein Schwanz pulsierte. Sein Verstand war verhangen und benebelt. Er wollte Terv so sehr. Wollte mehr und noch mehr. Und wieder und wieder.

Terv lachte leise.

»Ganz genau. Das möchte ich hören. Ich will, dass du gierig bist.« Er zog behutsam den Finger aus seinem Leib, drehte ihn auf die Seite und drückte mit dem Knie sein oben liegendes Bein nach vorne weg. David fühlte sanft kreisend Tervs Eichel an dem sich dehnenden Eingang. Ja, er wollte es.

»Fick mich, Terv«, sagte er nun klar und deutlich und reckte seinen Po noch weiter hervor. Endlich, endlich, schloss Terv die Faust um Davids prallen Schwanz, während er langsam und einfühlsam in ihn eindrang. Er lag ganz ruhig, um ihn an sich zu gewöhnen. Nein, er war nicht wie die Menschenmänner, hektisch, egoistisch nur auf selbstsüchtige Befriedigung bedacht.

Terv packte seine Handgelenke unerbittlich fester, drückte sein Glied härter. »Nun bist du in meiner Gewalt, David. Und aufgespießt wie ein hübscher Schmetterling.« Seine Stimme, wie Honig – sanft und geil. Terv unterdrückte seine eigene Erregung – kontrollierte sich, das spürte David. »Ich möchte, dass du in meine Hand kommst. Aber denke nicht, dass ich mich mit einem winzigen Spritzer begnüge. Ich will alles. Hast du mich verstanden? Und wenn ich dich drei Stunden vögeln muss. Ich will sehen, wie du dir die Seele aus dem Leib ejakulierst.« Seine Worte unterstützte er mit einigen Stößen seines stahlharten, großen Schwanzes, und ein paar kraftvollen Bewegungen an Davids Glied.

»Ja«, keuchte David. Nie hätte er gedacht, dass Terv so mit ihm sprechen würde. Diese Art Verbalerotik stachelte seine Erregung weiter an. Er liebte ihn, verdammt noch mal. Er tat alles, damit er zufrieden war. Sein Geliebter war nicht wie die anderen, das verstand er nun. Er wollte sehen, wie er kam. Es drängte Terv zu spüren, wie er vor Wollust zitterte – er gierte danach zu fühlen, wie er sich verausgabte. Terv wünschte von ihm belohnt zu werden, in dem er ein vor Lust vergehendes Bündel Fleisch in seinen starken Armen wurde. Das erfüllte und erregte ihn und brachte ihn selbst zum Orgasmus. David schloss die Augen und ließ sich fallen.

»Ist dir noch kalt?« David lag erschöpft auf Tervs Brust. Hatte er jemals im Leben schon mal gefroren? David konnte sich nicht daran erinnern. Er fühlte sich schwer und durchglüht, kaum fähig sich zu rühren. Sein Unterleib schien in der Matratze zu versinken. Das Bett muss grauenvoll aussehen, dachte er, war aber zu faul um die Augen zu öffnen. Terv hatte ihm sein Ejakulat wohl ein Mal in den Mund gestrichen, ihn damit gefüttert, jedoch die anderen Produkte ihrer feuchten Orgie waren offenbar irgendwo in den Kissen gelandet. »Hast du eigentlich genügend Bettwäsche?«, fragte er, denn er hatte Tervs Frage schon fast vergessen.

»Ich deute das mal als ein Nein«, konterte Terv amüsiert. David hob den Kopf. Wie konnte sein Schatz jetzt noch so frisch und fröhlich klingen? Terv blinzelte ihm zu. Er sah schön aus. Wunderschön sogar, nahezu engelsgleich. Sex schien ihm gut zu tun, hatte die goldenen Augen zum Leuchten gebracht und das innere Strahlen seiner Haut verstärkt. Davids Blick saugte sich an seinem Gesicht fest. Dann fielen ihm ermattet die Lider zu. Er war wunschlos glücklich. Okay, bis auf die Sache mit der sauberen Bettwäsche. Aber die konnte auch bis zum nächsten Tag warten. »Morgen koche ich wieder«, verkündete er schläfrig, »und zwar etwas, das dich diese dämlichen Milchriegel vergessen lassen wird: Tiramisu.«

»Das hört sich nach einem exotischen Gericht und einem hohen Zuckergehalt an«, grinste Terv. »Willst du Aiden mästen?«

»Probierst du es wenigstens?«, murmelte David.

»Ja, Schatz.« Terv streichelte sanft sein Haar. »Schlaf jetzt – und vielen Dank.«

»Wofür denn?« Er suchte eine noch bequemere Schlafstelle auf Tervs Brustkorb, entschied dann, sich in dessen Achsel zu kuscheln und seinen Bizeps als Kopfkissen zu benutzen.

»Danke, dass du heute wieder alles gegeben hast. Danke dafür, dass du da bist und dich so liebevoll um mich kümmerst. Und danke, dass ...« Er ist der erste Mann, der sich nach dem Sex bedankt, dachte David. Den Rest von Tervs Dankesrede hörte er jedoch nicht mehr, denn er war eingeschlafen.

Die morgendliche Sonne strahlte hell in ihr Bett, als David die Augen öffnete. Terv saß in einer Bluejeans und einem engen, schwarzen Shirt mit einem Glas Kefir in der Hand auf der Bettkante. Das lange silberweiße Haar hing ihm offen über die Schultern. Er betrachtete ihn eindringlich und interessiert. »Guten Morgen.« Er lächelte, was David sofort wieder verunsicherte.

»Du guckst mir beim Schlafen zu?« Er sah dann bestimmt doof aus. Vielleicht hatte er den Mund offen und schnarchte, was er äußerst peinlich fand.

»Ja, ich mag dein schlafendes Gesicht. Manchmal kann ich sehen, dass du träumst.«

»Hm!« David schlug die Bettdecke zurück und machte sich auf den Weg ins Bad. John hatte ihm nie zugesehen, wenn er schlief, garantiert nicht. Im Gegenteil war der nervige John immer derjenige gewesen, der ihm den Schlaf mit seinem Schnarchen geraubt hatte. Er wusch sich nach der Toilettenbenutzung die Hände und blickte in den Spiegel. Er sah frisch aus, jung, das Haar völlig verwuschelt. Kein Wunder nach der Nacht.

Er lief zurück ins Schlafzimmer und schob sich an Terv

vorbei ins Bett. »Ich habe versucht Kaffee zu machen, aber weiß nicht, ob ich das Pulver richtig dosieren konnte.« Mit diesen Worten ergriff Terv eine Tasse vom Nachttisch und reichte sie ihm. John hatte ihm niemals Kaffee gemacht. Er war eine faule Socke gewesen, die sich immer hatte von ihm bedienen lassen. David nahm einen Schluck. Terv hatte Zucker und Milch hineingetan, also war das Gebräu genießbar. Ich sollte Terv nicht an John messen, dachte er. Das ist ja, als würde man ein Spielzeugauto mit einem Porsche vergleichen. »Schmeckt prima!« Er strahlte Tervenarius an.

Der sah in Jeans und Shirt klasse aus – allerdings geriet David erst vollends in Begeisterung, wenn er sich konservativ kleidete. Für ihn war es eine der schönsten Beschäftigungen zuzusehen, wie Terv ein Hemd überstreifte, Manschettenknöpfe anlegte, einen Anzug, vielleicht eine tolle Weste und passende Schuhe anzog, auch wenn sein Freund Stiefel oder Halbstiefel bevorzugte. Zu einem Anzug gehörten nach Davids Meinung Halbschuhe. Dass Terv unter diesem seriösen Outfit dann allerdings keinen Slip trug, war für David ein Skandal. Um das zu ändern, hatte er bereits eine Auswahl an Strings und Boxershorts in Tervs Kleiderschrank gestapelt, die dieser jedoch unbenutzt ließ.

David trank einen großen Schluck Kaffee. Tervenarius hatte sich trotzdem freundlich für die Slips bedankt. Diese guten Umgangsformen hatte er bei allen Duocarns bemerkt. Ihm fiel ein, dass Tervenarius in der vergangenen Nacht ebenfalls seinen Dank geäußert hatte.

»Sag mal, Terv?« Tervenarius, der ruhig und in Gedanken versunken weiterhin auf der Bettkante gesessen hatte, hob den Kopf. »Wieso sind die Duocarns eigentlich so höflich? Ihr verneigt euch und ... was mich gestern besonders erstaunt hat ist, dass du dich sogar für ... Sex bedankst. Ist das auf Duonalia so üblich?«

»Ja natürlich, David.« Terv musterte ihn mit seinen Löwenaugen. »Ich sehe Sex als ein Geschenk. Es ist doch nicht selbstverständlich, dass man mit jemandem kopuliert und Intimitäten austauscht. Man verschenkt sich in diesem Moment und man bekommt etwas. Ist das nicht ein Grund, danke zu sagen?« David nickte nachdenklich. So hatte er das bisher nie betrachtet. Da waren noch so viele unbeantwortete Fragen, aber er wollte Terv nicht nerven. Jedoch – »David, wer nicht fragt, bleibt dumm«, war einer der Lieblingssprüche seines Vaters gewesen. David musste einfach alles über ihn in Erfahrung bringen.

»Hattest du auf Duonalia einen Partner? Oder mehrere?« Das interessierte ihn wirklich brennend. Er bemühte sich, bei dieser Äußerung ein unbeteiligtes Gesicht zu machen.

»Willst du das ernsthaft wissen, David?« Terv sah ihn forschend an.

Er nickte.

»Duonalia hat einen Hauptplaneten, vier Monde und natürlich eine Sonne. Die Monde sind nach den Himmelsrichtungen benannt, was übersetzt so etwas wie „Nördlicher Mond" oder „Südlicher Mond" heißt. Auf dem westlichen Mond gibt es eine Männerwelt, zu der Frauen keinen Zutritt haben. Im Grund wissen alle davon, aber niemand spricht darüber.«

Tervenarius nahm ihm die leere Tasse aus der Hand und stellte sie zusammen mit seinem Glas auf den Nachttisch. Dann rutschte er zu ihm auf das Bett, saß aufrecht an die Rückwand gelehnt und zog ihn in seinen Arm. Wieder diese Stärke, dachte David. Es ist bizarr, dass diese Kraft in einem Körper mit so einer weichen Hülle steckt. Er schmiegte seinen Kopf an Tervs Brust. »Erzähl weiter. Was machen die Männer in dieser Welt?«

»Nun ja ...« Terv lachte leise. »Tanzen.«

»Was?« David blickte überrascht zu ihm auf.

»Nein, das war Spaß. Die Männerwelt fängt an einem großen, verzierten Tor an, das mitten in einem kleinen Wäldchen steht. Die Bäume dieses Waldes haben rote, harte Blätter und klappern, wenn eine Brise in sie fährt. Auf Duonalia weht fast ständig Wind. Nachts hört sich das an, als würden viele Mädchen in hölzernen Schuhen weit entfernt eine Treppe hinunterlaufen. Die nächtlichen Insekten sind dort nicht zu hören. Die duonalischen Insekten machen im Grasland nämlich in der Dunkelheit einen ziemlichen Lärm.« Er lächelte. »Das verschnörkelte Tor ist aus Metall, ähnlich wie euer Eisen, und niemand weiß, wie es dorthin gekommen ist. An ihm halten die ganze Nacht über zwei Jünglinge Wache. Ich glaube, sie machen selbst niemals Sex. Sie sind sehr freundlich, küssen die Ankommenden auf die Wangen und setzen ihnen duftende Blütenkränze auf die Häupter. Beim Abschied reiben sie ihre Lippen meist etwas länger an der Haut der Besucher. Sie nehmen bestimmt so das Aroma des Geschehenen auf.«

»Wow!«, staunte David. »Ich kann es mir vorstellen.«

»Die Männerwelt ist der einzige Ort auf Duonalia, wo echte Feuer brennen mit roten Flammen. Normalerweise findet man auf dem Planeten nur bläulich brennende Energiefeuer. Dort jedoch werden Reisig und geringe Mengen Holz verbrannt. Die Feuer sind klein, denn Holz ist ein seltenes Material auf Duonalia und wird für andere Dinge gebraucht.«

David sah zu Terv hoch. Sein Gesicht war beherrscht, doch es wirkte auf einmal traurig. Tervenarius hatte bestimmt Heimweh. Die Duocarns waren entwurzelt, auf einer für sie fremden Welt. Davids Herz wurde plötzlich schwer. Er erfasste tröstend Tervs Hand.

»Einige haben Musikinstrumente und spielen darauf, ja, und die Männer tanzen bei den Feuern. Das ist schon wahr. Aber natürlich kommt dort niemand wegen des Tanzes hin, sondern um sich einen Partner zu suchen. Man verständigt sich mit Gesten. Das reicht in den meisten Fällen.«

Also auch nicht anders als auf der Erde, dachte David, der die Erzählung nicht unterbrechen wollte.

»Es ist nicht schwer zu verstehen, was jemand möchte, der sich vor einen niederkniet«, grinste Terv.

»Wie sehen duonalische Männer aus?«, fragte David gespannt.

»Menschenähnlich, meist hochgewachsen, schlank mit langem Haar, jedoch ohne Körperbehaarung. Duonalier sind sanftmütige Wesen und haben keine kriegerischen Gene. Sie sind nicht offensiv, sondern gebildet und geduldig. Duonalier sind langlebig. Ihr Lebensziel ist es, sich geistig zu entwickeln.«

»Oh!« Aber immerhin schienen die duonalischen Männer genau so geil zu sein wie die Menschen, denn sonst würde es diese Männerdomäne ja nicht geben. Jedoch war das Niveau dieser Welt offensichtlich höher als ähnliche Treffpunkte auf der Erde. David dachte mit Gruseln an die groben Lederkerle in den lauten Diskotheken, die sich mit Hankycodes verständigten, an die Männer, die sich gegenseitig in irgendwelchen schmutzigen Ecken, öffentlichen Toiletten oder auf Parkplätzen befriedigten.

»Und angenommen, du hast jemanden gefunden, der dir gefällt. Wie geht es weiter?«

Terv lachte. »Ja, was soll danach passieren? Man verzieht sich mit ihm in den Wald ins Moos.«

War es ihm peinlich davon zu berichten? David sah ihn fragend an. »Ich meinte, ob sie dann schnell zur Sache kommen.«

»Zärtlichkeiten sind eigentlich selbstverständlich, David. Streicheln, berühren.«

»Küssen?«

»Nein, keine Zungenküsse wie auf der Erde. Man berührt sich jedoch mit den Lippen, aber auch mit den Nasen oder den Händen.«

»Ist es schwer, einen Partner für die eigenen Vorlieben zu finden?«, fragte David wissbegierig.

»Für mich nicht.« Terv blickte zu ihm hinab mit einem Ausdruck, der bei David sämtliche versaute Phantasien lostrat und seinen Schwanz hart werden ließ.

»Das liegt aber einzig und allein daran, dass die Männer wissen, dass ich anders bin und deshalb neugierig sind.« Terv machte eine nachdenkliche Pause. »Der Vorteil eines Exoten«, fügte er leicht ironisch hinzu.

»Und wenn ihr Sex hattet, dann bedankt ihr euch?«

»Ja, das ist völlig normal. Höflichkeit, Freundlichkeit, Geduld und Rücksichtnahme sind Grundvoraussetzungen und das würde dort niemand anzweifeln.«

David dachte an die menschliche, schwule Welt der schnellen Befriedigung. Die wollte er Tervenarius niemals zeigen. Dafür schämte er sich – schämte sich für seine Geschlechtsgenossen.

Tervenarius schloss kurz die Augen. Er musste telepathischen Kontakt zu den anderen Duocarns hergestellt haben. »Wir haben nachher eine Besprechung. Bist du heute Mittag hier?«

»Ja.« David nickte. »Ich fahre nur in meine Wohnung um ein paar Sachen zu holen, dann versuche ich mich an dem Tiramisu.« Tervenarius lächelte und küsste ihn zärtlich.

Pan tunkte mit einem Seitenblick auf ihn eine Klaue in die Mascarponecreme und schob sie dann blitzschnell in den Mund. »Das schmeckt ja sogar!«

David runzelte die Stirn. »Bist du sicher, dass dir das nach dem ganzen Kitekat bekommt? Nachher wird dir noch schlecht.«

»Nö«, Pan schüttelte den Kopf. »Ich vertrage ja auch Milchriegel.«

»Mascarpone ist fetthaltiger«, belehrte David ihn und wischte sich die Hände an seiner geblümten Küchenschürze ab. Dann schob er das Tiramisu in den Kühlschrank.

Es war gar nicht so schwer gewesen, diese Nachspeise zu machen. Das Rezept war gut. Er horchte ins Wohnzimmer, in dem alle Duocarns versammelt waren. Er ahnte, dass sie eine Besprechung hatten. Nach wie vor irritierte ihn, dass diese lautlos stattfand. Unter Garantie ging es wieder einmal um die Erzfeinde der Duocarns, die Bacanis. Von Tervenarius wusste er, dass Solutosan steif und fest die Meinung vertrat, dass diese Wesen ebenfalls auf der Erde gestrandet waren.

»Sag mal, Pan, Chrom ist doch auch ein Bacani. Sehen die mutiert wirklich so schlimm aus?«

Pan kraulte die neben ihm sitzende Wölfin Lady hinter den Ohren, die genießerisch die gelben Augen schloss. »Warum bittest du meinen Dad nicht darum, dass er sich mal verwandelt? Dann bekommst du selbst eine Vorstellung davon.«

»Meinst du, das würde er für mich tun?«

»Na klar«, lachte Pan. Seine Fangzähne blitzten.

David blickte ihn nachdenklich an. Er hatte sich wider Erwarten an das Aussehen des Jungen gewöhnt. Pan war ein prima Typ, lieb und sehr talentiert – ein kleines Computergenie. Versonnen sah er zu, wie Pan Lady mit seinem Spiralschwanz ärgerte, immer wieder versuchte, sie mit der Schwanzspitze an der großen, schwarzen Nase zu kitzeln. Wenn die Wölfin danach schnappen wollte, zog er ihn blitzschnell weg. Pan hatte Langeweile. Das war verständlich, da er das Haus nie verlassen durfte. Ohne gleichaltrige Kameraden aufzuwachsen, war bestimmt nicht schön.

»Pan, reize Lady nicht so. Du weißt, sie merkt sich so etwas.« Chrom stand in der Küchentür und blickte mit Missfallen auf das, was sein Sohn trieb.

Pan zog seinen Schwanz hinter sich. »Sag mal Dad, würdest du David zeigen, wie ein verwandelter Bacani aussieht? Er kann es sich nicht vorstellen.«

Chrom wandte sich zu David und musterte ihn durchdringend. Er ist ein wahrhaft exzentrischer Typ, dachte David. Seine langgezogene Kopfform mit den weit auseinanderliegenden Augen erinnerte an einen Ziegenbock. Zudem die Reihe buschigen Irokesenhaares unbestimmter Farbe. Aber seine Augen sind wunderschön, fand David, veilchenfarben, violett mit einer abgründigen Tiefe. »Ja, ich würde es gern einmal sehen«, bestätigte er.

Chrom nickte und fing an sich auszuziehen. David sah ihm mit offenem Mund dabei zu. »Ähm«, stotterte er. Hatte der Navigator ihn missverstanden? Er kam jedoch nicht dazu, weiter zu sprechen, denn das, was nun geschah, war ungeheuerlich. Chrom stand dünn und nackt vor ihm, und während er David angrinste, zog sich sein Irokesen-Haar auf dem Schädel auseinander und breitete sich über seinen Körper aus, der nach vorne auf die Arme sank. Die Körpermasse vervielfachte sich, sein gelb-grau gestromter, struppiger Pelz dehnte sich über den zu einem Muskelberg mutierten Leib aus. Der massige Kopf zeigte zwei Reihen spitzer, glänzender Zähne. Der lange, behaarte Spiralschwanz schlug auf dem Boden. Vor ihm stand ein ausgewachsener Werwolf. Das Einzige, das dieses Vieh noch mit Chrom gemeinsam hatte, waren die violetten Augen, die unverändert aus dem gruselig veränderten Gesicht blickten. David wich mit dem Rücken an den Kühlschrank zurück. Jetzt war ihm klar, warum Chrom sich vorher entkleidet hatte. Sein verwandelter Leib hätte niemals in eine normale Jeans gepasst.

Pan grinste. »Ein reinrassiger Bacani, David. Nicht so ein winziger Mischling wie ich. Stimmt's, Dad?« Er tätschelte dem Werwolf den Pelz und lachte über Lady, die sich begeistert am Bein des pelzigen Ungeheuers rieb. In diesem Moment trat Tervenarius in die Küche. Er blickte Chrom verdutzt an, sah danach in Davids besorgtes Gesicht und wurde ernst.

»Ja, David, so sehen unsere Feinde aus. Chrom, wo du schon dabei bist, zeig ihm auch die Spiralvene.«

Der mutierte Chrom knurrte und öffnete vollends das Maul. Er schob ein fast zwei Meter langes, rotes Kabel unter der Zunge hervor, das vor ihm auf dem Boden zu liegen kam. David spürte ein leichtes Unwohlsein im Magen. Das war bizarr, ekelig und beängstigend. Er war Terv dankbar, dass er sich neben ihn an den Kühlschrank lehnte, Schulter an Schulter.

»Warum sagt er nichts?«, fragte David heiser.

»Er kann im verwandelten Zustand nicht sprechen«, beantwortete Pan seine Frage.

Chrom zog seinen Körper wieder zusammen, verkleinerte das Fell, normalisierte sein Gesicht, erhob sich auf die Hinterbeine. Das Ganze dauerte nur einige Sekunden. Wortlos zog er sich an.

David spürte Tervs Schulter. Die Härte und Wärme war tröstlich. Ich war nicht in Gefahr, dachte er. Das ist Chrom. Er steht auf Seiten der Duocarns. Ich hatte ihn ja gebeten, sich zu verwandeln. Er schluckte trocken.

»Danke, Chrom«, sagte er. »Jetzt habe ich verstanden, was ein Bacani ist.«

»Ja«, bestätigte Terv. »Sie sind starke Gegner und brandgefährlich. Kein Mensch oder Duonalier kann es mit ihnen aufnehmen.« Er wandte sich ihm zu und blickte ihn ernst an. »Ich möchte, dass du lernst, dich zu verteidigen, David. Wärest du dazu bereit? Ich würde dir Nahkampf beibringen und Waffenübungen mit dir machen.«

David sah Chrom zu, wie er eine Dose Katzenfutter öffnete und sich den Inhalt auf einen Teller schaufelte. »Glaubst du auch, dass diese Wesen auf der Erde sind?«

»Wir wissen es nicht, aber es könnte sein. Nur – sollten wir sie entdecken, wird der Kampf sofort beginnen. Du bist dann nicht vorbereitet. Mir wäre lieb, du hättest zumindest eine Grundausbildung.«

David nickte gedankenverloren. Das verstand er. »Wir fangen an, wann immer du willst, Terv«, antwortete er tapfer.

Das hätte er mal besser nicht so leichtfertig gesagt, denn Terv nahm ihn bereits am nächsten Morgen beim Wort. »Komm, aufstehen!« David blinzelte. Terv stand in einem grauen Jogginganzug vor dem Bett.

»Bitte, noch fünf Minuten«, murmelte David und kuschelte sich ins Kissen. Er fühlte sich so wohlig erschöpft, erinnerte sich finster, dass Terv ihm im Morgengrauen einen geblasen hatte. Das war angenehm gewesen und er war danach sofort wieder eingeschlafen.

»Nein, genug gefaulenzt!« Tervenarius sprang auf ihn, setzte sich rittlings auf seinen Unterleib und zog ihm die Decke weg.

»Wie kannst du am frühen Morgen nur so fit sein?«, maulte David und klammerte sich an die Zudecke. Terv zog an der anderen Seite. Keine Chance, David wollte sie behalten. Er griff fester zu. Sie rangelten um seine Decke, verstrickten sich in ihr, lachten. Terv lag auf ihm und sah ihn an. Seine Miene wurde weich, die Augen dunkelgolden.

Ein Kuss, ja ein Kuss, dachte David, und bitte noch mehr. Und lass uns nie wieder damit aufhören ... Ihre Münder versanken ineinander, ihre Zungen trafen sich, spielten miteinander, liebkosten sich. David spürte, wie die Erregung ihn erfasste. Ich will ihm gehören, ging es ihm durch den Kopf. Amors Pfeil, der mich getroffen hat, steckt ganz tief in meinem Hintern. Bei diesem Gedanken musste er lachen, grub seine Finger in Tervs seidenweiches Haar und küsste ihn lachend weiter: auf die Lippen, die glatte Stirn, die weiche Nase ... Von Amors Pfeil durchbohrt, um mich in einen Alien zu verlieben – das gibt es wirklich nicht alle Tage.

Terv löste sich von ihm und befreite sich aus den verwurstelten Decken. »Gut, jetzt bist du wach. Ich deute deine Fröhlichkeit mal als Freude darüber, dass du gleich auf dem Schießstand lernen wirst, mit einer Waffe umzugehen. Aber zuerst üben wir Grundlagen der Selbstverteidigung.«

Er sollte schießen üben. Mit einer Pistole? Das war weniger lustig. Eigentlich gar nicht, denn er mochte keine Schießeisen. Er war überzeugter Pazifist.

»Ist das wirklich nötig, Terv?«

Tervenarius erhob sich von der Bettkante und nickte. »Eine Gruppe ist immer nur so stark wie ihr schwächstes Glied. Ist das nicht sogar auch eine Regel auf der Erde? Du gehörst nun dazu, und selbst wenn du nicht mit mir in den Angriff gehst, musst du dich wenigstens verteidigen können. Zieh dir etwas Bequemes an. Ich gehe schon mal runter und warte auf dich.«

Hm, Terv glaubte wirklich, dass sie diese Bacanis irgendwann finden würden. David setzte sich auf und reckte gähnend die Glieder. Wie wahrscheinlich war es denn, dass die zwei Raumschiffe zur gleichen Sekunde aus einem Wurmloch katapultiert worden waren? Als alter Science Fiction-Fan wusste er, dass die Möglichkeit verschwindend gering war. Vielleicht war hier einfach nur der Wunsch der Vater des Gedankens.

Er ging ins Bad. Na ja, wenn Tervenarius darauf bestand und es ihn glücklich machte. Als Schwuler war man ja nie so ganz ungefährdet. Das hatte er bereits mehrmals am eigenen Leib erlebt. Er putzte sich die Zähne und sah zwischendurch in den Spiegel. Die weiße Narbe über der Augenbraue war kaum noch zu erkennen. Die hatte er von einem Angriff durch einen Schwulenhasser, der in einer Disco mit einem abgebrochenen Bierglas auf ihn zugestürzt war. Dabei hatte er lediglich mit einem Bekannten an der Bar ein paar Worte gewechselt. Ein angetrunkener Mann hatte sich dadurch auf den Schlips getreten gefühlt und ihn unvermittelt angegriffen. Er erinnerte sich daran, wie ihm das Blut ins Auge gelaufen war, und an die entsetzten Gesichter der anderen Gäste. Damals dachte er, sein letztes Stündlein hätte geschlagen. Es wäre gut gewesen einen Trick zu beherrschen, um dem Kerl das Glas aus der Hand zu drehen oder zu treten … Er verließ das Bad. Bacanis hin oder her – er war entschlossen alles zu lernen, was Terv ihm beibringen wollte.

David hatte nicht an die anderen Duocarns gedacht und daran, dass Xanmeran ja ebenfalls ständig in dem Trainingsraum Sport trieb. Er erinnerte sich erst wieder an den Mitbewohner, als er die Treppen hinunter eilte, weil er Terv nicht so lange unten warten lassen wollte. Er stieß an der Tür zum Sportraum fast mit dem riesigen Xanmeran zusammen. Glücklicherweise war der glatzköpfige Duocarn eben dabei, den Raum zu verlassen. David dachte mit Grauen daran, bei seinen ersten Versuchen in Selbstverteidigung Zuschauer zu haben.

»Hallo«, David lächelte scheu. Er hatte noch nie sonderlich viel mit dem großen Rothäutigen gesprochen. Der war ihm unheimlich, zumal Tervenarius ihm erzählt hatte, dass er seine komplette Haut vom Körper lösen und Leute damit einwickeln konnte. Das stellte er sich sehr gruselig vor. Xanmeran musterte ihn kurz mit seinen schwarzen Augen, nickte aber nur und ging weiter.

Uff! David wagte nicht, seiner Erleichterung laut Ausdruck zu verleihen, sondern beeilte sich, in den mit blauen Turnmatten ausgelegten Raum zu kommen und schnell die Tür zu schließen.

Terv lehnte an einer Art hölzerner Schneiderpuppe und sah ihm entgegen. Als er Davids Miene wahrnahm, lächelte er. »Hast du Angst vor Xan?«

»Ähm, er ist mir irgendwie unheimlich, Terv. Ich ...« Er wollte weiter ausführen, warum ihm der Glatzkopf so bizarr vorkam, als sich die Tür öffnete und Xan hinter ihm stand.

»Habe mein Handtuch vergessen«, knurrte der entschuldigend. Er schob David zur Seite, ging zu der schmalen Bank, die an einer Wandfläche des Raumes angebracht war, schnappte sich ein gelbes Handtuch und wollte wieder gehen.

»Halt, bleib mal hier, Xan!« Tervenarius hielt ihn auf. »Ich glaube, da hat jemand ein Problem mit dir.« David fuhr der Schreck in die Knochen.

»Hm?«, Xanmeran stand mit fragendem Gesicht da.

»Ihr zwei hattet ja nur wenig Gelegenheit, euch kennenzulernen. Ich möchte gern, dass er die Duocarns versteht.«

David starrte ihn mit offenem Mund an. Sollte er jetzt etwa mit dem riesigen Xanmeran trainieren? Der würde ihn zerdrücken wie eine Laus oder ihm alle Knochen brechen. Terv war stark – David war jedoch kaum fähig sich die Kraft des monströsen Bodybuilders auszumalen. Er schloss den Mund und schluckte trocken.

»Ja, das stimmt.« Der rote Mann drehte sich zu ihm um. »Er wird Angst haben.«

Nun, das ärgerte David jetzt doch. Er konnte es nicht leiden, wenn man über ihn sprach, als ob er nicht da wäre.

Er richtete sich auf. »Na ja.« Er blickte Xan direkt in die Augen. »Für einen Menschen ist es in der Tat schwer, die Eigenarten der Duocarns zu verstehen, zumal ich einige eurer Gespräche nicht hören kann. Ich ... ich habe nur so viel mitbekommen, dass du irgendetwas mit deiner Haut machst. Sie ablösen oder so. Das ist schon etwas beängstigend.« Er sah zu Terv, der stolz lächelte.

»Ja, hm«, Xan blickte zu ihm hinab. »Tut mir leid, wenn ich irgendwie bedrohlich auf dich wirke. Das ist nicht meine Absicht. Du sollst dich bei uns wohl fühlen.« Xan blinzelte zu Tervenarius. »Was möchtest du denn wissen?«

David konnte ein erleichtertes Schnaufen nicht unterdrücken. »Erklärst du mir das mit deiner Haut?«

Xanmeran zuckte die Achseln. »Na klar, das ist kein Geheimnis.« Er drehte sich um und ging zu der Puppe, an der Terv immer noch lehnte. Dieser machte ihm sofort Platz, setzte sich auf die Bank und winkte David sich zu ihm zu setzen.

David ließ sich auf die Holzbank sinken und verschränkte die Hände im Schoß. Sehr cool, sie würden nun eine original Außerirdischen-Demonstration zu sehen bekommen. Xanmeran hatte sich zwischenzeitlich seiner Trainingsjacke entledigt und stand da mit einem dunkelgrauen Muskelshirt zu seiner blauen Jogginghose.

»Ich bin so etwas wie ein Chemie-Baukasten, David«, begann er. »Keiner der Duocarns hat menschliches Blut in den Adern. Bei mir ist es ein säurehaltiges Gemisch. Was genau es ist, danach musst du Patallia fragen. Ich kann verschiedene Chemikalien durch meine Haut leiten.« Mit diesen Worten löste er einen Streifen der Haut von seinem Arm und näherte dessen Spitze der Puppe, umschlang damit deren Kopf, wie mit einem roten Geschenkband.

Ein Tentakel, dachte David sofort.

»Nein, keine Tentakel«, antwortete Terv, als hätte er seine Gedanken gelesen. »Das sind Dermastrien.«

Xan löste weitere Hautstreifen von beiden Armen und wickelte die Holzpuppe ein. »Ich kann das mit der gesamten Haut meines Körpers machen und unmittelbar Chemikalien durch die Dermastrien schicken.«

»Chemikalien«, echote David.

»Ja, Säuren und andere chemische Elemente«, erklärte Xan. »Das umschlungene Opfer stirbt dann natürlich.«

David spielte nervös mit den Fingern, spürte in dem Moment Tervs kühle, beruhigende Hand auf seiner. »Er kann aber auch weniger gefährliche Flüssigkeiten durch sie leiten, zum Beispiel Aphrodisiaka«, grinste sein Freund.

Gebannt starrte David weiterhin auf Xanmerans Körper. An den entblößten Stellen der Arme schimmerte seine Unterhaut schwarz mit goldenen Schlieren. Fast schien ihm, dass diese sich bewegten. Er musste ohne die rote Hülle aussehen wie ein Monster in einem Science-Fiction Film. David lief ein angenehmer Schauer den Rücken hinunter. Das war cool und gleichzeitig gruselig. Fasziniert beobachtete er, wie der große Mann die Streifen zurückzog und sie wie durch ein Wunder plötzlich wieder eine einzige Hautfläche bildeten. Xanmeran zog ungerührt seine Trainingsjacke wieder an.

»Du siehst also, es ist nichts, wovor man sich ängstigen müsste, zumal du sicher sein kannst, dass ich dich niemals berühren werde.« Xan grinste schief.

»Das will ich aber auch hoffen«, lachte Terv und tätschelte Davids Hand. »Xan hat seine Dermastrien für unsere Feinde und schöne Frauen reserviert. Und du gehörst zu keinem von beiden.«

David nickte wortlos. Da Xan weiterhin wartend mitten im Raum stand, musste er etwas sagen. Da fiel ihm ein, dass die Duocarns sich oft höflich bedankten. Also sprang er auf und verneigte sich. »Vielen Dank, Xanmeran. Jetzt bin ich klüger. – Und nein, ich habe keine Angst mehr.« Er zwang sich zu einem Lächeln. Xan verbeugte sich knapp, zwinkerte und ging zur Tür. Er schloss sie leise hinter sich.

»Uff!« David stieß die Luft aus. »Das war der Hammer. Ich versuche mir grade vorzustellen, wie es aussieht, wenn er nackt ist und seine ganze Haut ablöst – dann vielleicht eine Frau damit komplett einwickelt. Die muss es ja mit der Angst zu tun kriegen!«

»Das ist bestimmt der Grund, warum er in seinem langen Leben noch nicht viele Frauen hatte, David«, antwortete Terv nachdenklich.

Ja, das verstand er. Die enorme Größe plus diese unheimlichen Hautstreifen ... Er betrachtete Terv neben sich. Eigentlich war sein Schatz auf seine Art genau so bizarr.

»Meodern ist durch seine Vibrationen schneller als das Licht und kann Pflanzen wachsen lassen, Solutosan hat seinen mächtigen Sternenstaub und Patallias Begabungen kennst du ja schon.« Terv musterte ihn, um zu prüfen ob er beunruhigt oder ängstlich war.

David nickte. Ja, Pat hatte eine Woche zuvor seine Schnittwunde dazu gebracht sich blitzschnell zu schließen, als ihm beim Möhrenschnippeln das Messer abgeglitten und im Finger gelandet war. Außerdem war er fähig Davids Kopfschmerzen mit einer Hand zu vertreiben, indem er sie einfach in seinen Nacken legte.

»Kannst du auch etwas wachsen lassen?«, fragte er Terv, ohne nachzudenken. Der sah ihn verblüfft an. Dann lachte er aus vollem Hals. David stutzte und konnte nicht verhindern, dass ihm die Schamesröte ins Gesicht schoss. Unvermittelt prustete er ebenfalls heraus. Wenn das so weiter ging mit seinem Selbstverteidigungskurs, würde der wahrlich lustig werden.

Nein, das Training mit Terv wurde nicht witzig. Sein Schatz nahm ihn richtig ran. Sie hatten beschlossen, zwei Mal wöchentlich zu üben, was ihm nach der dritten Woche absolut ausreichend erschien. Die Schießübungen stellten für ihn kein Problem dar, jedoch die Selbstverteidigungs-Einheiten waren der Hammer.

Terv hatte die Pilzhaut seiner Faust um das Doppelte verstärkt, um seine Haken abzumildern. Er erwischte ihn an der Schläfe, da er sich nicht rechtzeitig geduckt hatte.

»Du konzentrierst dich nicht!«, fuhr Tervenarius ihn an. Wütend schlug David zurück. Terv tauchte unter seinem Schlag ab, federte herum und trat ihm die Beine weg. Er fiel auf die Matte und rang nach Atem.

»Denk nicht, dass ich das nur beherrsche, weil ich Duonalier bin. Du kannst das auch lernen. Das ist eine Frage von Training. Komm, noch mal!«

Er hatte wirklich den festen Willen alles mitzumachen und hielt sich tapfer. Aber drei Stunden Kampfsport hatten gereicht. Nach einem weiteren Treffer blieb er einfach auf der Matte liegen.

»Genug für heute. Ich bin total fertig!«

Tervenarius ließ sich neben ihn auf den Boden fallen und strich ihm das verschwitzte Haar aus der Stirn.

»Schwitzt du eigentlich nie?« David musterte seinen Geliebten, dessen Shirt, im Gegensatz zu seinem, völlig trocken erschien.

»Ein schwitzender Pilz?«, Terv lächelte. »Nein, das ist in meiner Genetik nicht vorgesehen. Übrigens bei keinem der Duocarns.«

David schnupperte unter seinen Achseln und zog die Nase kraus. »Du hast's gut. Findest du es nicht ekelig, wenn ich so stinke?«

Terv rutschte näher an ihn heran, hob Davids Arm und drückte sein Gesicht ohne zu zögern in die Achselhöhle. Er atmete tief ein. »Ich glaube, du verstehst nicht, wie ich dich wahrnehme, David. Ich kann jeden noch so mikrofeinen Pilz auf deiner Haut riechen. Hast du eine Vorstellung wie viele das sind? Da ich dich schon sehr gut kenne, weiß ich genau, wo welche Pilzarten auf dir wachsen, und kann die Veränderungen feststellen. Schweiß beeinflusst sie wenig. Ich mag alle natürlichen Gerüche und empfinde sie nicht als Gestank.«

Das war der Wahnsinn. Er blickte Terv an, als könne er etwas Neues durch diesen Anblick erfahren, streckte die Hände aus und betastete sein Gesicht, seine Nase, strich über seinen Mund. Das hätte er mal besser nicht gemacht, denn Terv biss ihm blitzschnell in den Daumen, ließ ihn nicht mehr los. »Aua!« Er versuchte den Finger zurückzuziehen und Terv gab ihn frei. »Wieso hat ein Pilz wie du Zähne? Eigentlich brauchst du keine, wo du dich doch nur von Milchprodukten ernährst.«

»Wie du siehst, benötige ich sie, um vorwitzigen Fingern eine Lektion zu erteilen.« Er zwinkerte. »Aber nicht nur dazu.« Er zog Davids klebrig-nasses Shirt hoch und biss ihm spielerisch in die linke Brustwarze, rutschte blitzschnell tiefer und erfasste sein Glied durch den Stoff der Hose mit den Zähnen. Augenblicklich spürte David die Lust heiß in seinen Unterleib schießen. Terv lachte auf und ließ ihn los. »Ich finde es wunderbar, wie prompt du immer auf mich reagierst.«

»Das ist gar nicht schön!« David rappelte sich vom Boden hoch und ging zu der schmalen Bank, die seitlich an der Wand angebracht war. Nie wusste er, ob Terv ihn verarschte oder nicht. Das ärgerte ihn ungemein. Jedoch schoss ihm eine Idee durch den Kopf, mit der er sich rächen konnte.

»Ach so, du hattest mir doch versprochen, dass du meine Freunde endlich einmal kennenlernen willst. Heute Abend ist die Gelegenheit. Wir treffen uns im „Wild Horses" und dann bringe ich **dir** mal etwas bei.« Ha! Das war ein Spitzen-Einfall!

»Aha.« Terv setzte sich auf. »Und was könnte das sein? Ist das Horses nicht eine Diskothek?«

»Genau, mein Liebling.« David strahlte und trocknete sich mit einem gestreiften Handtuch ab. »Und wir werden tanzen gehen.«

Auf dem Weg in ihr Zimmer, kamen sie an Patallias Laboratorium vorbei. Tervenarius blieb so abrupt stehen, dass David gegen ihn prallte. Er öffnete den Mund, um sich zu beschweren, aber sah dann, warum Terv stehengeblieben war: Patallia und Solutosan standen im Labor, wie zu Ölgötzen erstarrt. Aiden saß, in eine Decke gewickelt, auf einem der freien Tische. Da stimmte etwas nicht.

»Probleme?«, fragte Terv.

Solutosan schüttelte langsam den Kopf.

»Stören wir?«

Aiden verneinte.

»Was, zum Vraan, ist denn sonst los?«

»Wir sind nicht mehr allein«, war die verstörende Antwort. Terv und David sahen sich erstaunt an. Natürlich waren sie nicht allein.

»Wir bekommen eine Tochter«, erklärte Solutosan leise. »Ein Sternenkind«, fügte er hinzu.

Tervenarius fiel vor Schreck das Handtuch aus der Hand.

»Jetzt?« Seine Überraschung war nicht zu übersehen.

»Ja, jetzt!«, blaffte der Duocarn Chef. »Aiden ist schwanger und niemand weiß, wie lang die Tragzeit dauern wird!«

Tervenarius fasste sich sofort. »Ihr könnt mit meiner Unterstützung rechnen«, sagte er entschlossen. »Ich gratuliere euch. Möge dieses Kind stark werden.«

Jetzt erst sah Solutosan ihn richtig an. »Ich danke dir.«

»Komm!« Terv schubste David kurz an.

Ja, sie waren dort offensichtlich mehr als überflüssig und beeilten sich, in ihr Zimmer zu kommen.

Dort fragte David: »Wie kann es sein, dass aus dieser Verbindung ein Baby kommt?«

»Na ja«, Terv zog Sporthose und Shirt aus. »Solutosan ist ja nicht steril. Auf Duonalia wollten einige Frauen seine Gene und baten ihn um eine Samenspende für eine künstliche Befruchtung. Aber er lehnte immer ab. Keine wollte sich mit ihm im Ritus vereinigen – dafür hatten sie vor ihm zu viel Angst.«

»Mochten die duonalischen Frauen dich nicht auch?« David war irritiert.

»Wer will denn schon ein Kind, das wie ein Giftpilz ist?«, lachte er. »Nein, meine Genetik ist auf meinem Planeten nicht sonderlich beliebt.«

»Das verstehe ich überhaupt nicht«, lächelte David, schlang sein Handtuch um Tervs Hals und zog ihn damit zu sich heran ...

»Was zieht man denn bei so einer Gelegenheit an?« Tervenarius stand zweifelnd vor seinem Kleiderschrank, während David ins Bad ging, um sich die Haare in Form zu bringen.

»Eigentlich egal, Terv. Vom Anzug bis zur Jeans. Das ist keine Nobeldisco. Und da sind nur Männer – ist klar. Soll ich dir was aussuchen?«

»Hm, nein, lass mal.«

David hörte ihn herumwühlen und kam aus dem Bad.

Sprachlos blieb er in der Tür stehen. Terv trug eine schwarze, hautenge Jeans, ein weißes, enges Muskelshirt, durch das sich die Brustwarzen sichtbar drückten, und hielt eine stylische blauschwarze Lederjacke in der Hand. Das Haar hatte er mit einem dunklen Lederband zu einem Pferdeschwanz zusammengebunden. Er blickte David mit haselnussbraunen Kontaktlinsen zustimmungsheischend an.

Das ist zu sexy, schoss es ihm durch den Kopf. Wenn er so mit mir ausgeht, werden die Jungs versuchen, ihn mir auszuspannen. Sein Blick schweifte in Tervs Schritt. Die Hose betonte sein Geschlecht aufs Vorteilhafteste – ein absolut reizvolles Paket. Auf der anderen Seite wollte er ja mit ihm angeben. So wie er aussah, würde ihm das gelingen. David stand da, und rang mit sich.

»Nicht okay?«, fragte Terv erstaunt.

Er stellte sich seinen Schatz im Anzug vor. Verdammt, in dem wirkte er genau so sexy. Einen Moment hatte er die Idee Kopfschmerzen vorzuschützen, um zu Hause zu bleiben. War das die Lösung? Seit Wochen bombardierten seine Freunde ihn mit Anrufen. Sie würden erst Ruhe geben, wenn sie seinen neuen Mann kennengelernt hätten.

»Ich glaube, mir tut der Kopf zu weh, um heute Abend auszugehen, Terv.« Er bemühte sich, ein wehleidiges Gesicht zu machen. »Und die laute Musik und äh ...«

Tervenarius musterte ihn verblüfft. Dann grinste er breit. »Mimiran, wir gehen jetzt da hin! Ich bestehe darauf. Du wirst nicht kneifen. Bin ich so furchterregend, dass du dich nicht mit mir zeigen kannst?«

»Im Gegenteil«, hauchte David. »Wie hast du mich eben genannt?«

»Mimiran. Das bedeutet auf duonalisch so viel wie mein Geliebter oder Liebhaber.« Entschieden zog Terv seine Lederjacke an. »Du siehst hübsch aus in Weiß. Ich will heute Abend schließlich mit dir angeben.«

David blieb vor Erstaunen der Mund offen stehen. So war das also. Er stellte sich vor den Spiegel und sah an sich hinab. Ja, die helle Jeans und das weich fallende, langärmelige Piratenhemd mit der halboffenen Schnürung an der Brust waren eine gute Wahl. Terv trat hinter ihn, legte die Hände auf seine Hüften und den Kopf auf seine Schulter. Sie betrachteten ihr Spiegelbild. Sie sahen toll zusammen aus.

Terv lächelte. »Du brauchst keine Angst zu haben. Andere Männer interessieren mich nicht. Komm, lass uns mal nachsehen, was Vancouvers schwules Nachtleben so zu bieten hat. Wenn du dich wirklich unwohl fühlen solltest, fahren wir sofort nach Hause.« Er küsste ihn zärtlich auf den Hals.

Witzig, eigentlich wäre das **mein** Text gewesen, überlegte David, während er Tervs weiche Lippen genoss und den Kopf schief legte, um mehr von seiner Liebkosung zu bekommen.

Tervenarius löste sich und hielt ihn mit lang ausgestrecktem Arm von sich. »Ich habe übrigens noch eine Überraschung. Ich finde, wir sollten feiern, dass ich nun kanadischer Staatsbürger bin.«

»Was? Das mit Aiden hat geklappt?« David war außer sich vor Freude. Natürlich wusste er, dass die Beschaffung der Ausweise für die Duocarns illegal war, aber was hatten sie für Alternativen? »Und wie heißt du jetzt?«, fragte er gespannt.

»Philipp MacNamarra.«

»Philipp.« David ließ sich diesen Namen auf der Zunge zergehen. »Zeig mal den Pass.«

Terv eilte zu der Kommode, in der er seine Socken aufbewahrte, und kramte den dunkelblauen Ausweis hervor. Gemeinsam setzten sie sich aufs Bett und betrachteten das Foto. Tervenarius blickte steif in die Kamera – als ob ihm etwas absolut nicht passte.

David drehte das Dokument in den Händen. Es wirkte echt. »Spitze! Weißt du was, Terv. Jetzt können wir verreisen. Auch mal aus Kanada raus. Irgendwohin wo es wärmer ist. Wie wäre das?« Er wusste, dass Terv die Wärme liebte und es ihm grundsätzlich zu kalt in Vancouver war. David schmiegte sich an seinen Schatz, der den Arm um ihn schlang und nickte. »Ja, das sollten wir feiern«, strahlte David und suchte seinen Mund.

Sie mussten sich langsam vorwärts tasten, denn der Discjockey hatte es an diesem Abend mit dem künstlichen Bodennebel zu gut gemeint. David nahm Terv vorsichtshalber an die Hand.

Die Oldie-Nacht bescherte ihnen „Paranoid" von Black Sabbath in der Phonstärke eines startenden Düsenflugzeugs. »Warum ist es hier so dunstig?«, schrie Tervenarius ihm ins Ohr. David schüttelte als Antwort nur den Kopf und zog seinen Schatz an der vollen Tanzfläche vorbei in eine ruhigere Ecke.

Ah ja, da saßen Doreen und Bruce an einem der rotglitzernden Tische. Doreen erkannte ihn und ruderte mit den Armen, um auf sich aufmerksam zu machen. Bei Tervs Anblick allerdings blieben die Arme in der Luft stehen und der rotgeschminkte Mund formte sich zu einem „O". Na wunderbar, das fing ja gut an.

»Komm, wir setzen uns zu ihnen.« Er zog Tervenarius auf den Stuhl neben sich. »Das sind Bekannte von mir.« Er blickte sich um. Die Disco war voll, was sich garantiert im Laufe des Abends in knallvoll ändern würde. Die durchweg männlichen Besucher belagerten die mit Gläsern und Flaschen vollgestellten Tische im kompletten Sitzbereich. Sie konnten von Glück sagen, noch einen Platz erwischt zu haben.

David blickte zu Terv, um zu prüfen, ob es ihm gut ging. Duonalier mochten keinen Lärm, das wusste er. Aber trotzdem wollte er sich mit ihm nicht komplett isolieren und seine alten Kumpels völlig vernachlässigen. Tervs Gesicht wirkte gelassen wie immer. Beruhigt wandte David sich seinen vor Neugierde platzenden Freunden zu.

Die stierten seinen Begleiter weiterhin mit offenem Mund an. »Das ist Tervenarius«, erklärte er. »Aber ihr könnt Terv sagen.«

Doreen und Bruce hatten sich von ihrer Verblüffung erholt und grinsten. »Das sind Doreen und Bruce.« Tervenarius neigte freundlich lächelnd den Kopf.

»Dein neuer Freund?«, platzte Doreen heraus, und zupfte sich dabei ihre blonde 70er-Jahre Perücke zurecht. »Ich bin ja seit deiner Trennung überhaupt nicht mehr in Johns Schuppen gewesen. Aber ich sag dir, der hat sich garantiert schnell über dich hinweg getröstet. So ein Blödmann.« Sie nickte. »Huch! Die spielen die Doors! Bis gleich, ihr Süßen!« Sie schob ihren fast zwei Meter großen Körper in die Höhe und stöckelte in dem enganliegenden, silbernen Glitzerkleid auf die Tanzfläche.

Von Bruce war bisher kein Wort gekommen. Er rutschte auf Doreens verlassenen, weißen Flechtsessel. »Du siehst, alles ist wie immer, David«, kommentierte er Doreens bizarres Gezappel zu „Love her madly". Er lächelte Terv an, strich sich über seinen schwarzen Schnäuzer und streckte ihm die Hand hin. »Bruce«, stellte er sich nochmals vor.

Tervenarius nahm an Davids Brust vorbei Bruces Hand und schüttelte sie. »Ihr kennt euch länger?«, fragte er. Es war nicht ganz klar, wem von ihnen die Frage galt.

David nickte. »Wie viele Jahre kennen wir uns?«

»Och, bestimmt schon ...« Bruce überlegte und legte den Zeigefinger nachdenklich an die Lippen. »Sechs oder sieben Jahre.« Er neigte sich neugierig vor. »Und ihr zwei? Wo hast du nur diesen Mann her, David?« Er hielt inne. »Sag es mir, denn dann werde ich da sofort hinrennen.« Er grinste.

»Ähm, wir haben uns im Supermarkt um die Ecke kennengelernt«, log David und sah Terv beschwörend an. Der nickte zustimmend. Uff, glücklicherweise war sein Schatz nicht dumm und verstand inzwischen ein wenig die menschliche Art der Konversation.

Terv setzte noch einen drauf. »Ja, David hat mir damals die letzten Pfirsiche vor der Nase weggenommen. Wir hatten uns erst überlegt, ob wir uns darum prügeln sollen, aber fanden es dann angemessen, sie gemeinsam zu essen.«

Bruce blieb vor Verblüffung der Mund offen stehen. »Pfirsiche«, wiederholte er.

David kicherte in sich hinein.

Doreen war zwischenzeitlich mit der Hand vor dem verschwitzten Gesicht wedelnd von der Tanzfläche gekommen und ließ sich in den leeren Sessel neben Bruce fallen. »Ich sollte auf diese Tanzerei verzichten.« Sie tastete unter ihre Achseln. »Sonst schwitze ich mir noch das tolle Kleid durch. Wie findest du das, Schätzchen? Hat mich stolze 300 Bucks gekostet. Aber was tut man nicht alles.« Sie blickte Terv prüfend an. »Was denn für Pfirsiche?«

Ohne Davids Antwort abzuwarten, redete sie weiter wie ein Wasserfall: »War ja klar, dass sich solche Männer nur von Obst ernähren.« Sie musterte Tervs Leib. Ihr Blick blieb in seinem Schritt hängen. Verweilte für Davids Geschmack etwas zu lange dort. Und nicht genug damit, Bruce folgte Doreens Blick und starrte Terv ebenfalls zwischen die Beine. Nein, das war zu viel.

»Komm Terv, wir tanzen.« Er hatte Glück, denn es wurde „Nights in White Satin" gespielt. David sprang auf, ergriff Tervs Hand und zog ihn hoch. »Entschuldigt uns.«

Die beiden grinsten.

Auf der glänzenden Metall-Tanzfläche zog David Terv an sich. »Nur entspannt bewegen. Schau, wie ich das mache.« Terv blickte auf seine Füße. Warum hatte er nicht vorher mit ihm wenigstens ein paar simple Schritte geübt? »Lass mich einfach führen.« Er spürte, wie sein Liebster locker ließ und sich ruhig bewegte. Na das ging doch ganz gut. Tanzen konnte von den Kerlen auf der Tanzfläche sowieso kaum einer, deswegen fielen sie nicht auf.

»Das sind also deine Freunde?«, raunte Terv ihm ins Ohr.

»Na ja, Freunde ist zu viel gesagt. Gute Bekannte trifft es eher, denn wir haben damals einiges zusammen unternommen. Doreen hängt ziemlich an mir und es war mir wichtig, dass sie dich kennenlernt.«

»Diese Doreen ist ein Mann, David«, stellte Terv fest.

»Ich weiß. Er war früher mal eine berühmte Drag-Queen. Jetzt ist er schon ein bisschen zu alt für den Job, aber er liebt es immer noch, Frauenkleider anzuziehen.«

»Und Bruce?«

Ja, Bruce, der schlimme Finger mit seinem harmlosen Allerweltsgesicht, war ein ständig geiler Top mit einer Vorliebe für kleine Lederjungs.

»Bruce steht auf Teenies in Leder.«

»Aha. Also keine Gefahr für mich?«

David stutzte und sah Terv ins Gesicht. Dem saß offensichtlich der Schalk im Nacken. Er grinste ihn an.

»Pah! Du machst doch sowieso, was du willst. Stehst du denn auf den?«

Terv würde natürlich gleich vehement abwinken.

»Glaubst du, wenn ich meine Lederhose anziehe, könnte ich ihm gefallen?«

David blieb die Spucke weg. »Also, also ...«

Ja, Tervenarius machte sich lustig über seine Eifersucht.

Da stehe ich drüber, dachte David. »Es gibt Lederhosen, die haben hinten den Arsch frei. Wenn du sowas anziehst, wird er sich vielleicht erweichen lassen.«

Er blickte in das lachende Gesicht seines Geliebten und musste ebenfalls lachen. Die Vorstellung, dass Tervenarius irgendwo mit freiem Po herumlief, war wirklich zu komisch.

»Darf ich dich hier küssen?«, fragte Terv leise an seinem Ohr.

David nickte und ließ sich völlig in Tervs Arme sinken. Sein langer Kuss schmeckte wunderbar. Er würde an diesem Abend kein Getränk brauchen, um die Lippen zu beschäftigen. Im Grunde wollte er in Zukunft weder laute Diskotheken noch alte Bekannte, sondern nur Tervs Liebe und Zärtlichkeit.

»Wach auf, David!« Tervs Stimme klang ernst und David schlug sofort die Augen auf. Er war noch in einem wohligen Traum, denn der vergangene Abend war einfach wunderschön gewesen.

Sie hatten in der Disco geknutscht. Stundenlang. Getanzt und wieder geküsst. Seine alten Bekannten waren schemenhaft an ihnen vorbeigehuscht, hatten sich Tervenarius vorstellen lassen und dann lächelnd abgewunken. Ihre Verliebtheit war nicht zu übersehen gewesen, so dass niemand auf die Idee gekommen war, Terv anzubaggern.

»David!« Tervs Stimme klang fordernder. »Wir brauchen dich!«

»Wer denn?«

»Die Duocarns, Schatz. Es ist etwas passiert. Solutosan will dich sprechen.«

»Was?«

Er richtete sich auf. Terv saß voll angezogen auf der Bettkante.

»Wir haben die Bacanis entdeckt. Sie sind hier.«

»Wo hier?«

»In Vancouver.«

»Was?«

Terv nickte.

»Okay, ich zieh mich an.«

Mit einem Satz war er aus dem Bett und am Kleiderschrank. Er suchte schnell einen Slip, Socken, Jeans und Shirt heraus und streifte die Sachen über.

Tervenarius sah ihm dabei zu.

David versuchte, das Gehörte zu verarbeiten.

»Aber ..., aber wozu braucht ihr mich denn jetzt?«

»Das erklärt Solutosan dir am besten selbst.« Terv presste die Lippen zusammen und blickte finster auf seine auf den Oberschenkeln liegenden Fäuste.

Hoppla, da stimmte etwas nicht.

»Bist du wegen irgendetwas sauer?«, fragte David intuitiv.

»Später, David. Es geht jetzt hier nicht um mich.« Terv erhob sich. »Kommst du?«

Er machte nicht den Eindruck, als wäre er zu Späßen aufgelegt.

Mit einem flauen Gefühl im Magen, das nicht von seinem fehlenden Frühstück verursacht wurde, ging David mit Terv die Treppen hinab zum Computerraum. Solutosan stellte eine Respektsperson dar, unabhängig davon, ob er ein außerirdischer Sternenkrieger und Chef der Duocarns war. Er hatte nie viel mit ihm gesprochen, denn der Mann war ihm gegenüber äußerst zurückhaltend. Es reichte, seine blitzenden, blauen Augen auf sich ruhen zu fühlen, um David zu verunsichern. Solutosan, steinalt und mächtig wie ein goldhaariger Löwe, hatte ihn nun zu sich befohlen. Er blickte hilfesuchend zu Terv, der mit unbewegtem Gesicht an seiner Seite ging. Da stimmte etwas ganz und gar nicht. Aber okay, da musste er jetzt durch. Tervenarius würde bestimmt nicht zulassen, dass ihm Böses widerfuhr.

Sie waren alle versammelt: Chrom an den Rechnern, Lady zu seinen Füßen. Meodern, Xanmeran und Patallia saßen auf Stühlen, während Solutosan angespannt im Raum auf und ab marschierte.

»Ah, David«, begrüßte Solutosan ihn. »Ich komme ohne Umschweife zur Sache.« Sein Englisch und das der gesamten Duocarns war sehr viel flüssiger geworden, seit sie sich das erste Mal im Rosewood getroffen hatten. »Chrom war im Internet auf einer Dating-Page und hat durch Zufall Kontakt zu einer Bacani-Frau geknüpft.«

David blickte zu Chrom, der zustimmend nickte.

»Das Problem ist jetzt«, fuhr Solutosan fort, »dass er dein Foto an sie geschickt hat. Sie nimmt also an, dass er aussieht wie du.«

»Was?« Das war ja wohl der Hammer!

David sah erneut zu Chrom, der äußerst verlegen nickte.

»Ich wusste zu diesem Zeitpunkt überhaupt nicht, dass sie eine feindliche Bacani ist, und sie wollte unbedingt wissen, wie ich aussehe. Außerdem ist sie sehr nett«, versuchte Chrom sich zu verteidigen.

Dieser Satz brachte bei Xanmeran das Fass zum Überlaufen. Er sprang hoch und packte den Navigator mit seinen riesigen, roten Händen um den dünnen Hals. »Nett? Nett? Bist du des Teufels? Die fressen Gehirne und hinterlassen Leichenberge!« Er schüttelte Chrom.

»Xan! Lass ihn los! Das bringt doch nichts!«, herrschte Solutosan ihn an. »Wir müssen einen kühlen Kopf bewahren und nachdenken, wie wir jetzt das Beste aus der Situation machen.« Er wandte sich an David. »Würdest du dich mit dieser Frau treffen? Wir müssen wissen, wo die Bacanis sich verstecken. Sie wird uns höchstwahrscheinlich dorthin führen.«

David nickte augenblicklich. »Na klar, kein Problem.« Xanmeran ließ Chrom los, schlug sich mit den Fäusten auf seine Glatze, aber setzte sich wieder.

»Deine Stunde kommt noch, Xan. Du darfst das mordlustige Pack eigenhändig ins Jenseits schicken, wenn wir es erst einmal haben«, bemerkte Solutosan leicht genervt.

Xan nickte, löste provokativ eine seiner Dermastrien von seinem Arm, ließ sie wie eine kleine, rote Schlange durch die Luft schnellen, und zog sie dann wieder auf sich zurück.

Er sollte mit einer außerirdischen Frau Kaffee trinken gehen. Was war schon dabei? Alle Anwesenden in dem Raum, die Wölfin Lady ausgenommen, kamen nicht von der Erde.

»Sieht sie aus wie du?«, fragte er Chrom, der ihm sofort ein ausgedrucktes Foto reichte. Ja, sie besaß ein ähnlich geschnittenes, längliches Gesicht mit weit auseinanderliegenden Augen. Sie lächelte. Fangzähne waren keine zu erkennen, aber die konnte Chrom ja auch nach Belieben ausfahren.

David wandte sich an Solutosan. »Ich sehe kein Problem darin, mich mit ihr zu treffen.« Tervenarius neben ihm schnaufte, sagte jedoch nichts. »Wann soll das Ganze denn stattfinden?«

»Gut!« Solutosan blieb abrupt stehen. »David, lass dir von Chrom alle Mails geben, die ausgetauscht wurden. Ihr müsst im Gleichklang handeln. Er schreibt weiterhin in seinem Stil und du bist sein Gesicht. Ihr zwei sorgt dafür, dass sie sich mit David irgendwo im Café oder Park trifft, okay?«

»In Ordnung.« Die Duocarns brauchten ihn. Die Aufgabe war einfach. Also konnte er einen leichten Stolz in der Stimme nicht unterdrücken, was Terv mit einem weiteren Schnaufen quittierte.

»Wir treffen uns in zwei Stunden hier wieder. Ich muss mit dir sprechen, Pat.« Solutosan erhob sich, verließ den Raum und Patallia folgte ihm. Meo und Xan blickten sich an und gingen ebenfalls.

David rutschte näher an den Rechner, in dem die Mails geöffnet lagen, und studierte sie eingehend.

»Du bist ja ein echter Dichter, Chrom«, bemerkte er ehrfürchtig. Ihm war klar, dass es sich um private Korrespondenz handelte, denn nicht nur die Bacani-Frau hatte ihr Herz ausgeschüttet, sondern Chrom hatte das Gleiche getan. Nach dem, was David dort las, war es fast schon ein Wunder, dass der kleine Navigator bereit gewesen war, die Frau an die Duocarns zu verraten. David nahm an, dass das Jagdfieber auf seine Artgenossen, und seine Solidarität zu Solutosan, den Ausschlag gegeben hatten.

Er schaute Chrom von der Seite an und vergewisserte sich, dass die Tür geschlossen war, denn die Duocarns besaßen alle ein sehr feines Gehör. Aber nur Tervenarius saß mit missmutigem Gesicht auf einem der weißen Drehstühle, und die Wölfin Lady lag vor ihnen, mit dem Kopf auf den dicken Pfoten, und spitzte die Ohren. Er lächelte Terv zu.

Jetzt erst fragte David leise: »Gehe ich richtig in der Annahme, dass du diese Frau schützen möchtest?«

Terv, der die Mails nicht gelesen hatte, zog scharf die Luft ein.

Chrom nickte betrübt. »Ich mag sie. Sie scheint sehr sensibel und einsam zu sein. Ich glaube, sie unterscheidet sich vom Rest ihres Rudels.«

Tervenarius war fassungslos. »Chrom, erinnerst du dich, dass wir seit Äonen Bacanis jagen? Sie sind Parasiten! Deine Freundin macht da keine Ausnahme!«

»Ich kann ihr ja das mit dem Katzenfutter erzählen«, beharrte Chrom.

»Ach, und wie willst du ihr das mitteilen?« Terv korrigierte sich. »Wie soll David ihr das sagen? Hallo, du nettes Mädchen. In Zukunft brauchst du den Menschen die Köpfe nicht mehr leerfressen. Dosenfutter tut es auch. Ist das nicht prima?« Seine Stimme troff vor Ironie.

»Ich weiß noch nicht«, bekannte Chrom gequält. Er tat

David leid. Aber was Terv da sagte, entsprach einfach der Wahrheit.

»Tatsache ist«, nahm David das Gespräch wieder auf, »dass du ihr möglichst schnell schreiben solltest, um ihr zu bestätigen, dass sie eine attraktive Frau ist und du dich über ihr Foto freust.«

»Sie ist ja auch schön«, trotzte der kleine Navigator.

Tervenarius und David seufzten im Chor.

»Los, schreib eine dementsprechende Mail. Außerdem frage sie nach einem Treffen. Schlag ein Café oder einen Park vor.« Terv sah ihn auffordernd an.

Chrom nickte. Mit angespanntem Gesicht flogen seine Finger über die Tastatur. David sah, dass ihm die ganze Sache nahe ging.

Solutosan kam zurück in den Computerraum, die Stirn umwölkt. Sein Gespräch mit Patallia schien nicht gut gelaufen zu sein. Chrom informierte ihn über den genauen Inhalt seiner Mail.

»Du solltest auch wissen, dass Chrom die Bacani-Frau gern schützen würde«, teilte Tervenarius Solutosan mit.

»Sie ist vielleicht die einzige ihrer Art auf dem Planeten hier«, gab Chrom zu bedenken. »Soll ich wirklich für immer allein bleiben?« Seine Stimme klang trotzig.

Diese Frage richtete er natürlich genau an die beiden richtigen Männer. Solutosan hatte Aiden gefunden und Tervenarius und er waren ein Paar. Betretene Stille folgte.

»Es gibt die minimale Möglichkeit«, begann Solutosan, »dass sie ihrem Rudel nicht ergeben ist – aber, Chrom, du weißt selbst, wie unwahrscheinlich das ist.«

»Ich werde es herausfinden, wenn ich sie treffe«, versuchte David Chrom Mut zu machen. »Ich weiß jetzt in etwa, wie sie tickt. Sie ist trotz ihres Rudels einsam und sucht Normalität bei einem Menschen.«

Er spürte den Blick seines Geliebten und wandte sich um. Tervenarius hatte seine goldenen Augen tiefgründig auf ihn gerichtet. Der Missmut war verschwunden. Es schien, als wollte Terv ihn durchdringen, mit einer Mischung aus Erstaunen, Bewunderung, Tadel und Liebe. David schluckte.

Er hatte lediglich intuitiv versucht zu helfen, und sich in die Lage von Chrom und seiner Freundin hinein zu versetzen. Er spürte, dass er errötete, und versteckte verlegen seine Hände in den Taschen seines Sweatshirts, was Tervenarius mit einem breiten Lächeln quittierte.

»Wir suchen schon so lange nach den Bacanis«, fuhr Solutosan fort, der ihren Blickwechsel bemerkt hatte. »Wir haben Zeit, alles in Ruhe herauszufinden. Wir werden erst zuschlagen, wenn wir ganz sicher sind, womit wir es zu tun haben. Jetzt können wir nur abwarten, bis die Frau reagiert.«

Chrom hatte die Mail fertig und las sie laut vor. Solutosan nickte und er schickte sie ab. »Ich werde mit Pan sprechen und ihm alles berichten.«

»Was willst du mir erzählen?« Pan hüpfte in einem blauen Jogginganzug durch die Tür, den langen Spiralschwanz hinten aus einem ausgefransten Loch in der Hose hängend. Die Versammlung im Computerraum überraschte ihn offensichtlich, denn er hatte die Hand voller Milchriegel, die er beim Anblick seines Vaters schnell hinter seinem Rücken verschwinden ließ. Seine violetten Augen blitzten und er grinste leicht verschämt.

Chrom schaute seinen Sohn an. David sah, wie Chroms Blick weich und liebevoll wurde. »Du musst wissen, was hier vor sich geht.«

»Okay, klärt mich auf. Och, menno!« Er zerrte an den Milchriegeln hinter seinem Rücken, denn Lady hatte diese mit den Zähnen ergriffen, um sie ihm abzunehmen. Milchriegel in dieser Menge waren für Pan tabu.

»Gib Lady die Süßigkeiten«, befahl Chrom streng.

»Nur einer!«

»In Ordnung, lass ihn einen behalten, Lady«, bat Chrom die Wölfin, die die zerbissenen Riegel losließ.

Er berichtete Pan in einer Kurzform, was sich ereignet hatte.

Pan staunte nicht schlecht. Er grinste und bleckte die Fangzähne. »Cool! Ich bin dabei, wenn ihr mich braucht.«

Solutosan erhob sich und nickte. »Wie lange dauert es, bis

sie antwortet?« Die Frage ging an Chrom.

»Völlig unterschiedlich. Manchmal einige Stunden – aber auch ein bis zwei Tage.«

»Gib sofort Bescheid, okay? Geht jemand mit frühstücken?«

Frühstück! Jetzt erst bemerkte David seinen leeren Magen richtig. Er verließ mit Tervenarius und Solutosan den Computerraum im Keller und sie stiegen die mit Teppichen belegten Treppen zu den Wohnräumen empor.

Xanmeran saß mit Meodern am Küchentisch. Beide streckten die langen Beine von sich und hielten ein riesiges Glas Kefir in der Hand. David hatte 1-Liter-Gläser angeschafft, als er verstand, welche Mengen an Nahrung die Duocarns benötigten. Tervenarius und Solutosan holten sich ebenfalls Kefir aus dem Kühlschrank.

David hingegen machte sich ein gigantisches Sandwich mit Käse, Schinken, Gurke, Tomate, Ei, Thunfisch und diversen Saucen. Die Krieger beobachteten fasziniert, wie er die Sachen aufeinander türmte und dann zum Mund balancierte. Tervenarius grinste.

»Ich sag euch mal was: Die ganze Warterei auf die Bacanis geht mir auf die Nerven!« Xanmeran schüttete unmutig den Kefir in sich hinein.

»Xan, du gehst am besten in den Kraftraum«, bemerkte Solutosan trocken.

»Noch mehr Muskeln?« Xan sah auf seine roten Arme, die einem preisgekrönten Bodybuilder Konkurrenz machen konnten, und zuckte demonstrativ mit den Bizeps-Muskeln.

David erinnerte sich an Xans Demonstration im Sportraum. Er fand dessen Eigenarten nach wie vor sehr gruselig.

Aber war nicht alles mehr als ungewöhnlich, seit er mit Tervenarius zusammen war? Tatsache war, dass er sich äußerst wohl und behütet im Kreis der Duocarns fühlte, unabhängig von ihren bizarren Gaben.

Er lächelte seinen Geliebten an, schob sich noch ein Stück Sandwich in den Mund und leckte sich über die Lippen.

»Geh in den Kraftraum oder lauf am Meer«, sagte Solutosan nochmals betont ruhig zu Xanmeran. »Ungeduld ist jetzt nicht angebracht.«

Pan kam aufgeregt in die Küche gestürzt. »Sie hat schon geantwortet!«

David folgte den Kriegern frisch gestärkt in den Keller zwischen die vielen Computer, um die Details des Treffens zu besprechen.

»Wie ist dein Nickname in der Datingbörse?«, fragte Solutosan.

Chrom wand sich. »Crazy Boy.«

Um Solutosans Lippen zuckte es verdächtig. »Und wie heißt sie?«

»Sweet Lady«.

»Unser Chrom hat es mit den Ladys«, grinste Tervenarius.

Chrom hob lediglich die Achseln. Er hatte offensichtlich beschlossen, eventuellen Spott, was seine Romanze anging, einfach abzublocken.

»Sie möchte mich am Eingang des Kensington-Parks im Westend treffen. Morgen Abend um acht Uhr«, verkündete Chrom.

Acht Uhr war ungünstig, denn die Helligkeit würde eine Überwachung erschweren.

»Hör mal, David.« Solutosan wandte sich ihm zu. »Du musst versuchen, sie möglichst lange zu beschäftigen. Am besten, bis es dunkel ist. Dann können wir sie einfacher verfolgen.«

David nickte. »Okay.«

»Leg dir eine gute Geschichte zurecht, wer du bist und was du machst und bleib immer bei der Version.«

»Was mache ich denn angeblich für einen Job?« Davids Frage ging an Chrom. Der deutete mit der Klaue auf das Profil der Dating-Line: Crazy Boy, Alter: 43, wohnhaft: Vancouver, Beruf: Netzwerk Administrator.

»Alles klar.« Mit dem Alter war David nicht ganz einverstanden, aber es war jetzt nicht der richtige Zeitpunkt für

Eitelkeiten.

Sie hatten nicht weiter über Tervs Widerwillen, was das Date mit der Bacani-Frau betraf, gesprochen. Erst am nächsten Morgen fühlte David, dass dieses Thema immer noch im Raum stand.

»Warum bist du denn so dagegen, dass ich zu dem Treffen gehe?«

Terv hob den Kopf. Er saß auf einem gepolsterten Stuhl vor dem kleinen Rolltisch, auf dem sein Laptop immer stand. Er hatte sich auf Google Earth genau die Umgebung des Kensington-Parks angesehen und eingeprägt.

David zog eine schwarze Jeans aus dem Kleiderschrank und betrachtete seinen Po in den gestreiften Boxershorts kritisch im Spiegel.

»Ich glaube, dir ist überhaupt nicht bewusst, mit wem du es hier zu tun hast, David«, antwortete Terv missmutig. »Die Bacanis sind brandgefährlich – und deren Weibchen machen da keine Ausnahme. Du bist nicht ausgebildet, um auf brenzlige Situationen zu reagieren. Ich bereue, dass wir nicht früher mit deinem Nahkampf-Training angefangen haben.« Er zog die Brauen zusammen. »Chrom hat dich unüberlegt in eine Lage gebracht, die mir überhaupt nicht gefällt!«

David hatte ihm mit großen Augen, mit dem Rücken an den Kleiderschrank gelehnt, zugehört. »Du liebst mich«, flüsterte er.

Terv starrte ihn an – lange. Knurrend senkte er den Kopf wieder zu seinem Bildschirm.

Ha! So kam er ihm nicht davon! Der Sache würde er nun hinterher haken. Er ließ die Jeans fallen, schritt auf seinen Schatz zu, schob mit einem energischen Handgriff das Tischchen mit dem Rechner zur Seite und setzte sich auf Tervs Schoß.

»Du liebst mich und deshalb möchtest du nicht, dass ich da hingehe, weil du Angst um mich hast«, stellte er fest.

»Warum kannst du das nicht einfach sagen?«

Tervenarius murrte wieder, und einen Moment dachte David, dass er ihn von sich schubsen würde. Bevor das geschah, umschlang David ihn mit seinen Armen und küsste sein Gesicht. – Er fing zärtlich bei seiner Stirn an, strich sacht mit den Lippen über die Augenlider, berührte die Nase und landete schließlich auf seinem Mund.

Tervs Knurren verwandelte sich in ein sanftes Brummen. Ja, er wusste, wie er seinen Liebsten friedlich stimmen konnte. Tervenarius war ein Schmuser und Kuschelbär. Streicheln wirkte auf ihn besänftigend.

Trotzdem schwang dessen Stimmung wieder um. Er schob David von seinem Schoß und sprang auf. »Ja, das siehst du richtig.« Er war nicht mehr grantig. David spürte, dass ihm das Ganze sogar ein wenig Spaß machte. »Ich liebe dich, David. Und deshalb will ich nicht, dass dir etwas zustößt. So, jetzt weißt du es. Soll ich es noch einmal wiederholen? Er schritt zur Tür, riss sie auf und brüllte auf den Flur: »Ich liebe David!«

Xanmeran, der in diesem Moment auf dem Gang entlang lief, zuckte erschreckt zusammen. Dann grinste er. »Das wissen wir schon.«

Tervenarius warf die Tür donnernd ins Schloss. Seine Augen funkelten, als er sich David näherte. Es war klar, dass diese ganze Reaktion nur dadurch verursacht worden war, weil er versucht hatte, aus Terv eine Liebeserklärung zu pressen. David sah ihm mit geweiteten Augen entgegen. Ohne Umschweife packte Terv ihn und warf ihn bäuchlings auf das Bett.

»So, mein Schatz«, knurrte er. »Ich werde dir jetzt zeigen, wie es jemandem ergeht, der mich zu etwas zwingen will.«

Mit einem Ruck hatte er David die Shorts von Po gerissen und schon saß der erste Schlag. Tervs Hand fühlte sich auf einmal überhaupt nicht mehr weich an. Mit der Linken packte Terv seine Handgelenke und hielt sie mit eiserner Stärke über Davids Kopf zusammen.

»Aua! Terv! Lass das!«

Tervenarius schaltete jedoch auf taub und versohlte ihm

den Hintern, bis sein Po brannte wie Feuer. Es klatschte, tat weh, aber war gleichzeitig derartig geil, dass David, während er sich unter den Schlägen wand, seinen steifen Schwanz am Bettzeug rieb.

Er ließ von ihm ab. »Ist es das, was du Liebe nennst?«, keuchte David. Terv nickte, riss sich die Kleider vom Leib, rutschte neben ihn und streichelte lächelnd seinen Po, rund um die gebrandmarkte Stelle.

»Das war so scharf. Oh Gott, war das geil«, seufzte David und drehte sich, so dass Terv sein steifer Schwanz in die Hand glitt.

»Ich weiß, Mimiran«, flüsterte Tervenarius, küsste ihn tief, packte sein Glied fester, und rieb es in einem schnellen Rhythmus. David stöhnte laut auf. Er liebte es, so unnachgiebig in Tervs Gewalt zu sein. Der brachte ihn jedoch nicht zum Ende. »Dreh dich auf den Bauch«, raunte er und ließ seinen Schwanz los. Einfühlsam fuhr seine Hand zwischen die malträtierten Pobacken und verteilte seine Sporenflüssigkeit, strich sie mit zärtlichem Nachdruck auf seine Öffnung.

Wollte er das? Ja, mehr als das. Er gierte nach Tervenarius, wollte von ihm genommen werden, war verrückt nach ihm, hungrig, seinen weichen, starken Leib auf sich zu fühlen, der sich ohne zu zögern über ihn schob. Er entspannte die Bein- und Po-Muskeln, um ihm das Eindringen zu erleichtern.

Da war er. Sie stöhnten auf. Bei jedem Stoß spürte er seine heißen Pobacken. Instinktiv ergriff er seinen eigenen Schwanz, rieb ihn. Er war gemaßregelt worden und wurde auf die liebevollste Art, die er sich vorstellen konnte, genommen. Sein Schatz, ausdauernd und standfest wie immer, vögelte ihn lange und ausgiebig, massierte ihn von innen, genau wissend, wo sein empfindlichster Punkt zu finden war.

Der Schweiß brach David aus allen Poren. Er drehte den Kopf, um Terv zu küssen, dessen Zunge ebenfalls in ihm versank, spürte, wie sich der Saft für seinen Höhepunkt heiß in seinem Unterleib bündelte, in seinen Schwanz schoss. Er umfasste sich fester, fühlte das Sperma erst tröpfeln und schließlich in die weiche Unterlage des Bettes spritzen. Er genoss die starken Arme von Tervenarius, die ihn fast schmerzhaft umklammerten. Der stieß ihn schneller und härter, als wollte er ihn dazu bringen, auch noch den kleinsten, verbliebenen Rest von sich zu geben – alles durch den Druck von innen herauszupressen. Mit einem rauen Stöhnen kam sein Geliebter in ihm, erfüllte ihn mit seiner Wärme.

Lieber Gott, dachte er, lass die Zeit stehenbleiben und es immer so sein wie jetzt. Sein Schatz bäumte sich ein letztes Mal auf und sank dann über ihm zusammen. »Ich liebe dich, David«, flüsterte er in sein Ohr. »Wenn du es unbedingt hören willst, sage ich dir das ab heute jeden Tag.«

Es ging ihm gut. Nein, er fühlte sich schlichtweg phantastisch und lief wie auf Wolken, nachdem er seinen Wagen geparkt und sich auf den Weg zum Treffen mit der Bacani gemacht hatte. Manchmal machte es sich bezahlt zu provozieren und sich den Po verhauen zu lassen. Wenn letztendlich unterm Strich eine solche Liebeserklärung und derartig toller Sex dabei herauskamen, würde er diese Taktik wohl in Zukunft öfter einmal bei Terv anwenden.

Grinsend lief er im Licht der sinkenden Sommersonne weiter zum Kensington Park. Da stand sie, an einen der Steinpfeiler des Eingangstors gelehnt. Er bemerkte das Bacani-Weibchen schon von der Ferne. Sie blickte suchend um sich. Konzentrier dich, David, sagte er zu sich. Du darfst jetzt nicht an Tervenarius denken. Du hast einen Auftrag von den Duocarns und wirst keinen Unfug anstellen.

Mit dem charmantesten Lächeln, zu dem er imstande war, näherte er sich der Frau. Hatte er Angst vor ihr? Er betrachtete sie genauer: Er konnte die Ähnlichkeit zu Chrom sehen, das gleiche langgezogene Gesicht. Sie trug braune Kontaktlinsen. Er musterte ihren lächelnden, leicht zitternden Mund. Sie war eindeutig ängstlich und verunsichert und hatte garantiert nicht vor, ihm zu schaden. »Sweet Lady?«, fragte er. »Ich bin Crazy Boy.« Sie blickte ihn weiterhin mit großen Augen an. »Ich freue mich, dich kennenzulernen. Es ist toll, dass du den Mut dazu gefunden hast, mich einfach so zu treffen. Ähm«, er schluckte. »Ich muss allerdings gestehen, dass ich ganz schön nervös bin. Du auch?«

Auf ihrem Gesicht erschien ein Strahlen. Sie nickte heftig. »Und wie!«

»Wie heißt du eigentlich richtig?«, fragte sie. Sie schlenderten gemächlich durch den Park.

»David.«

»Ich heiße ...« Sie stockte und David war sich klar darüber, dass nun eine Lüge kam. »Patty«.

Er ging jedoch drauf ein und nickte. »Kommt das von Patricia?«

»Ähm, ja.«

David sah sie von der Seite an. Er konnte sich nicht verkneifen ein bisschen nachzuforschen: »Bist du in Vancouver geboren? Ich finde, du hast einen leichten Akzent.«

»Ich komme ursprünglich aus Russland«, log sie.

Die trägt ganz schön dick auf, dachte David, jedoch reagierte natürlich so, als würde er das glauben.

»Das ist aber weit weg«, staunte er. »Wie bist du denn nach Kanada gekommen?« Ihm war klar, dass das wieder nicht die richtige Frage war, um ihr Vertrauen zu gewinnen, und ärgerte sich über sich selbst.

»Wir sind Einwanderer«, stotterte sie.

»Entschuldige, ich wollte dich nicht in Verlegenheit bringen«, bekannte er. Sie war eine gestrandete Außerirdische, wie die Duocarns auch. Ein bisschen tat sie ihm leid. Wenn er sie mit seinen Fragen weiterhin in Bedrängnis brachte, würde sie sich nie öffnen. Aber über was, zum Teufel, sollte er mit ihr reden?

»Nein, schon gut. Meine Familienverhältnisse sind etwas kompliziert.« Sie blickte zu Boden.

»Weißt du, ich habe dich mir fast so vorgestellt. Nur dachte ich nicht, dass du braune Augen hast.« Hatte er wirklich erwartet, dass sie ihre bacanischen Eigenschaften offen zur

Schau stellen würde? Eigentlich nicht. Er hatte sich nicht genügend vorbereitet. Das rächte sich nun. Es war Zeit das Thema zu wechseln.

»Möchtest du irgendwo einen Kaffee mit mir trinken?«, fragte David.

»Nein, danke, keinen Kaffee, aber gerne ein Wasser.« Sie klang gekünstelt und David hoffte, dass sie sich im Laufe des Abends entspannen konnte, denn sonst würde das Treffen von keinerlei Erfolg gekrönt sein.

Sie spazierten aus dem Park, in dem in diesem Moment die Laternen aufflammten. Die Luft war immer noch sommerlich warm. Ihre Arme berührten sich beim Laufen. Ein paar Jogger trabten an ihnen vorüber.

Sie schlenderten gemächlich durch die Straßen.

Patty hatte sich wieder gefangen. Sie erfand einige Geschichten, was sie beruflich machte und erzählte ihm, sie habe seit kurzem endlich eine eigene Wohnung, auf die sie sehr stolz sei. Sie hielt die Themen bewusst unverfänglich, wofür David ihr dankbar war, denn so brauchte er nur zu nicken und freundlich zu lächeln. – Alles war besser, als eine peinliche Stille zwischen ihnen entstehen zu lassen.

Sie fanden ein hübsches Straßencafé mit bunten Schirmen und wählten einen Tisch etwas abseits. Als er ihr Wasser aus einer Karaffe einschenkte und ihr das Glas reichte, berührten sich kurz ihre Hände. Patty zuckte zurück und errötete. Das hatte so keinen Zweck. Er entschied, dass es Zeit war, das erste Treffen zu beenden, wollte sie jedoch unbedingt auf ein zweites festnageln.

»Ich würde dich gerne wiedersehen, Patty«, erklärte er, als sein Handy klingelte. Das konnten nur die Duocarns sein. »Entschuldige.«

Patty nickte und er fühlte ihren Blick auf seinem Körper, während er mit dem Gerät zur Seite trat. »Kann es sein, dass du gerne von der Frau erlöst würdest?«, fragte Terv mit einer leicht spöttischen, samtenen Stimme, die Davids Blutdruck steigen ließ.

»Ja«, antwortete David knapp. Die Bacani beobachtete ihn immer noch – stierte regelrecht.

»In dem Fall, mein Schatz, erkläre ihr, dass du dringend weg musst. Ein unvorhergesehener Auftrag. Okay?«

»Ich verstehe«, bestätigte David, beendete das Gespräch und ging zum Tisch zurück.

»Schlechte Nachrichten?«, fragte Patty und sah mit großen Augen zu ihm auf.

»Nein, aber ich muss noch einmal ins Büro. Bei einem Kunden hat sich der Rechner verabschiedet.« Er legte Geld auf den Tisch des Cafés. »Hättest du Lust, am Samstag mit mir ins Kino zu gehen?« Er sah sie fragend an.

Ein Strahlen breitete sich auf ihrem Gesicht aus. Wie es schien, hatte er trotz seiner ungeschickten Fragen punkten können. Ups! Unabsichtlich entblößte sie die Spitzen ihrer Fangzähne, bemerkte es sofort, schlug die Hand vor den Mund und hüstelte.

David blickte sie gelassen an und ließ sich nichts anmerken. Solche Zähne war er von Chrom und Pan gewöhnt. Wie gut, dass sie die ganzen Hintergründe nicht kannte.

Sie verabredeten sich zum Kino. Er würde sie den Film auswählen lassen. Sie gaben sich die Hand und lächelten sich an.

Uff! David lief zu seinem Auto. Das hatte er geschafft. Hoffentlich war Terv stolz auf ihn.

Drei Tage nach dem Treffen mit der Bacani, war David gerade dabei sich auszuziehen, um ins Bett zu gehen, als Terv ins Zimmer kam. »Stell dir vor, was Pan angestellt hat.« Terv lief ins Bad und wusch sich die Hände »Hörst du mich, David?« Er kam aus dem Badezimmer und trat zu David, der seine Hose ordentlich auf einen Kleiderbügel platzierte.

»Was hat er denn gemacht?« David hängte den Bügel außen an die Kleiderschranktür.

»Ich hatte dir doch erzählt, dass die Duocarns die Bacani nach eurem Date bis zu ihrer Basis in einem Waldgebiet in Nord-Vancouver verfolgt haben. Solutosan wollte dort nicht sofort hineinstürmen, sondern erst noch mehr Informationen sammeln. Dafür sollst du ja mit der Frau am Samstag ins Kino gehen.«

»Ja genau, so war das geplant«, nickte David.

»Pan hat nicht einfach abgewartet. Nachdem er gehört hat, dass sich auch Mischlinge wie er in deren Unterschlupf befinden, hat er sich den Pick-up genommen und ist dort hingefahren. Er hat bei ihnen Daten entwendet und kam urplötzlich mit einer externen Festplatte an, die er Solutosan in die Hand gedrückt hat.«

»Was? Der Kleine ist wohl lebensmüde! Was sagt Chrom denn dazu?

»Der ist froh, dass er heil zurückgekommen ist. Wie es scheint, hat Pan in der Basis sogar ein Mädchen kennengelernt.«

Unter Tervs wohlgefälligen Blicken zog David sein Shirt und den Slip aus. »Hatte Pan nicht etwas davon gesagt, dass er als Einziger in deren Unterschlupf könnte, weil er ein Bacanar ist? Wie es scheint, ist seine Rechnung aufgegangen. Was hat er denn für ein Mädchen kennengelernt?«

Splitterfasernackt lief David ins Bad um sich zu waschen, Terv blieb ihm auf den Fersen. Während er sich wusch, trat sein Schatz hinter ihn, legte die Hände auf seine Hüfte und den Kopf auf seine Schulter. »Du störst.« David bespritzte Tervs Gesicht mit Wasser, was diesen dazu veranlasste, ihn zu packen und ihn zu sich herumzudrehen. Mit den Daumen und Zeigefingern zwirbelte Tervenarius seine Brustwarzen, zog ihn daran näher. Das war ein Gefühl nach Davids Geschmack. Ihm kam ein Keuchen über die Lippen, was er nicht verhindern konnte. Nein, er wollte nicht ständig Lustobjekt und williges Opfer sein.

Tervs Augen schimmerten, als er ihn gegen das Waschbecken drückte und küsste. David fühlte, wie Tervs harter, steifer Schwanz durch den Stoff der Jeans an seinen nackten Schenkel drückte.

Ja, sein Liebster war allzeit bereit und hätte mit ihm mehrmals täglich Sex gemacht, aber David ließ sich nicht so oft auf ihn ein. Er wäre sonst zu nichts anderem mehr gekommen – außer mit Terv im Bett zu liegen. Nein, das ging nicht. Außerdem wollte er eine stabile Beziehung aufbauen, die auf Verständnis und Vertrauen basierte – und nicht nur ununterbrochen vögeln.

Wenn das mit dem Abweisen nur nicht so schrecklich schwer gewesen wäre! Dem Zeitmangel und den durchdachten Zukunftsplänen zum Trotz, schliefen sie fast jeden Tag einmal miteinander, denn David erlag immer wieder als williges Opfer Tervs einnehmender Art.

»Was für ein Mädchen hat Pan bei den Bacanis getroffen?«, fragte er erneut und entwand sich Tervs Händen. Der grinste über Davids Versuch ihm zu entkommen.

»Da gibt es nichts zu grinsen«, echauffierte David sich. »Ich bin ein normaler Menschenmann, der nicht so eine außerirdische Potenz hat wie du. Du ... du Sexmonster.« Verdammt, das hätte er mal besser nicht gesagt! Tervs Lachen brach ab. Er packte David, warf ihn sich über die Schulter und trug ihn zum Bett. Er ließ David in die Kissen fallen und schob sich sofort mit gespreizten Beinen ganz über ihn. In einem tiefen Kuss streichelte Terv, geil, nass und herausfordernd, seine Mundhöhle. Seufzend spürte David seinen eigenen Schwanz ebenfalls hart werden. Dieser Verräter.

»Wieso kannst du eigentlich so oft?« Er versuchte Terv von sich zu schieben, der sich nicht vom Fleck rührte. Wohlig grunzend ließ sein Schatz sich mit seinem ganzen Gewicht auf ihn nieder, kreuzte die Arme auf Davids Brust und legte das Kinn darauf. »Weil ich ein Sexmonster bin. Die müssen immer können.« Er schloss die Augen, um seine Mundwinkel zuckte es.

»Jetzt verscheißerst du mich.« David zog mit beiden Händen an seinen Ohren, was Terv dazu veranlasste, seine Löwenaugen wieder zu öffnen.

Terv blinzelte. »Gut, Mimiran, du willst reden. Also reden wir.«

Er rollte sich neben David und stützte den Kopf in die Hand. »Pan hat eine Bacanar kennengelernt. Er sagt, dass die Bacanis die Bacani/Hunde-Mischlinge so nennen. Pan scheint das Mädchen zu mögen und hat nun Angst, dass die

Duocarns ihr etwas tun.«

»Aber das werdet ihr nicht, oder?«

»Ich habe keine Ahnung, was Solutosan vorhat. Die Bacanis wissen nicht, dass wir ihnen auf der Spur sind. Ich glaube, Solutosan will abwarten, was dein nächstes Treffen ergibt.«

»Ach ja, das Kino.« David seufzte. »Diese Patty tut mir schon fast ein bisschen leid. Ich weiß nur noch nicht, wie ich sie mir vom Hals halten soll.«

Terv grinste schief. »Tja, der von allen begehrte David.«

»Wo wir wieder beim Thema wären. Wieso kannst du so oft?«

»Abspritzen, meinst du?«

David nickte.

»Das liegt daran, dass ich, um den Samen zu transportieren, meine Sporenflüssigkeit benutze. Und von der habe ich etliche Liter im Leib. Natürlich wird der Samenanteil von Mal zu Mal geringer, aber die Lust bleibt unverändert.« Er hielt inne. »Ich bekomme, wenn ich viel Sex mache, Hunger und vor allem Durst. Mein Glied kann ich kontrollieren, wie meine anderen Gliedmaßen auch.«

Erstaunt sah David ihn an. »Abgefahren. Kannst du dein Sperma noch an weiteren Körperstellen von dir geben?«

»Ja, durch den Mund, die Handflächen und die Hautporen. Ich könnte es ebenso verbreiten wie die diversen Pilzsporen.«

»Wieso hat ein Pilz wie du dann überhaupt einen Schwanz?«, fragte David.

Terv streichelte ihm sanft das Haar. »Ich weiß es nicht. Ich habe dir ja erzählt, dass ich auf Duonalia ein Einzelstück war. Ich bin von einer Pflegemutter groß gezogen worden, die sich über meine Herkunft ausgeschwiegen hat. Zumindest behauptete sie immer, nicht meine Mutter zu sein. Vielleicht hatte sie sich mit genmanipulierten Samen befruchten lassen und schämte sich im Nachhinein dafür«, mutmaßte Tervenarius.

Das hörte sich ungut an, fand David. Es klang nicht so, als ob Terv zu seiner Pflegemutter ein besonders liebevolles

Verhältnis gehabt hatte. Aber er wollte in diesem Moment nicht danach fragen, um die Harmonie nicht zu zerstören. Außerdem hatte er fest vor, Terv die Familie zu ersetzen.

»Na ja«, David kuschelte sich an Tervs Brust. »Ich für meinen Teil bin ja sehr froh, dass du diesen tollen Schwanz hast. Willst du dich nicht auch ausziehen? Und dann erzähl mir noch etwas von Duonalia, ja?« Er zupfte an Tervs hellem Strickpulli, begierig darauf, mit seinem Liebsten Haut an Haut zu liegen. Und David wollte seiner Stimme lauschen, bis er eingeschlafen war.

Mich hat es ganz schön erwischt, dachte David, als er zu dem erneuten Treffen mit der Bacani-Frau fuhr. Er war derartig heftig und umfassend in Tervenarius verliebt, dass alle seine bisherigen Freunde dagegen verblassten. Auch erschien ihm sein altes Leben manchmal wie ein Traum.

Tervenarius und er kannten sich nun fast sechs Monate. Nein, sein Geliebter war wahrlich nicht so, wie er sich einen Außerirdischen vorgestellt hatte. Er benahm sich zurückhalten und höflich, war mit einem trockenen Humor gesegnet und verhielt sich nicht nur beim Sex dominant und kontrolliert. Diese Selbstkontrolle war David manchmal fast schon ein bisschen unheimlich, gab sie Terv etwas befremdlich Steifes. Aber immer wenn David dachte, dass sein Geliebter wirkte wie ein Android, kam sein Humor zum Vorschein und gab ihm eine Wärme, in der David sich sonnen konnte. Ihm fiel es ausgesprochen schwer, Tervs bisheriges, langes Leben nachzuvollziehen, obwohl er ihn immer wieder bat, davon zu erzählen. Durch Tervs Unsterblichkeit war es ihm kaum möglich, sich ihre gemeinsame Zukunft vorzustellen, in der er alt werden würde und Tervenarius so blieb, wie er war.

Vor sich hin träumend, parkte er seinen VW im Parkhaus und machte sich auf den kurzen Weg zum Kino. Hoffentlich wollte die Bacani-Frau ihn nicht wieder anbaggern. Er bemühte sich, diesen Gedanken zu verdrängen. Er hatte die

Pflicht, mit ihr Konversation zu machen, lieb und nett zu sein und sich mit ihr einen Film anzuschauen.

»Hallo Patty! Schön dich zu sehen!« Die Bacani stand in einer Jeans und brauner Lederjacke neben der Kinokasse und strahlte ihn an wie ein Honigkuchenpferd. »Was läuft denn?« David studierte die Liste der Filme, die über der Kasse angeschlagen waren.

»Ich dachte an diesen X-Men-Film. Was meinst du?«

David nickte, obwohl er den Streifen bereits gesehen hatte. Hauptsache er konnte die Zeit irgendwie totschlagen und so schnell wie möglich wieder nach Seafair düsen. »Ja, gute Idee.« Er löste zwei Karten und lächelte ihr aufmunternd zu.

Auf dem Weg in eine der Säle bemerkte er, dass die Bacani langsamer wurde und sich begeistert umblickte: die glänzend blau lackierten Wände, die Filmposter darauf, dann die kleine, elegante Bar, in der es Getränke und Popcorn zu kaufen gab. Ob sie jemals zuvor in einem Filmtheater gewesen war? Er konnte sie schlecht danach fragen. Ein normales, kanadisches Mädchen in ihrem Alter hatte garantiert unzählige Filme im Kino gesehen.

»Möchtest du Popcorn? « Er lächelte über ihr begeistertes Nicken. Nun war er überzeugt, dass es ihr erster Kinobesuch war. »Und Cola?«

»Nein, lieber Wasser.« Sie musterte die Kinokarte in ihren Händen, als wäre es ein Schatz. Sofort tat sie David wieder leid. Er beschloss, dass er dieses Filmevent für sie zu einem Erlebnis machen würde, und kaufte ihr zu ihrem Popcorn eine kleine Plastikfigur von »Ben, das Ding«. Patty strahlte.

Sie war eine angenehme Begleiterin, die den Film mit ungläubig aufgerissenen Augen verfolgte und sich einmal vor Spannung fast am Popcorn verschluckte, was sie beide leise kichern ließ.

Entspannt verließen sie das Kino.

»Das war wirklich klasse!« Patty lief neben ihm her und hakte sich wie selbstverständlich bei ihm ein. War er **zu** freundlich gewesen? Hoffentlich machte sie sich keine Hoffnungen. Er musste sich etwas ausdenken, aber ihm fiel auf die Schnelle nichts ein.

Die Bacani wirkte aufgekratzt und übermütig und redete dummes Zeug. Sie wollte noch durch die Straßen bummeln. Also wanderte David brav und auftragsgemäß neben ihr her. Sie zog ihn von einem Boutique-Schaufenster zum nächsten und ließ auch die Schuhläden nicht aus.

David bemühte sich, freundlich auf ihre Kommentare zu den ausgestellten Waren zu antworten. Tervenarius und er bevorzugten elegante Herrengeschäfte. Er fand die Frauenkleidung, für die sie sich begeisterte, völlig uninteressant. Tervenarius. Sein Herz schlug schneller, wenn er an ihn dachte. Nein, er musste sich nun auf seinen Auftrag konzentrieren. Er lächelte die Bacani an, die ihn auf ein paar besonders hübsche Schuhe hinwies.

Er war heilfroh, als die Frau einen kleinen Pub entdeckte. Sofort stimmte er zu, dort etwas zu trinken. Er hatte sie richtig eingeschätzt, was ihre Einsamkeit anging. Sie war aufgedreht und genoss ihr Treffen in vollen Zügen. Sie hatte das Bedürfnis nach Normalität mit einem netten Mann. David plagte nun doch sein schlechtes Gewissen. Was er da machte, war eindeutig Betrug und sie tat ihm leid. Sie hatte sicherlich Besseres verdient. Er wunderte sich ein wenig, dass sie ein Glas Wein bestellte – wusste er doch von Solutosan, dass Bacanis nur Wasser tranken. Aber okay, vielleicht würde das ihre Zunge lösen und es würde sie dazu bringen, endlich ein paar brauchbare Informationen von sich geben.

»Ich freue mich auch über den schönen Abend«, antwortete er und reichte ihr das Weinglas. Ihre Hände berührten sich kurz und Patty errötete. Ja, seine Einschätzung war richtig gewesen. Sie trank das Glas in einem Zug leer und lachte David beschwingt an. Das würde jetzt in eine Richtung gehen, die er absolut nicht wollte. Er wusste, dass Terv und Chrom ihnen wie die Schatten folgten. Wie wurde er Patty nur elegant wieder los?

Glücklicherweise brauchte er sich nicht um eine Konversation bemühen. Der Wein hatte ihre Zunge gelöst und sie plapperte wie ein Wasserfall. Das Problem war nur, dass sie nichts Brauchbares von sich gab. Nach einer Weile beschlich David das Gefühl, dass er die Einrichtung ihrer Wohnung und den Inhalt ihres Kleiderschranks im Detail kannte, ohne sie gesehen zu haben. Es war Zeit, dieses sinnlose Treffen zu beenden.

Da er dieses Mal nicht mit Tervs rettendem Anruf rechnete, winkte David dem Kellner und bezahlte – lotste die plaudernde Patty mit freundlichem Nachdruck aus dem Lokal. Sie bummelten, wieder eingehakt, in Richtung ihres geparkten Autos. Ihr alter Ford stand in einer kleinen, engen Sackgasse.

»So«, kicherte die Bacani leicht angeheitert und öffnete die hintere Beifahrertür und legte ihre Handtasche auf den Sitz. »Ich denke, ich muss nun nach Hause.«

David nickte erleichtert. Die Frau kam lächelnd auf ihn zu. David wich automatisch ein wenig zurück. Aber zu spät! Sie hatte bereits ihre Arme um seinen Hals geschlungen und ihre Lippen auf seinen Mund gepresst.

David wollte sie wegdrücken, um den Kuss abzuwehren – nahm jäh aus den Augenwinkeln einen sich rasch nähernden Schatten wahr. Eine schwarze Gestalt sprang sie mit einem Fauchen an, schleuderte die Frau mit dem Rücken gegen die rote Ziegelsteinwand, wo sie hart aufschlug. Gleichzeitig erwischte das Wesen ihn und riss ihm mit einem scharfen Gegenstand den Hals auf!

Schrill raste der Schmerz durch seinen ganzen Körper! Völlig überrascht presste er die Hand gegen die pulsierende Wunde. Das Blut quoll warm zwischen seinen Fingern hervor. Er schwankte. Seine Knie gaben nach. Während er zu Boden ging, sah er mit aufgerissenen Augen Chrom, der sich auf den wütenden Angreifer stürzte. Dieser holte aus und traf Chrom mit der Faust knallend unter dem Kinn. Chrom warf der Schlag augenblicklich um.

Wie aus dem Asphalt gewachsen stand Tervenarius da, der zielstrebig eine Wolke Sporen in Richtung des Kerls schoss. Terv war da! Jetzt war alles gut! David fielen ermattet die Augen zu.

Die folgende Zeit verflog wie im Traum. David fühlte Hände auf sich: Versierte Hände, die seine Wunde versorgten, weiche Hände, die ihn tröstend streichelten. Gleichgültig, welche Hände ihn berührten – jedes Mal strömte Linderung aus ihnen.

»Du musst etwas essen.« David hob die schweren Augenlider. Terv saß mit einer dampfenden Tasse auf dem Rand seines Bettes.

Mühsam versuchte David, seine Gedanken zu ordnen. Was war passiert? Er war im Kino. Die Bacani. Er sah sie gegen die Wand krachen. Ein Kampf.

»Habt ihr ihn erwischt?«, krächzte er.

»Halt, nicht so viel sprechen. Das hat Patallia verboten. Ich erzähle dir gleich alles. Aber zuerst sollst du das hier trinken. Patallia hat es gebraut. Er sagt, es wird dich wieder auf die Beine bringen. Wir haben dich wegen der Halsverletzung zwei Wochen lang künstlich ernährt.«

Jetzt erst bemerkte David den dünnen Schlauch, der ihm aus der Nase ragte. Nochmals versuchte er zu verstehen, was Terv gesagt hatte. Er lag bereits zwei Wochen in einem der Gästezimmer des Duocarns-Hauses, denn, er blickte sich um, das war nicht ihr gemeinsames Zimmer mit dem roten Lederbett, sondern er lag in einem Krankenhausbett. Die Jalousien waren nur halb heruntergezogen und er konnte auf den grüngrauen Ozean und einen hellgrauen Himmel darüber schauen. Draußen regnete es offensichtlich. Das war ein kurzer Sommer, dachte David träge.

Terv hatte die Tasse auf den Nachttisch gestellt. »Komm, ich ziehe erst einmal die Sonde. Pat sagt, du schaffst es jetzt zu essen.«

David blickte seinen Freund ergeben an. Terv sah aus wie immer. Vielleicht war sein feines Gesicht ein bisschen bleicher als sonst. Er schien ernst und unverändert – in dunkler Kleidung, das Haar zu einem lockeren Zopf geflochten.

Schlauch? Ja, den wollte er loswerden. Er hielt still, als Tervenarius ihn vorsichtig aus seiner Nase zog, und staunte darüber, wo dieser unendlich lange Schlauchwurm denn wohl herkam. Er war müde. Während Terv den Schlauch ins Badezimmer brachte, fielen ihm die Augen zu.

»Nein, nicht schlafen. Erst essen. In ganz kleinen Schlucken, ja?«

Terv hielt ihm die Tasse an die Lippen. Roch er da Hühnersuppe? Sein Magen rebellierte.

»Pat hat die Suppe irgendwie irdisch aromatisiert. Frag mich jetzt bitte nicht, wonach sie riecht.«

»Hühnchen«, krächzte David.

Terv wich ein Stückchen mit der Tasse zurück. »Ist das nicht so ein entsetzlich lauter, essbarer Vogel?«

David musste lachen, brachte aber nur ein trockenes Kichern durch die Nase zustande.

»Hör zu, dein Kehlkopf war verletzt. Patallia musste dich operieren. Es war eine schwerwiegende Verwundung. Das Zeug ist gut für deinen Hals, okay? Das muss rein, egal wie es riecht.«

David nickte gehorsam. Die Suppe floss angenehm seinen Hals hinab. Wärmte seine Brust. Breitete sich wohltuend in seinem Magen aus. Er seufzte.

»Gut, nicht wahr?«, lächelte Terv. »Trink alles aus.«

Das war anstrengend und erforderte Davids ganze Kraft. Die Augenlider wurden so schwer.

»Ich erzähle dir jetzt nicht, wie Pat sie hergestellt hat,« grinste Tervenarius.

Terv hat wieder den Schalk im Nacken, dachte David noch. Er hörte seinen Schatz sprechen, konnte aber die Worte nicht richtig erfassen und schlief einfach ein.

Von diesem Moment an ging es bergauf mit ihm. Terv wich nicht von seiner Seite und war der beste Krankenpfleger, den ein Patient sich wünschen konnte. Meist schlief er neben seinem Bett in einem Sessel sitzend. Er behauptete steif und fest, dass ihm das nichts ausmachen würde. David war klar, dass Pat und Terv ihn massiv unter Drogen gesetzt hatten, und dass es garantiert keine irdischen Betäubungs-mittel gewesen waren. Patallia ließ sich immer nur abends kurz blicken, legte ihm die Hand auf die Kehle, nickte und ging wieder.

An diesem Morgen fühlte David sich erholt, hatte das dringende Bedürfnis sich zu bewegen, und vor allen Dingen wollte er den Katheter loswerden. Es war ihm peinlich, dass Tervenarius den vollen Beutel ständig entsorgte.

»Ich bin fit genug, um auf die Toilette zu gehen«, teilte er Terv in einem Ton mit, der keinen Widerspruch duldete. »Bitte ruf Fatallia, damit er mich von dem Ding befreit. Warum musste das überhaupt sein? Außerdem will ich endlich hören, was alles geschehen ist, seit ich hier herumliege.«

Terv grinste. »Darf ich die Fragen nacheinander beant-worten? Du musstest nach der Operation völlig ruhig halten. Du warst auch kaum in der Lage, irgendwelche Bedürfnisse zu signalisieren. Bisher bist du immer sofort eingeschlafen, sobald ich angefangen habe zu erzählen. Und Pat ist nicht da. Entweder befreie ich dich von dem Katheter, oder du musst warten.«

David strampelte ungeduldig mit den Beinen. »Terv, ich fühle mich gut und ich will von jetzt an allein aufs Klo. Also raus mit dem Ding!«

Terv nickte und ging ins Badezimmer, um eine Spritze und eine Metallschale zu holen.

»Weißt du denn überhaupt, wie das geht?«, fragte David misstrauisch.

Terv antwortete nicht und schlug ohne zu Zögern die Bettdecke zurück. »Pat hat es mir erklärt.«

Als hätte er niemals etwas anderes getan, packte er die In-jektionsspritze aus, setzte sie an dem dünnen Seiten-schlauch des Katheters an und sog eine kleine Menge Wasser heraus. Ein sanftes Zupfen und der Katheter glitt fast von selbst aus Davids Glied und landete neben dem Beutel in der Nierenschale.

»Ahhh!« David stieß einen Laut der Erleichterung aus. Gleichzeitig verursachte dieses Hinausgleiten ein derartig geiles Gefühl, dass sein Schwanz sich sofort streckte. »Oh

Gott, das hat sich sogar wahnsinnig scharf angefühlt.«

Er griff nach der Bettdecke, um sie wieder über sich zu ziehen, aber Terv packte sein Handgelenk und hielt ihn zurück. »Du warst ziemlich lange krank.« Seine Stimme klang heiser, als sei sein Kehlkopf ebenfalls verletzt gewesen. »Sehr lange.«

Mit klopfendem Herzen lehnte David in den Kissen, sah den begehrlichen Blick seines Geliebten und klammerte sich mit einer Hand an die Bettdecke. Die andere krallte er erwartungsvoll in Tervs mit Jeansstoff bespannten Oberschenkel.

»Du musst aber ganz stillhalten, okay?« Terv vergewisserte sich mit einem kurzen Blick in seine gierig flimmernden Augen, dass David mehr als bereit war, und widmete sich dann dem Objekt seiner Begierde.

Die Berührung von Tervs warmen, weichen Lippen auf seiner prallen Eichel ließ David laut aufstöhnen. Die Lust zwang ihm den Kopf in den Nacken, eine Bewegung, die der steife Verband um seinen Hals verhinderte. Das Blut klopfte in seinem Kehlkopf, was er nur weit entfernt wahrnahm, denn Tervs Lippen, seine Zunge, sein saugender Mund um seinen Schwanz verdrängte sämtliche Gefühle bis auf eines.

»Das halte ich nicht lange aus«, keuchte David. »Ich ...« Die Hitze schoss blitzartig in seine Lenden, bündelte sich und endete in einem alles hinwegreißenden Ausbruch. Sein Unterleib hob sich vom Bett, drängte sein pulsierendes Glied in Tervs Mund, während er sich so wuchtig entlud, dass es in den Hoden und Samensträngen heftig ziehend schmerzte.

Tervenarius wich nicht zurück. Seine starken Hände hielten Davids Po umklammert. Davids Schwanz tief in seiner Kehle, nahm er den Saft mit einer Gier auf, die selbst David verblüffte, als er langsam wieder zu sich kam. Mit geschlossenen Augen leckte Terv die glatte Haut, küsste abschließend die Spitze.

Dann deckte er David mit flackerndem Blick zu. »Du hast mir gefehlt«, flüsterte er rau. Seine Selbstbeherrschung hatte einen Riss bekommen.

David erinnerte sich nicht, was danach geschah, denn diese Eruption zwang ihn gnadenlos zum Schlafen. Erst in den Nachmittagsstunden wachte er mit dem wohligen Gefühl auf, dass alles mit ihm in Ordnung war. Lächelnd betrachtete er Terv, der mit dem Laptop auf den Knien im Schneidersitz im Sessel neben seinem Bett kauerte.

»Danke, Terv.«

Der richtete seinen honigfarbenen Blick auf ihn. »Wofür?«

»Für – ähm – vorhin. Und für all deine Pflege und Mühe.« Er zupfte verlegen an den Ärmeln seines blaugestreiften Schlafanzugs.

»Ich dachte, Menschen bedanken sich nicht für Sex.« Terv senkte den Kopf und blickte wieder auf seinen Rechner. David fühlte eine Wand zwischen ihnen, konnte sich jedoch nicht erklären, woher diese kam. Er überlegte angestrengt, was er nun erwidern sollte, aber Terv kam ihm zuvor.

»Wir, die Duocarns, haben zu verantworten, dass du jetzt hier liegst.« Er blickte ernst, die Muskeln seiner Wangenknochen zuckten. »Ich war von Anfang an dagegen, dich bei den Bacanis einzusetzen. Wir hätten eine andere Lösung finden müssen.« Er klappte den Laptop energisch zu und stellte ihn auf den Fußboden. David spürte seine Wut.

»Habt ihr den Angreifer erledigt?«

»Nein, ich konnte ihn nicht verfolgen, da ich mich um dich kümmern musste. Der Kerl hatte Chrom schachmatt gesetzt. Meo war einem zweiten Bacani gefolgt. Die Sache ist definitiv schief gelaufen. Einziger Trost: Es ergab sich, dass letztendlich die Bacanifrau in der Gasse lag und Chrom sich verletzt in deren Auto geschleppt hatte. So haben die beiden sich kennengelernt. Endlich hat der „Crazy Boy" seine „Sweet Lady" gefunden.«

Erleichtert spürte David bei diesem Satz, dass Terv seine Zorn überwunden und seinen Humor wiedergefunden hatte.

»Jetzt sag nicht, dass die Zwei ein Pärchen sind!«

Terv nickte. »Sie ist sogar hier im Haus. Es sieht so aus, als hätte sie sich auf unsere Seite geschlagen. Nach ihren Angaben ist Bar der Chef der Bacanis. Er hat einen zweiten Offizier, Krran. Das ist der Kerl, der dich verletzt hat. Außerdem gibt es noch einen einfachen Soldaten namens Pok.«

Das waren wahrlich echte Neuigkeiten.

»Und nun?«, fragte David gespannt. »Mit all den Informationen könnt ihr das Pack doch jetzt fertigmachen.«

»Nein.« Terv schüttelte den Kopf. »Die Bande hat offensichtlich Lunte gerochen und hat die Basis im Norden verlassen. Leergefegt. Nur eine der Bacanars, Frran, ist noch mit übergelaufen. Chrom hat nun eine nette, kleine Familie: Psal, Pan und Frran.«

»Und die sind alle hier?«

»Ja.« Terv schob sich auf die Bettkante und strich ihm zärtlich das wirre Haar aus der Stirn. »Meo hat bei seiner Verfolgung eine Halle entdeckt, in der Bacani-Aktivitäten stattfinden. Wir haben von Psal erfahren, dass Bar dort eine Art Energiedroge herstellt. Sie haben in der Basis mit irdischen Hündinnen Bacanars gezeugt und gezüchtet. Aus dem Blut der Bacanars wird diese Droge gewonnen. Offensichtlich hat Bar für diese Arbeit einen menschlichen Chemiker verpflichten können. Der Mann heißt Ron Bauer.«

David sah ihn mit offenem Mund an. »Das ist ja der reinste Drogenkrimi geworden. Und wie geht's weiter?«

»Ich finde, du solltest in unser Zimmer umziehen, David.« Irritiert über den abrupten Themenwechsel sah David seinen Schatz an. Er hat Sehnsucht nach mir, schoss es ihm beim Anblick von Tervs verschlossenem Gesicht durch den Kopf. »Hat Patallia das erlaubt?«

»Hast du denn noch nicht gemerkt, dass die steife Halskrause fort ist? Er hat sie entfernt, während du schliefst.«

David tastete nach seinem Hals, bewegte testweise den Kopf. Er trug einen einfachen Verband und spürte keine Schmerzen.

»Und das mit dem Umziehen hat er erlaubt?«

Terv nickte. »Pat meint, wenn du dich besonnen verhältst, ist nichts dagegen einzuwenden. Ähm.«

»Ähm? Was denn noch?«

»Na ja, er hat gesagt, dass **wir** uns vernünftig benehmen sollen«, bekannte Terv leicht verlegen.

David kicherte.

»Komm, dann lass uns umziehen. Ich trage dich.«

»Kommt gar nicht in Frage! Ich bin froh, wenn ich ein paar Schritte laufen kann.« Er blickte in Tervs finstere Miene.

»Okay, okay, trag mich, wenn es dich glücklich macht.«

Sofort war Terv auf den Beinen, schlug die Decke zurück und hob ihn auf die Arme. Es war doch sehr schön getragen zu werden, dachte David, umschlang Tervs Hals und kuschelte den Kopf an seine Brust.

Terv lief mit ihm den Gang entlang, stieß mit dem Fuß die Zimmertür auf und ließ ihn auf ihr wunderbares Bett, mit den kühlen, weißen Kissen sinken. Zärtlich deckte er ihn mit einer leichten, weichen Decke zu.

Augenblicklich fühlte sich David zu Hause, friedlich und angekommen. Er kuschelte sich in die Daunenkissen, vernahm kaum noch Tervs Stimme, die wie durch Watte zu ihm drang: »So ist es gut. Schlaf nun wieder. Morgen erzähle ich weiter. Ach so, und Patallia hat jetzt Besuche erlaubt.«

Was der Satz „Patallia hat wieder Besuche erlaubt", bedeutete, erfuhr David am nächsten Tag. Er thronte wie ein König mit einem Frühstückstablett voller Leckereien wie Croissants, Rührei, Orangensaft, Milchschnitten und einem Kübel Kaffee im Bett, als sich die Tür öffnete und Pan seinen Kopf ins Zimmer schob. Der Junge grinste, als er David sah, und drückte die Tür weiter auf. »Ihm geht's wieder gut«, verkündete er den Wesen, die sich hinter ihm im Flur drängten.

Chrom marschierte mit Patty an der Hand zum Bett, gefolgt von Pan mit einer schüchtern lächelnden Bacanar, in einem kniekurzen, geblümten Kleid, unter dessen Saum ihr Spiralschwanz hervorlugte. Sie war barfuß und David bestaunte ihren langhaarigen Pelz mit weißen Spitzen, der ihre Beine völlig bedeckte. Das Lächeln entblößte ihre Fangzähne. Sie wirkte drollig neben Pan in seiner blauen Jeans-Latzhose. Dessen aufgeregt peitschender Schwanz ragte wie gewöhnlich aus einem Loch in seiner Hose. Hinter ihr drängte sich die Wölfin Lady in den Raum.

Chrom übernahm die Vorstellung. »Hallo David.« Er legte eine einzelne Sonnenblume auf den Nachttisch. »Du kennst Psal ja schon.« Die Bacani-Frau schlug verlegen die Augen nieder. »Und das hier ist Frran, die einzige Tochter von Krran.«

Stille entstand.

»Ich finde toll, dass ihr mich besucht«, strahlte David, der sich erst an den unvermittelten Anblick von so viel außerirdischem Leben gewöhnen musste. »Setzt euch doch und erzählt mal, wie ihr euch kennengelernt habt.« Er schob sich fröhlich eine Gabel voll Rührei in den Mund. Natürlich hatte Terv ihm die Geschichte schon berichtet, aber er wollte sie gern auch noch einmal von Chrom hören, der Pan sofort auf den Flur schickte, um einige schwarze Klappstühle aus Stahlrohr zu holen. Die vier Besucher nahmen Platz und Lady ließ sich auf den Läufer vor seinem Bett nieder.

Es war schön Chrom zuzuhören, der ein guter Erzähler war. David lauschte andächtig, wie die beiden sich verliebt hatten. Dass sie ein festes Pärchen darstellten, war unverkennbar und der Stolz darüber quoll Chrom quasi aus allen Knopflöchern. Er hatte ein Weibchen seiner Art gefunden. Ein wahres Wunder, denn sie war die einzige Bacani-Frau auf der Erde.

»Und ihr zwei?«, fragte David Pan.

»Pan und Frran sind noch sehr jung«, beantwortete Chrom seine Frage, und David merkte ihm an, dass er dagegen war, dass die halbwüchsigen Bacanars sich allzu intim verbanden.

»Aber wir mögen uns«, warf Pan ein, und blickte seinen Vater ein wenig trotzig an.

Bevor Unmut aufkommen konnte, lenkte David ein: »Na, das ist doch prima! Ich freue mich, dass für euch alles so gut gelaufen ist. Und habt ihr eine Ahnung, wohin die drei anderen Bacanis verschwunden sind?«

Chrom schüttelte bedauernd den Kopf. »Ich denke, dass sie irgendwann erneut auftauchen. Bar wird nicht aufhören, diese Droge Bax herzustellen und zu verkaufen. Über dieses Geschäft werden wir ihm auf die Schliche kommen. Wir haben noch eine neue Spur. Davon kann Terv dir ja dann erzählen«, beendete Chrom seinen Bericht und nickte Tervenarius zu, der soeben das Zimmer betrat und die Besucher lächelnd, jedoch prüfend, musterte. David sah ihm an, dass er sich Sorgen machte, die Bacanis und besonders die lebhaft zappelnden Bacanars könnten ihn überfordern.

»Wir gehen dann mal«, lenkte Chrom sofort ein.

»Aber … , aber ich habe David jetzt noch überhaupt nicht erzählt, wie Frran und ich uns kennengelernt haben«, bemerkte Pan empört.

»Das erzählst du mir, wenn du bald wiederkommst. Ohne deinen Vater«, vermittelte David diplomatisch.

»Na gut.« Pan nickte ergeben. »Du bekommst bestimmt ganz viel Besuch. Die Duocarns wollen dich alle sehen. Ich verstehe das.«

Ich bezweifle, dass Xanmeran, Meodern und Solutosan auch noch kommen werden, dachte David, und lächelte zum Abschied, bis sie die Tür hinter sich geschlossen hatten.

»Die sind alle total nett, Terv«, sagte er zu seinem Schatz, der ihm mit geduldiger Miene das Frühstückstablett abnahm.

»Ja«, Terv trug das Tablett zu seinem Schreibtisch in der Ecke und stellte es dort ab. »Ich glaube, die Vier werden nicht im Haus bleiben. Ich habe das im Gefühl.«

»Wo sollen sie denn sonst hin?«, fragte David erstaunt.

»Ein eigenes Leben aufbauen, David. Chrom hat jetzt ebenfalls kanadische Papiere. Geld dürfte auch kein Problem sein. Er wird irgendwo eine Familie gründen wollen. Das Duocarns-Haus ist dafür nicht geeignet.«

David sah Terv nachdenklich an, ließ den Blick von seinem liebem Gesicht, über seinen dunkelblauen Pulli zu seiner Jeans schweifen, in deren Enge sich sein Geschlecht deutlich ausbeulte. Er schluckte trocken.

Tervenarius bemerkte sein Liebäugeln und grinste vieldeutig.

»Dir scheint es ja wirklich wieder besser zu gehen. Aber wir werden jetzt nicht vögeln, sondern einen kleinen Spaziergang am Strand unternehmen. Du musst laufen, sagt Pat.«

»Wo ist der eigentlich? Den habe ich tagelang nicht zu Gesicht bekommen.«

»Das liegt daran, dass er im Moment stark in die Angelegenheiten der Duocarns eingespannt ist.«

»Und du?«

Tervenarius, der dabei war, Kleidung für David aus dem Schrank zu suchen, hielt inne. David konnte sein Gesicht nicht sehen. Erst als er sich umdrehte, und ihm Jeans, Shirt, Pulli, Unterwäsche und Socken reichte, blickte David in seine verschlossene Miene. »Ich kümmere mich um dich. Das hat für mich im Moment Priorität. Wenn ich gebraucht werde, wird Solutosan mich rufen.«

David fühlte, dass hinter diesem Satz mehr stand, als Terv zu sagen bereit war.

Der Tag war anstrengend gewesen. David war an Tervs Seite bei leicht windigem, herbstlichen Klima ein Stückchen den Strand entlang geschlendert. Nun spürte er die Wochen, die er nur im Bett verbracht hatte. Nach kurzer Zeit fühlten sich seine Knie bereits an, als seien sie aus Gummi. Aber er hielt sich tapfer.

Im Haus zurück, überraschte Aiden ihn mit einer prall gefüllten Tüte aus dem Fastfood-Laden.

»Für Kranke und Schwangere nicht geeignet«, flachste sie. »Und genau deshalb werden wir das jetzt essen. Ich weiß, du willst es auch.«

Als er der bleichen, schwangeren Aiden dann am Küchentisch gegenübersaß und sah, wie sie ebenfalls gierig einen

Big Mac verdrückte, wurde ihm klar wieso: Die Schwangerschaft machte ihr heftig zu schaffen. Sie klagte nicht, sondern versuchte fröhlich zu wirken und unterhielt sich mit ihm über unverfängliche Dinge.

An den Kühlschrank gelehnt, in der Hand ein Glas Kefir, folgte Tervenarius der Unterhaltung. Ihm entging nicht, dass David zwei Mal fast die Augen zufielen. »Ich glaube, hier möchte jemand ein kleines Nickerchen machen.«

Aiden lachte. »Nicht nur einer.« Sie hielt sich den Bauch. »Das Essen haut mich auch um.« Sie erhob sich. »Macht's gut, ihr Zwei. Ich lege mich aufs Ohr.«

Terv streckte ihm die Hand hin. »Komm, Mimiran, es ist Zeit. Du hast dich wacker gehalten. Morgen gehen wir noch einmal. Bald wirst du wieder fit sein.«

David lief an seiner Seite die Treppen hinauf. Seine Füße fühlten sich an wie aus Blei.

Im Zimmer angekommen, ließ sich David auf ihr Bett fallen. Terv half ihm kopfschüttelnd aus den Kleidern. »Ich bin fertig. Völlig platt. Sorry, Terv«, flüsterte er noch, bevor ihn der Schlaf übermannte.

David fuhr den Highway von Seattle nach Vancouver, froh, endlich auf dem Heimweg zu sein. Der schwule Kunde, dem er drei respektable Anwesen vorgeführt hatte, war exzentrisch und anstrengend gewesen. Er rückte den Seidenschal zurecht, denn nun trug er ständig Schals, um die Narbe zu bedecken. Diese war, trotz Patallias ausgezeichneten, medizinischen Künsten, wie eine weiße Schlange auf seiner Kehle geblieben. Fast ein halbes Jahr war seit seiner Verletzung vergangen.

Es begann zu schneien. »Schnee im April«, knurrte David. Der pappnasse Schneeregen klatschte gegen die Scheiben. »Ich frage mich, warum wir uns nicht in die Karibik verpissen.«

Jetzt führe ich auch noch Selbstgespräche, dachte er. Dabei möchte ich lieber mit Terv reden. Tervenarius. Er lächelte und bog vom Highway ab. Das war ein turbulentes erstes Jahr gewesen. Nachdem seine Verletzung abgeheilt war und er sich komplett erholte hatte, war er wieder voll in seinen Maklerjob eingestiegen. Es war ihm peinlich, auf Kosten der Duocarns zu leben, und er wollte unbedingt ein eigenes Einkommen. Tervs Beteuerungen, dass den Duocarns das nicht das Geringste ausmachen würde, hatte er mit einer Handbewegung beiseite gewischt. Durch den Job war er dauernd auf Achse. Eigentlich zu oft, was dazu führte, dass er ständig mit Terv telefonierte. David hatte sich immer noch nicht dazu entschließen können, seine Wohnung aufzugeben, aber da Pflanzen und Fische bei seinem Freund Martin in guten Händen waren, schob er die Entscheidung darüber immer auf.

Tervenarius hatte seine Pilzforschungen, die er auf Duonalia intensiv betrieben hatte, erneut aufgenommen. Auch er war viel unterwegs, um Proben zu nehmen. David hatte noch nicht verstanden, nach welchen Kriterien sein Schatz Kohlköpfe sezierte oder mit kleinen Messerchen unter Baumrinden schabte.

Hat der Alltag uns eingeholt? Nachdenklich fuhr er seinen Wagen in die Garage neben Tervs schwarzen BMW Coupé M6. Beim Anblick des Autos schlug sein Herz höher. Seine blinde Verliebtheit war gewichen und hatte einer starken, unerschütterlichen Liebe Platz gemacht.

Er nahm seinen Aktenkoffer und lief leichtfüßig die Treppen in den ersten Stock. Es war früher Nachmittag und das Haus schien ausgestorben. Bevor er die Tür zu ihrem gemeinsamen Zimmer öffnen konnte, trat Terv heraus und verstellte ihm lächelnd den Weg. Davids Herzschlag erreichte augenblicklich die höchste Frequenz. Trotzdem stellte er ruhig den Aktenkoffer auf den Boden. Dann fiel er seinem Liebsten in die Arme. Terv schmeckte nach Honig, nein nach Schokolade, oder waren es Karamellbonbons? Ihre Zungen umschlangen sich. Sofort spürte David die Erregung heiß in seinen Schritt schießen. Terv war und blieb umwerfend und er begehrte ihn. Nun schmeckte er wieder Schokolade. Dieses Mal weiße. David löste sich lachend. »Sag mal, kannst du dich heute nicht für ein Aroma entscheiden?« Terv betrachtete ihn zärtlich. »Hast du schon gegessen?«

»Nein.« David machte Anstalten ihn zur Seite zu schieben, um ihr Zimmer zu betreten, aber Terv blockte ihn ab. »Darf ich nicht erst einmal ablegen?«

»Du hast also Hunger?«, forschte sein Schatz erneut nach.

»Ja, Terv. Himmel, was ist denn los?«

Tervenarius öffnete schweigend die Tür und ließ ihn eintreten.

David stand völlig verblüfft auf der Schwelle und betrachtete Tervs Werk. Er hatte einen kleinen Tisch festlich gedeckt. David bemerkte flackernde, elegante Kerzen, einen Teller, Besteck, Servietten, eine Flasche Champagner und ein Glas Kefir. Unter einer Haube schien sich etwas Essbares zu befinden. Zuerst dachte er, dass ihn seine Augen täuschten, aber überall auf dem weißen Tischtuch lagen kleine, dunkle Federchen.

»Federn«, staunte David. »Wie von ...« Ihm fiel die Kinnlade nach unten. »Wie von schwarzen Flügeln. Welchen Tag haben wir heute?«

Terv musterte ihn gespannt und lächelnd. »Heute vor einem Jahr bist du mir auf die Schulter gesprungen.«

»Das hast du dir gemerkt?« David schluckte betreten. Er hatte nicht an ihren Jahrestag gedacht. Nein, er hatte nicht einmal vermutet, dass er Tervenarius irgendetwas bedeuten würde, denn Gedenktage zu feiern war doch etwas sehr Menschliches. Er fühlte Tränen der Rührung in seine Augen schießen.

»Du weinst?« Terv starrte ihn entsetzt an.

»Ja, weil ich es so schön finde.«

»Menschen weinen, wenn sie etwas schön finden? Das stand natürlich nicht im Internet. Ich habe die Idee mit dem Tisch von so einer Hausfrauen-Seite.«

David musste unter Tränen lachen. »Und die Federchen?«

»Der Einfall ist von mir«, verkündete Tervenarius stolz. »Setz dich. Ich habe Sushi besorgt. Du magst doch japanisches Essen, oder?«

David stürzte auf ihn zu und umarmte ihn heftig. »Das ist einfach wunderbar. Danke, Terv. Du machst mir damit eine Riesenfreude.« Er küsste seinen Geliebten leidenschaftlich, der sich nun endgültig für ein Aroma aus Honig und Pfirsichen entschieden hatte. David leckte sich die Lippen. »Ich ziehe mich schnell um und wasche mir die Hände, okay?«

Im Bad blickte er in den Spiegel. Ein strahlender David sah ihm entgegen. Ich bin glücklich. Es ist so viel Glück, dass ich Angst habe, es zu verlieren. Ich wünschte, ich könnte es festhalten – irgendwie konservieren.

Er trat ins Zimmer. Terv hatte am Tisch Platz genommen und öffnete für ihn die Champagnerflasche. »Der Verkäufer hat mir den zum Sushi empfohlen. Ich hoffe, er schmeckt.«

David, nun im eleganten Morgenrock, lächelte. »Ich werde dir die Mischung gleich zu schmecken geben.« Er hatte sich inzwischen angewöhnt, mit Terv quasi durch Küsse zu kommunizieren, denn ihm war klargeworden, dass dieser seine Umgebung am stärksten mit der Nase, den Lippen und der Zunge aufnahm.

»Moment, David. Bevor du isst, habe ich noch ein Jahrestag-Geschenk für dich.« Er schob ein kleines, flaches Päckchen über den Tisch.

David erbleichte. »Terv, ich habe nichts für dich.« Er stockte. Aber Tervenarius war schon aufgestanden, bei ihm angekommen, zog ihn vom Stuhl und öffnete seinen Morgenrock. Er betrachtete David von oben bis unten. »Das nennst du nichts?«, fragte er leise.

David schluckte heftig, um nicht wieder in Tränen auszubrechen. »Du machst mich heute fertig, weißt du das?« Er bedeckte Tervs Gesicht mit vielen Küssen, klammerte sich an ihn, rieb sich an ihm mit dem Gefühl, ihn verschlingen zu wollen.

»Stopp! Das ist doch der Nachtisch!« Terv lachte, löste sich, zog den Morgenrock zusammen und verknotete ordentlich den Gürtel. Er nahm Platz und legte die Hände um sein Kefirglas, beobachtete David, wie er sich einen Happen Sushi in den Mund schob und das Päckchen öffnete.

Fast wäre ihm der Inhalt vor Überraschung auf den Tisch

gefallen.

»Ich habe gedacht, weil wir ja so viel telefonieren, könntest du ein neues Handy gebrauchen.« Terv trank mit Pokerface einen Schluck Kefir.

»Ja, ein Handy«, hauchte David und drehte das diamantenbesetzte iPhone 3GS von Stuart Hughes in den Händen. »Aber doch keines im Wert einer Kleinstadt.«

»Gefällt es dir denn?«

»Gefallen? Du machst Witze!« Mit den Nerven am Ende trank David das Champagnerglas in einem Zug leer.

»Moment, David. Solutosan möchte etwas von mir.«

Terv saß still, schloss zwischendurch die Augen, um sich besser konzentrieren zu können.

»Musst du weg?« Davids Stimme klang ängstlicher als beabsichtigt.

»Nein. Er hat mich nur darüber informiert, dass sie nach der Basis nun auch die Halle der Bacanis ausgehoben haben.«

»Brauchen sie dich nicht dabei?«

»Pat, Meo und Xan haben das übernommen. Solutosan bleibt hier im Haus. Wie mir scheint, geht es Aiden nicht gut.«

»Sie sah schon vor Monaten schlecht aus, Terv. Kann Pat ihr nicht helfen?«

»Nein.« Terv nahm ein Stückchen Sushi und fütterte ihn damit. »Das Kind, Solutosan hat sie Haila getauft, hat Sternenstaub in sich. Sie ist noch nicht fähig, damit umzugehen und vergiftet Aiden allmählich. Sie hoffen, das Baby zu entbinden, bevor Aiden Schaden nimmt.«

»Und wir sitzen hier und essen Sushi?«

»Ja, Mimiran, das tun wir. Denn wenn wir als besorgte Trauerklöße herumsitzen, ändert sich nichts. Wir stehen ja sofort zur Verfügung, sollten die anderen uns brauchen.«

David nickte und betrachtete vertieft das wunderschöne Handy, dessen Diamantrand im Licht der Tischkerzen verführerisch glitzerte. Er hob den Blick und entdeckte das gleiche Glitzern in den Augen seines Geliebten, der ihn über den Tisch hinweg begehrlich musterte.

Die Zeit raste in einem irrwitzigen Tempo. Ob das daran lag, dass er mit Tervenarius so glücklich war? Vielleicht färbte aber auch der Umgang mit den unsterblichen, zeitlosen Duocarns auf ihn ab. David wusste es nicht. Der Sommer nach ihrem Jahrestag und der darauffolgende Winter waren im Flug vergangen.

Unruhig wanderte David am Abend in ihrem Zimmer des Duocarns-Hauses umher und wartete auf Tervenarius. Was dieser wohl zu seiner Idee sagen würde? David hatte einen Reisegutschein für eine romantische Reise auf die Bahamas gekauft. Ein Häuschen nur für sie alleine auf einer einsamen Insel.

Ungeduldig ließ er sich auf einen der bequemen, plüschigen Fernsehsessel sinken, nahm die Fernbedienung, aber starrte sie nur an.

Es war viel passiert in den vergangenen Monaten: Am Schlimmsten getroffen hatte die Bewohner des Hauses der tragische Tod von Aiden, die bei der Geburt von Haila gestorben war. Das hatte Solutosan aus der Bahn geworfen. Wie ein graues Gespenst hatte sich die Trauer auf die Seelen der Duocarns und deren im Haus lebenden Freunde gelegt. Halia war zu klein, um zu begreifen, dass ihre Mutter tot war. Mit Aidens Dahinscheiden war die Leichtigkeit aus dem Duocarns-Haus verschwunden.

Chrom hatte mit seiner Familie das Anwesen in Seafair verlassen. Mit finanzieller Unterstützung durch die Duocarns hatte der Bacani die ehemalige Militärstation gekauft, das Gelände, auf dem die feindlichen Bacanis ursprünglich Unterschlupf gefunden hatten. Mit der Genehmigung der Stadt Vancouver war Chrom dabei, dort ein Tierasyl zu errichten. Psal, Frran und Pan halfen eifrig. David bewunderte Chroms Einfallsreichtum. In einem Heer von verschiedenen Tieren ließen sich natürlich außerirdische Geschöpfe wie die beiden Bacanars vorzüglich verstecken. Auch eine Wölfin fiel nicht übermäßig auf.

David lauschte. Er hörte Halia entfernt in ihrem Zimmer singen. Das Mädel war ein erstaunliches Wesen. Eigentlich hätte sie nach menschlichen Maßstäben ein quakendes Baby sein müssen. Sie jedoch sah aus wie ein etwa vierjähriges Kind, hatte bereits einen ausgebildeten Verstand, sprach fließend und besaß die geistige Reife eines sechsjährigen Menschenkindes. Mit ihr war der Sonnenschein in das Haus und die Herzen der Bewohner und deren Alltag zurückgekehrt.

Das normale Leben. David drückte auf eine Taste der Fernbedienung, und der Fernsehbildschirm flammte auf. Durch den vorläufigen Sieg der Duocarns über die Bacanis, bei dem deren Chemiker Ron und der Bacani-Soldat Pok gestorben waren, war erst einmal Ruhe eingekehrt.

Xanmeran hatte bei dieser Aktion eine taffe Karate-Trainerin namens Maureen kennengelernt, und Terv vermutete, dass dieser bei ihr auf Freiersfüßen ging. David und Terv war bereits aufgefallen, dass Xanmeran mit Meo Karate trainierte. Ein Mal waren er und Tervenarius sogar dazu gekommen, als Maureen den beiden in der Sporthalle des Hauses Unterricht gab. Die Duocarns, beziehungsweise Solutosan, schienen Maureen zu trauen, denn in das Haus eingeladen zu werden, war ein Vertrauensbeweis.

Terv und er waren kaum noch in die Aktivitäten der Duocarns eingebunden worden. Ob Solutosan wegen seiner Verletzung das schlechte Gewissen quälte? Das war anzunehmen. David war nicht sonderlich erpicht darauf, noch einmal in den Kampf gegen Bar verwickelt zu werden. So war Tervenarius und ihm ein ruhiges Leben beschert gewesen.

Fast wie ein altes Ehepaar, dachte David, legte grinsend die Füße auf einen gepolsterten Schemel und betrachtete desinteressiert die Nachrichtensprecherin mit der blonden Hochsteckfrisur. Er war fit, spürte jeden Muskel in seinen durchtrainierten Beinen, war sportlich und ausgeglichen wie noch nie zuvor in seinem Leben. Terv hielt ihn auf Trab. Durch dessen sitzende Forschungsarbeit im Labor, war Terv gierig darauf, so oft es ging, in Bewegung zu kommen. David musste grinsen. Ja, wirklich bei jeder Gelegenheit. Ihr Sexleben fand fast täglich, wild und ausschweifend statt. An ihrem Hunger aufeinander hatte sich nichts geändert. Ob andere schwule Pärchen wohl auch so waren wie sie?

Da kam er. David hörte Tervs warme, klangvolle Stimme, wie er mit Halia sprach, vernahm deren glockenhelles Stimmchen, als sie antwortete. Die beiden lachten. Dann war er da. Beugte sich über ihn, um den Kopf in Davids Halsbeuge zu drücken und seinen Duft tief einzuatmen. David schloss die Augen. Schlagartig war sein Leben perfekt. Versunken genoss David Tervs Zärtlichkeiten, der vor ihm auf dem Boden hockte.

Unvermittelt flüsterte eine dünne, innere Stimme ihm zu, dass Terv ihn auch aus einem Kontrollzwang beschnuppern könnte, weil er wissen wollte, was er den ganzen Tag über getrieben hatte. Na und? Er hatte nichts zu verbergen. Energisch schob David die Kritik an Tervs Verhalten beiseite und erwiderte die Liebkosungen, indem er seinerseits Tervenarius beschnupperte, der wie immer nach Marzipan und Veilchen duftete.

»Selbst wenn du fremdgehen würdest«, meinte David unbedacht, »ich könnte es dir nie beweisen.«

Terv hielt inne und hob den Kopf. Er hatte Davids weißes Hemd besitzergreifend aufgeknöpft, das Unterhemd hochgeschoben und war dabei, seine Nase an Davids entblößter Brust zu reiben.

»Wie kommst du denn jetzt auf so eine Idee?«, fragte Terv verblüfft.

»Du kannst deinen Geruch innerhalb eines Sekundenbruchteils ändern. Wenn du Sex gehabt hättest, könnte ich es nicht riechen. Das ist unfair.«

David wusste selbst nicht so recht, warum er nun mit dem Thema anfing. Er hatte Terv nichts vorzuwerfen. Na ja, vielleicht nervte es ihn doch ein wenig, dass sein Leben ständig wie ein aufgeklapptes Buch vor seinem Freund lag. Aber das gehörte wohl dazu, wenn man mit einem Duonalier mit Tervs Fähigkeiten zusammen war.

»Ich habe keinen Sex mit anderen Männern«, staunte

Tervenarius. Seine Miene war so offensichtlich verwundert, dass David nun doch lachen musste.

»Stört dich das, wenn ich dich so inhaliere? Das wusste ich nicht.«

Er ist sofort bereit sein Verhalten zu ändern, sollte mir missfallen was er tut, dachte David. Was kann ich mehr verlangen? Im Grunde genoss er ja diese Berührungen und die Aufmerksamkeit.

»Nein. Du bist völlig okay. Ich bin nur manchmal neidisch auf deine Gaben. Ich habe eben nicht den Geruchssinn eines Bernhardiners.«

David lachte nochmals laut auf, denn Terv sah so irritiert aus der Wäsche, dass seine Augen mit den braunen Kontaktlinsen, wirklich an einen Hund erinnerten.

Das wandelte sich jedoch schnell. »Du bist ausgesprochen übermütig«, knirschte Terv. »Dir geht's zu gut. Es ist wieder so weit.« Er erhob sich, zog sein Sakko aus und streifte die Hemdsärmel hoch.

»Terv«? Davids Stimme klang verunsichert und ein wenig ängstlich. Tervenarius war verdammt stark, und ihn zu reizen, konnte gelegentlich nachteilig für ihn enden.

Lächelnd zog sein Schatz ihn aus dem Sessel. Beugte sich, um Davids Jeans vorne zu öffnen. Oh! Na das war etwas anderes. David lächelte siegessicher.

Mit einem Ruck hatte Tervenarius ihm hinten die Hose vom Po gezogen und ihn umgedreht.

»Was?«

Wortlos stieß Terv ihn auf den Polstersessel, so dass er auf der Sitzfläche kniete, den Oberkörper über die Rückenlehne.

»Nein!« David wollte vom Sessel steigen, aber Tervenarius hielt seine Arme eisern fest.

Schon klatschte Tervs Hand auf seinen nackten Po.

»Aua! Lass mich los!« Seine Haut brannte an der Stelle, die Tervenarius getroffen hatte. Der packte nach und drückte ihn nun im Genick nach unten. Ein weiterer Schlag folgte. David hielt still, wehrte sich nicht mehr und horchte dem Schmerz hinterher. Er bekam den Po gehauen, wie ein kleiner, ungezogener Junge. Sein Schwanz schoss in die Höhe.

Er wurde gemaßregelt. Nun brauchte sein Schatz ihn nicht mehr zu halten. Er streckte freiwillig den nackten Hintern hin, zählte die Schläge – zehn, elf zwölf. Bei fünfzehn stoppte Tervenarius. Davids Po brannte wie Feuer. Sein Glied pulsierte.

»So«, in der Stimme seines Freundes schwang Befriedigung mit. »Besser?«

Er ist phantastisch, dachte David, drehte sich lächelnd um und zeigte Terv so seinen Erregungszustand. »Noch nicht ganz«, Röte schoss ihm in die Wangen. Terv musterte ihn ausdruckslos. Er bückte sich und zog ihm die Jeans mitsamt der Unterhose von den Beinen und warf sie achtlos zur Seite.

»Du schämst dich wohl überhaupt nicht, dich so halbnackt zu präsentieren!«

David starrte ihn an. Terv hatte ihn hunderte, nein tausende Male so gesehen. Spiel mit, flüsterte seine innere Stimme. Es wird dein Schaden nicht sein.

»Doch, ich schäme mich, Herr«, bekannte er und schlug die Augen nieder. »Ich habe Strafe verdient.« Während er das sagte, spürte er, wie sein Schwanz sich hochgradig erregt noch ein Stückchen stärker reckte.

»Strafe?« Mit zusammengezogenen Augenbrauen rollte Terv seine Hemdsärmel hinunter bis zu den Handgelenken und befestigte die Manschettenknöpfe. Davids Herz klopfte bis zum Hals.

»Dann geh kalt duschen.«

»Terv?« Ungläubigkeit schwang in Davids Stimme mit.

Tervenarius starrte ihn an. Die braunen Augen mit den Kontaktlinsen wirkten auf einmal fremd. Allmählich breitete sich ein Lächeln auf seinem Gesicht aus. Es kam David vor, wie Sonnenstrahlen, die durch dicke, graue Wolken brachen. Was für ein Schauspieler!

Liebevoll zog er David in seine Arme, hob ihn hoch und trug ihn zum Bett.

Er war nicht dazu gekommen, Terv von dem Reise-Geschenk zu erzählen. Erst als er durch die winterliche Februar-Sonne, die ihr Bett in ein mildes, morgendliches Licht tauchte, geweckt wurde, fiel ihm die Reise wieder ein.

Tervenarius schlief friedlich, entspannt, ohne zu atmen. David erinnerte sich daran, wie er am Anfang ihrer Beziehung überängstlich an Terv gerüttelt hatte, voller Furcht, dass der Außerirdische unvermittelt in seinem Bett gestorben war. Aber Tervenarius hatte die verschwommenen Löwenaugen aufgeschlagen und ihm erklärt, dass er nicht unbedingt Sauerstoff brauchte. Er atmete, weil es seiner Physiognomie gut tat, er sich hauptsächlich durch die Atmung orientierte und es die Umwandlung von Nahrung und Wasser in seinem Leib anregte.

Versonnen betrachtete David seinen bleichen Schatz. Terv versetzte ihn immer wieder in Erstaunen. Normalerweise mit einer ungeheuren Selbstkontrolle ausgestattet, war es David, als ließe er gelegentlich ein Stück dieser Wand fallen. So auch am Abend zuvor. Was dann zum Vorschein kam, konnte Humor sein, Spieltrieb, ebenso wie schiere Wut und Verzweiflung.

Nur sein Körper ist unsterblich, überlegte David, er ist konserviert und fast unverletzbar, jedoch Tervs Seele ist es nicht. Wie fühlte man sich, wenn man schon so alt war? Wie konnte Terv die Erfahrungen, die er in tausend Jahren gemacht hatte, wegstecken und verarbeiten? Vielleicht bewältigte er viele Dinge nicht, sondern verbarg sie hinter der inneren Schutzmauer. Manchmal hatte David das Gefühl, seinen Freund überhaupt nicht zu kennen.

Machte ihm das Angst? Nein. Er strich zärtlich eine lange Haarsträhne von Tervs weißer Schulter. Tervenarius würde ihm niemals schaden. Dafür liebten sie sich zu sehr.

»So nachdenklich?« Tervenarius hatte die Augen aufgeschlagen.

»Ich habe eben darüber nachgedacht, wie es wohl ist, unsterblich zu sein. Wie schafft ihr Duocarns das psychisch?«

Tervs liebevolles Leuchten schwand. »Wir schaffen das,

indem wir als Gruppe zusammenbleiben, David. Wir unterstützen uns gegenseitig und helfen uns. Wir werden noch da sein, wenn eure Sonne untergeht.«

»Was passiert dann mit euch?« Was für ein ungeheuerliches Thema.

»Ich weiß es nicht, David. Ich kann nur hoffen, dass wir uns bis dahin aus dem Sonnensystem bewegen können. Noch ein Grund, um zu forschen.«

»Ich bin dann schon lange tot«, stellte David mit tonloser Stimme fest. Terv würde nach ihm bestimmt einen anderen finden. Einen? Etliche neue, frische Beziehungen. Der Gedanke daran tat ihm weh.

»Du solltest nicht über Dinge nachgrübeln, die unabänderlich sind, David.« Terv zog ihn auf seine Brust. »Lass uns die Zeit, die wir gemeinsam haben, so schön wie möglich gestalten, ja?«

David nickte schweren Herzens.

Da fiel ihm die Reise wieder ein. »Ich möchte meinen Teil zu einem angenehmen Leben beitragen. Ich hatte am Jahrestag ja kein Geschenk für dich. Deshalb will ich dir das hier schenken.«

David machte einen Satz aus dem Bett und eilte zu seiner Jacke, die er auf einen Bügel an den Schrank gehängt hatte, holte den Umschlag mit dem Gutschein und war sofort wieder bei Terv unter der Decke.

»Was ist das?« Tervenarius drehte den Briefumschlag in den Händen.

»Mach's auf!«

»Eine Reise. Du willst in Urlaub? Das ist eine ausgezeichnete Idee! Das hatten wir doch schon länger vor.«

Er blickte in Davids strahlendes Gesicht. »Stell dir vor, Terv. Eine einsame Insel, nur für uns alleine. Aber trotzdem mit allem Luxus, denn unser Häuschen wird durch das Hotel auf der Nachbarinsel versorgt. Milch für deinen Kefirpilz gibt es auch.«

»Du hast an alles gedacht«, lächelte Terv. »Ein Liebesurlaub? Ohne Computer, ohne nervige Hauskäufer. Nur mit Ruhe, Sonne, Strand Wasser und ganz viel Sex?« Sein Lächeln wurde spitzbübisch.

David nickte errötend.

»Das sollten wir auf jeden Fall machen, David.«

Tervenarius war in seinen Ruhemodus gegangen, aber David konnte nicht schlafen. Er sah aus dem Flugzeugfenster auf die unter ihnen liegenden, tuffigen weißen Wolkenbänke, und versuchte seine Aufregung zu dämpfen. Sie waren eben erst gestartet, also wollte er nicht die nächsten sechs Stunden mit aufgeregtem Magendruck in seinem Sitz verbringen.

Ihr erster gemeinsamer Urlaub. Er freute sich wie verrückt und zog den Reiseführer Bahamas hervor, den er am Flughafen gekauft hatte. Sie würden zunächst einige Tage in Nassau bleiben, herumschlendern und sich alles anschauen. Dann wollten sie mit einer kleinen Maschine zu ihrer Trauminsel fliegen, die keinen Namen besaß. Er wusste lediglich, dass San Salvador in der Nähe war, denn von dem dortigen Hotel aus würde ihr Häuschen versorgt werden.

Sogar Solutosan hatte sich zu einem Kommentar herabgelassen, als er von ihrer Reise erfuhr. Er und Aiden waren bereits auf den Bahamas gewesen. »Da werdet ihr viel Spaß haben. Es ist wunderschön dort«, hatte er mit leiser Wehmut in der Stimme gesagt. David hatte ihn angestarrt. Es war das erste Mal, dass der große, goldhaarige Mann so etwas wie Gefühle gezeigt hatte.

Wie eisig blau der Himmel hier oben war. Drei volle Wochen würde er, der nur an das kanadische, raue Klima gewöhnt war, nackt in der Wärme verbringen. Er blickte zu Tervenarius. Wie lang dessen silberweiße Wimpern von der Seite waren. Sanft geschwungen lagen sie auf seiner hellen Haut. Ein Pilz. Wie reagierte er wohl auf so viel Sonne? Wahrscheinlich gar nicht. Er konnte sich Terv nicht braungebrannt vorstellen. Die Leute hielten ihn garantiert für eine Art Albino.

Seine Gedanken kreisten. Hatte er genügend Sonnen-schutz dabei? Ob am Strand schöne Muscheln lagen? Ob es wirklich Bananen gab, die man backen konnte? Er war so aufgeregt. David, in deinem Alter solltest du dich nicht be-nehmen wie ein Sechzehnjähriger. Männer sind cool. Nimm dir ein Beispiel an Terv, wies er sich selbst zurecht.

Tervenarius drehte den Kopf und sah ihn an. Die blauen Kontaktlinsen passten gut zu ihm.

»Sag mal, bin ich dir eigentlich oftmals zu kindlich?«

Terv lächelte zärtlich. »Ich kenne keine Menschenkinder und weiß nicht, wie sie sind. Ich mag, wie du bist. Du denkst nie etwas Böses und versuchst in jeder Situation noch eine gute Seite zu entdecken. Das finde ich bewundernswert. Ich wünschte, ich wäre auch so.«

Diese Antwort hatte David nicht erwartet. »Aber du bist doch nicht böse, Terv.«

Tervenarius blickte verschlossen vor sich hin. »Ich war nicht immer so, wie ich jetzt bin.« Er sah David an. »Wir haben Urlaub. Lass uns von positiven Dingen sprechen.«

Aha, dachte David, wenn wir wieder zu Hause sind, werde ich diesem Satz einmal hinterherforschen. Seine dunkle Vergangenheit interessiert mich auf jeden Fall.

David nickte und lächelte Terv an.

Sie landeten nachmittags in Nassau. David stockte der Atem, als er an die geöffnete Flugzeugtür trat, denn die feucht-heiße Luft, die ihm entgegenschlug, hatte fast dreißig Grad und fühlte sich an wie eine dumpfe Ohrfeige.

»Werden wir vom Hotel abgeholt?«, fragte Terv. Sie war-teten am Laufband des Flughafens auf ihr Gepäck.

»Ja, die haben einen Shuttleservice.« David schnappte seinen Koffer vom Gepäckband. »Zuerst müssen wir noch durch den Zoll.« Während er das sagte, fiel ihm ein, dass Tervs kanadischer Pass nun zum ersten Mal auf seine Echt-heit geprüft wurde, und augenblicklich schnürte ihm Angst den Hals zusammen.

»Mach dir keine Sorgen, David«, raunte Terv, der sofort sein Problem erkannt hatte.

Die beiden farbigen Zöllner in ihren schmucken Uniformen, prüften sie nur kurz, lächelten und schon waren sie durch die Passkontrolle.

David atmete auf. Tervs Pass hatte bestanden. Sein Schatz steckte das Dokument weg und zwinkerte ihm unauffällig zu.

Der Flughafen Nassau gab David bereits eine Vorstellung davon, wie das Land sein würde – bunt, heiß und laut. Menschen aller Hautfarben hasteten durch die Eingangshalle: ununterbrochen schnatternde, schwarze Mamis mit einem Haufen quakender Kinder am Rock, aufgeregte Touristen mit hochgradigen Sonnenbränden und lautstark diskutierende US-Amerikaner in karierten Shorts und weißen Sportsocken. Farbige Jugendliche lehnten an den hellblau gestrichenen Wänden und schlugen die Zeit tot. Inmitten der Menschenmenge wedelte ein braunhäutiger Mann in Chauffeursuniform mit einem Schild auf dem »David Martinal« stand.

»Da ist ja unser Abholdienst«, grinste Terv, den das Ganze in keiner Weise zu berühren schien. »Melde dich doch schon einmal bei dem Mann. Ich muss noch kurz auf die Toilette und etwas verändern. Okay?«

»Verändern?«, erkundigte sich David verblüfft, aber da war Terv bereits in der Menge verschwunden.

»One & Only Ocean Club«?, fragte er den schmächtigen Mann mit dem Schild. »Ich bin David Martinal. Einen Moment bitte, mein Begleiter kommt gleich.«

Der Angestellte des Hotels grüßte strahlend, glücklich seinen Gast gefunden zu haben.

Wieso ist Terv nur abgehauen?, fragte sich David beunruhigt.

»So, wir können gehen«, meinte der fremde Mann neben ihm. Es war Tervs Stimme, eindeutig. Der gutaussehende Mann besaß auch Tervs Gesichtszüge. David fiel vor Erstaunen die Kinnlade herunter. Tervenarius war braun gebrannt, wirkte wie ein edler Ägypter oder orientalischer Prinz. Er trug dunkelbraune Kontaktlinsen und einen eleganten, hellen Humphrey Bogart Strohhut. Lediglich seine weißen Wimpern wollten nicht so recht zu seinem Outfit passen.

»Aber, aber. Wie?«, stammelte David fassungslos.

»Ich habe mich nur ein wenig angepasst, um nicht zu sehr aufzufallen, David. Nun schau mich nicht so an. Ich bin's. Nur in Braun.« Er grinste und zeigte seine gleichmäßigen Zähne, die durch die gebräunte Haut noch weißer wirkten.

»Die Sporen...«, überlegte David laut.

»Komm, lassen wir den Mann nicht warten. Ich muss mir später noch wasserfeste, schwarze Wimperntusche kaufen, okay?«

Wie ein Roboter stellte David seinen Koffer auf das kleine Wägelchen des Hotels und beobachtete Terv, der es ihm gleich tat. Er würde mit einem rassigen Ägypter Urlaub machen. Wie Tervs restlicher Körper wohl aussah? David spähte nach seinen Händen. Die waren ebenfalls braun gebrannt.

Tervenarius lief neben dem Angestellten aus der Halle und sprach freundlich und unverfänglich mit ihm. Alles ist völlig normal, David, sagte er zu sich. Er ist eben ein Alien, das sich anpasst. Bei dem Gedanken musste er lachen. In diesem Moment drehte sich Terv zu ihm um und blinzelte.

»Zieh dich aus!« David ließ den Koffer auf den blankpolierten Parkettboden ihres Hotelzimmers fallen.

Terv, der am Fenster stand, und den Ausblick auf das türkisblaue Meer und den feinen Sandstrand davor bewunderte, drehte sich um. »Jetzt?«

»Ja klar, jetzt!« David knöpfte sein eigenes Hemd auf und zog es aus. Das Shirt folgte. Entgegen seiner Gewohnheit ließ er die Kleidung auf den Boden sinken. Eine Erleichterung. Er war für das tropische Klima definitiv zu warm angezogen gewesen.

»Ich wusste nicht, dass du es so nötig brauchst«, flachste

Terv.

»Brauche ich auch nicht. Aber ich will wissen, wie der Rest deines Körpers aussieht.« Er sank auf das Kingsize Bett mit dem eleganten, dunkelvioletten Überwurf und streifte die Sandalen ab. Nach dem Schreck über Tervs Verwandlung war er der Meinung, dass dieser ihm nun etwas schuldete. Und diese Schulden wollte er sofort einfordern. »Los, ich will einen Striptease sehen. Das bist du mir schuldig nach diesem Überraschungseffekt am Flughafen. Warum hast du das überhaupt gemacht?«

Gehorsam nahm Terv den Hut vom Kopf. Das lange, silberweiße Haar fiel auf seine Schultern hinab. Er begann sich zu entkleiden. »Wir wollen doch hier bummeln gehen. Ich möchte nicht so angestarrt werden. Lass uns unauffällig bleiben.« Nun war nur noch die Jeans übrig. Terv drehte sich mit dem Rücken zu ihm und zog sie von seinem braungebrannten, knackigen Hinterteil, das er dabei herausfordernd herausstreckte.

David blieb die Spucke weg. »Terv, du bist einfach unmöglich«, stieß er hervor, war mit einem Satz bei seinem Freund und drückte ihn gegen die Fensterfront. »Bleib so stehen.« David fiel hinter ihm auf die Knie.

Tervenarius war erotisch mit seiner hellen Haut, aber mit seiner vermeintlichen Sonnenbräune empfand David ihn als umwerfend sexy. Terv grätschte die Beine und ließ ihn einen Blick auf seine Hoden werfen. David mochte von Anfang an, dass sein Geliebter anders aussah als er selbst. Während seine eigenen Hoden eher wie kleine, pralle Bälle wirkten, besaß Tervenarius einen langen Hodensack, der verführerisch schaukelte und sich auch beim Sex oftmals lautstark bemerkbar machte.

Er wusste, dass Terv ihn hässlich fand, aber für David war er eines von Tervs geilsten Körperteilen.

»Du siehst sowas von rattenscharf aus«, stöhnte David. »Bleibst du die nächsten drei Wochen so braunhäutig?« Er griff zu, zog das Objekt seiner Begierde zu sich und schmiegte die Wange daran. Seidig, samtig, ein männlicher Duft. David versank völlig in seiner Beschäftigung, das elastische

Organ zu lecken und zu küssen, wanderte höher und zog mit beiden Händen Tervs Pobacken auseinander, liebkoste die weiche Öffnung mit der Zunge.

Terv war nicht fähig ihm zu antworten. Stöhnend stand er an den Fensterrahmen gedrückt und hatte offensichtlich keinen Sinn mehr für den Anblick der wunderschönen Natur vor ihrem Fenster.

»Ich will dich«, stöhnte er, was David nur benommen wahrnahm.

»Ich muss erst ins Bad, Terv.«

»Nein, musst du nicht.«

Tervenarius drehte sich um und drückte ihn auf einen gepolsterten Stuhl neben dem Bett. Sein braunes Glied zeigte höchste Erregung, die Eichel glitzerte feucht, ein Anblick, der David das Blut heiß durch die Venen trieb. In fieberhafter Eile öffnete Terv Davids Jeans und entließ seinen bereitwilligen Schwanz ins Freie.

David war gewöhnt, der Bottom, der passive Teil, zu sein. Terv war das offensichtlich in diesem Moment gleichgültig.

Während er David gierig küsste, strich Terv sich mit einer Handbewegung seine Sporenflüssigkeit in das Tal zwischen seinen Backen und ließ sich ohne zu Zögern auf Davids Schwanz hinab. Er hielt nicht inne, sondern glitt sofort in schnellem Tempo auf und ab.

Überwältigt stockte David der Atem. Gleichzeitig brach ihm der Schweiß aus allen Poren. Wahnsinn! Weich, eng, kontrahierende Muskulatur, keinem Menschenmann ähnlich. Er gab David das Gefühl, als befände sich sein Glied in einem pressenden, saugenden Wesen, das nur ein Ziel kannte: ihn fertigzumachen. Er war nicht mehr als ein Opfer. Tervs kraftvolle Arme, die sich an ihn klammerten, sein vereinnahmender Mund – er verwandelte sich in eine vehemente, verschlingende Forderung, der David nichts entgegenzusetzen hatte.

Davids Kopf fuhr in den Nacken. Er hörte sich selbst schreien. Ihm war, als würde sich sein Blut in einen Lavastrom verwandeln und mit unsäglicher Hitze in sein Geschlecht schießen, das in seinem Geliebten explodierte, zuckend und haltlos.

Tervenarius richtete sich auf, krallte die Hände in seinen Bauch. Sein Innerstes umkrampfte Davids Schwanz wie eine eiserne Faust, schmerzhaft schön, die Weichheit war schlagartig verschwunden. Sein Leib bog sich wie eine Stahlfeder, die gespreizten Schenkel marmorhart. Vom Orgasmus gefangen, starrte David auf seinen breiten, hervorgewölbten Brustkorb, aus dem sich ein lautstarkes Stöhnen löste. David schloss instinktiv die Augen als Tervs Sperma gegen seinen Hals schoss, auf seine Brust und seinen Bauch klatschte. Terv verharrte, wie betäubt.

Zitternd und glücklich kam David zu sich. Wenn das der Auftakt zu ihrem Liebesurlaub war, konnte er sich auf umwerfende drei Wochen vorbereiten.

»Du bist völlig verrückt.« David zog seinen Kopf mit beiden Händen zu sich, bedeckte das Gesicht mit vielen kleinen Küssen, die geschlossenen Augenlider, den halb geöffneten Mund. Wieso habe ich neuerdings auch das Bedürfnis mich bei ihm für den Sex zu bedanken?, dachte er irritiert. »Danke, Terv«, flüsterte er. »Das war eine umwerfende, neue Erfahrung.« Er hatte Tervenarius gevögelt. Wenn das mal nicht der Hammer war!

Der löste sich und betrachtete ihn zärtlich. Er strich ihm mit unruhiger Hand das feuchte Haar aus der Stirn. Auch an ihm, dem Meister der Selbstbeherrschung, war das Erlebnis nicht spurlos vorübergegangen. »Ich habe wohl etwas übertrieben«, lächelte er und begutachtete seinen Saft auf Davids Leib, entließ vorsichtig sein erschlaffendes Glied und rutschte auf seinen Oberschenkeln ein Stück zurück. Mit sanfter Zunge, begann er ihn zu reinigen. Das war angenehm. David bog sich ihm entgegen, ließ sich besonders gern die harten Knospen der Brustwarzen lecken. Als Tervs Zunge über sein Kinn glitt, bemerkte er die Bartstoppeln. »Ich muss mich rasieren.«

»Ja, du bist borstig wie ein Warrantz«, antwortete Terv lächelnd, ohne seine Reinigung zu unterbrechen. »Fühlt sich prickelnd an – so menschlich.«

Er begutachtete grinsend seinen Reinigungserfolg. »Das

ist gut.« Terv erhob sich, packte ihn an den Handgelenken und zog ihn aus dem Sessel. »Komm mit. Wozu haben wir ein Bett?« Er ließ sich auf die Matratze fallen und zwinkerte herausfordernd. David entledigte sich der klatschnass geschwitzten Jeans, die noch an seinen Beinen klebte, und kam an Tervs Seite.

»Es ist lange her, dass ich jemanden auf diese Art begehrt habe.« Terv stockte. »Du hast einen prachtvollen Schwanz, David.«

David errötete. »Wie kannst du das nur so sagen?«

»Weil es stimmt.« Terv lächelte nicht.

Er ließ den Kopf ins Kissen sinken und zog David auf seine Brust. Woran er jetzt wohl denkt?, fragte sich David, aber war nicht so kühn nachzufragen. Jedoch brannte ihm eine andere Frage auf der Zunge.

»Sag mal, Terv.« Er richtete sich auf, um Tervs Reaktion zu sehen, der nun entspannt neben ihm lag. »Wie schnell kannst du dich wieder weiß machen? Und bist du fähig dein Gesicht ebenfalls zu verändern?«

Tervenarius befeuchtete seinen Finger und tupfte in seine Augen, um die braunen Kontaktlinsen zu entfernen. Er legte sie auf den Nachttisch. Als er sich erneut zu David umdrehte, war sein Leib bleich wie gewöhnlich. Die honigfarbenen Löwenaugen blickten amüsiert. »Ich kann meine Haut unterschiedlich hoch aufbauen und so die Hautstärke meines ganzen Körpers verändern. Um ein Gesicht zu imitieren, brauche ich allerdings ein genaues Foto und einen Spiegel.«

David blieb der Mund offen stehen. »Du könntest dich also in einen der amerikanischen Präsidenten verwandeln und einfach so herumspazieren? Du bist ja ein Formwandler!«

Terv blickte ihn nachdenklich mit schief gelegtem Kopf an. »So habe ich das bisher nie betrachtet, sondern als eine Art Maskerade. Es ist eine der Fähigkeiten, die ich äußerst selten benutze. Ich sehe keinen Sinn darin, mich zu verändern.« Nun grinste er doch. »Ich gefalle mir so.«

Oh ja, Terv gefiel David auch, wie er war. Mehr als das. Er liebte jedes Haar, jede Zelle, jede Pilzspore an ihm. Wortlos ließ David sich in seine Arme sinken.

Der One & Only Ocean Club war ein exklusives Hotel, mit offenem Ohr für die Wünsche seiner Gäste. Also stellte Tervs Ernährung mit Kefir kein Problem dar. Und David schnabulierte und küsste, verspeiste exotische Dinge wie Conch-Salat, karibische Fische, gekochte und gebratene Bananen und gab Terv immer wieder in einem Kuss die Aromen zu schmecken.

Nassau war eine traumhafte Insel, die sie trotz der Hitze größtenteils zu Fuß erkundeten. So waren sie auf dem Weg über die Brücke nach Paradise Island, als Tervs Handy klingelte.

»Wer könnte das sein«, wunderte sich David. »Alle wissen doch, dass wir in Urlaub sind.« Sie hatten nur noch an diesem Tag Handy-Empfang, denn am nächsten stand die Weiterfahrt auf ihre No-Name Insel auf dem Programm. Dort war an Telefonieren nicht zu denken.

Tervenarius lehnte sich an das Brückengeländer und nahm das Gespräch an: »Ja?« Er horchte angestrengt in den Apparat. »Das wird David gar nicht gefallen.« Jemand am anderen Ende antwortete. »Wir kommen mit der nächsten Maschine.« Er legte auf und sah David nachdenklich an.

»Was? Was wird mir nicht gefallen? Wir müssen zurück? Aber warum denn nur?«

»Es ist etwas passiert.« Es war David, als würde Terv unter der braunen Haut erbleichen. »Die Duocarns haben Besuch bekommen. – Aus Duonalia.«

»David, wir sind ja frei und ungebunden. Sei nicht traurig, dass aus dem Urlaub jetzt nur eine Woche Nassau geworden ist. Wir können doch jederzeit wieder hierher fliegen. Wenn Solutosan ruft, hat das schwerwiegende Gründe.«

David schwieg und lehnte sich im Flugzeugsitz zurück.

Besuch aus Duonalia. Ob ein weiteres Raumschiff gelandet war? Noch mehr Außerirdische auf der Erde? Ja, er sah ein, dass nun höchstwahrscheinlich Entscheidungen fällig waren, bei denen Terv nicht fehlen durfte. Oh Gott, vielleicht wollte sein Schatz zurück auf seinen Heimatplaneten – ohne ihn. Der Gedanke ließ ihm den Hals trocken werden.

Er spürte Tervs Hand beruhigend auf seinem Handrücken.

Nein, Tervenarius würde ihn sicher nicht verlassen.

Vancouver empfing sie mit eisigem Wind und strahlendem Sonnenschein. Der Februar türmte den Schnee in den Straßen. Terv hatte sein Auto am Flughafen in der Tiefgarage gelassen, in das sie nun fröstelnd einstiegen. Sie schwiegen beide angespannt. Tervenarius fuhr. Er wirkte beherrscht wie immer. David konnte nicht verhindern, dass sich ein dicker Kloß in seinem Hals festsetzte, der von dort aus wie ein Stein auf seine Brust drückte.

Als sie im Duocarns-Haus ankamen, war kein Laut zu vernehmen. Tervenarius jedoch nahm die telepathischen Unterhaltungen wahr. »Sie sind alle im Wohnzimmer.«

Gemeinsam betraten sie den Raum und wurden von Halia begrüßt, die ihnen in einer blauen Latzhose entgegenlief. Die Kleine hatte Tervenarius als ihren Lieblingsonkel auserkoren, und reckte ihre Ärmchen, um von ihm hoch genommen zu werden. Es gab David einen winzigen Stich ins Herz, Terv mit dem Mädchen auf dem Arm zu sehen. Terv hatte keine eigenen Kinder auf Duonalia, und er, David, war schwerlich fähig, ihm welche zu schenken. Er hatte mit ihm nie über diese Sache gesprochen. Es war auch keinesfalls der richtige Zeitpunkt das zu tun.

Die Duocarns waren vollständig versammelt: Solutosan, der in seiner schwarzen Kleidung mit der wallenden, goldenen Mähne wirkte wie ein majestätischer Löwe. Patallia, wie immer ruhig, weißhäutig mit nachdenklichem Blick. Xanmeran, der in einem weißen Hemd und dunkler Hose mit leicht trotziger Miene an der Wand lehnte. Meodern, der sich angeregt mit einer unbekannten, hübschen Frau unterhielt, deren silberner Blick David streifte, und die zur Begrüßung lächelte. Die blonde Frau trug einen auffälligen, geflochtenen Zopf, der bis auf ihren Po in der bequemen Jeans hinabfiel. Selbst die beiden Bacanis Chrom und Psal waren anwesend und winkten David freundlich zu.

Solutosans Aufmerksamkeit galt einem hochgewachsenen Mann mit glattem, schwarzem Haar, das ihm lang den Rücken herunter fiel. Sein grauer Jogginganzug war zu groß und er wirkte drin deplatziert. Sein schmales Gesicht mit den nachtschwarzen Augen erinnerte David an jemanden, aber er konnte nicht genau sagen, an wen. Als Tervenarius und er zu den beiden traten, strich sich der Fremde mit gespreizten, schlanken Fingern eine Haarsträhne aus dem Gesicht und unterbrach sein lautloses Gespräch mit Solutosan.

Er war der Besucher, das verstand David sofort. Er und die blonde Frau. Das waren Duonalier?

Tervenarius begrüßte den Mann wie selbstverständlich in einer singenden, rollenden Sprache, die David vorher noch nie aus seinem Mund gehört hatte. Er starrte seinen Schatz an und bemühte sich um Fassung. Würde er sich jemals an all die Unterschiede zu einem Menschen gewöhnen? Bei jeder neuen Entdeckung versuchte er, tolerant und erwachsen zu reagieren, aber manchmal wurde Tervs Fremdartigkeit so stark, dass er fast vor ihm zurückschrak. So auch in diesem Moment. Terv schien das zu bemerken, setzte Halia mit einem Lächeln auf dem Boden ab, die sofort zu Solutosan wechselte und die Ärmchen reckte, um von ihrem Vater hochgenommen zu werden.

Tervenarius nahm Davids Arm und zog ihn noch näher zu dem Besucher. »Das ist mein Gefährte David.« Er sprach nun wieder englisch. »David, darf ich dir Ulquiorra vorstellen, der die Herausforderung gemeistert hat, einen Weg von Duonalia zur Erde zu schaffen. Er kann dich verstehen.«

Ulquiorra schluckte kurz und David bemerkte, dass ihm die Zunge nicht ganz gehorchte, als er auf Englisch antwortete: »Ich freue mich, deine Bekanntschaft zu machen. In der Tat haben Trianora und ich es geschafft, die Anomalie, die das Duocarns-Raumschiff seinerzeit verschlungen hat, wiederherzustellen. Es existiert nun ein Tor zwischen Duonalia und der Erde.«

Die blonde Frau trat zu ihnen. »Du solltest nicht auf ihn hören.« Ihr fiel die ungewohnte Sprache offensichtlich leichter. Sie lächelte und zeigte wunderschöne, ebenmäßige Zähne, wie Perlen an einer Schnur. »Ulquiorra hat die Anomalie rekonstruiert. Ich habe lediglich assistiert. Ich freue mich, dich kennenzulernen.« Sie verbeugte sich ebenfalls, was David beflissen erwiderte.

Solutosan ergriff das Wort. »Lasst uns bitte in Davids Anwesenheit laut und in Englisch sprechen, damit er versteht. Denn all die Dinge, die nun kommen werden, betreffen auch ihn.«

In diesem Moment trat Patallia zu ihnen mit einem Tablett voller Gläser und bot allen Kefir an. David, der nach wie vor keinen Kefir mochte, winkte ab. Die anderen bedienten sich und verteilten sich danach auf den Sitzmöbeln.

Mutig stellte David die Frage, die ihm am meisten auf der Seele brannte: »Werden die Duocarns Vancouver nun verlassen?«

Solutosan sah ihn an. David konnte seinen Blick nicht deuten. »Das ist noch nicht entschieden. Für jeden von uns ist die Situation überraschend. Ulquiorra hat eine schlechte Nachricht überbracht. Die Bacanis haben die Duonalier fast ausgerottet und die Macht an sich gerissen. Der Kampf gegen Bar hier auf der Erde ist auch nicht beendet. Wir müssen nun entscheiden, wie wir am besten weiter verfahren.«

»Wie groß ist das Tor?«, wollte David wissen. »Können alle auf einmal hindurch reisen?«

Ulquiorra schüttelte bedauernd den Kopf. »Es hat unzählige Zyklen gedauert, das Portal zu dieser Reife zu entwickeln. Ich kann immer nur einen Passagier mitnehmen. Es ist allerdings möglich, das Tor beliebig oft zu öffnen.«

In diesem Moment setzte sich Xanmeran neben Ulquiorra. Die beiden waren die größten Männer im Raum. David blickte erstaunt von einem zum anderen. Xanmeran war weitaus muskulöser, aber von ihren Gesichtszügen ähnelten sie sich und besaßen die gleichen, schwarzen Augen. War da eine Verwandtschaft?

»Wir haben auf Duonalia keine Chance offen gegen so eine große Übermacht Bacanis zu kämpfen. Wir werden aus dem Untergrund agieren müssen. Wir brauchen eine Basis. Ich würde vorschlagen, einen von uns vorauszuschicken, der diesen Ort schafft.«

Solutosan nickte. »Terv hast du nicht einmal auf dem östlichen Mond gewohnt? Ich erinnere mich, dass deine Pflegemutter von dort war.«

Tervenarius, der auf dem Ledersessel neben David saß, neigte zustimmend den Kopf. »Ich kann es übernehmen, auf Duonalia einen geeigneten Platz für uns zu finden. Zumal in meinem damaligen Haus noch Forschungsergebnisse von mir sind, die ich hier auf der Erde gut gebrauchen könnte.«

Solutosan überlegte. »Gut, Terv wird der Erste sein, der reist und dann zurückkommt, um Bericht zu erstatten.«

Davids Herz schlug bei diesen Worten bis zum Hals. Seine schlimmsten Befürchtungen bestätigten sich: Tervenarius kehrte auf seinen Heimatplaneten zurück.

Der neigte sich zu ihm und senkte die Stimme. »Ich komme ja wieder.«

David sah in die Runde. Xanmeran grinste, Solutosan blickte ihn prüfend an und Ulquiorras Gesicht erstarrte zu einer Maske. Er hat ein Problem damit, dass zwei Männer zusammen sind, schoss es David durch den Kopf.

Erstaunlicherweise sprang Solutosan für ihn in die Bresche. »Beziehungen haben sich hier auf der Erde nicht nach duonalischen Moralvorstellungen entwickelt«, bemerkte er mit einem Seitenblick auf ihren Gast.

Ulquiorra riss bestürzt die Augen auf. »Entschuldigt, ich wollte nicht unhöflich sein.«

Terv neben ihm nickte und erfasste entschlossen seine Hand. »Komm, David, das ist nun geklärt. Lass uns auspacken gehen.« David erhob sich wie an Schnüren gezogen. Er vergaß, sich zu verbeugen und ging zur Tür. Tervenarius verharrte noch einen Moment und David fühlte, dass er wieder telepathisch kommunizierte. Dann war sein Schatz an seiner Seite. Sie nahmen wortlos ihre Koffer und trugen sie hoch in ihr Zimmer.

David ließ sich in einen der plüschigen, roten Fernsehsessel fallen. Die ganze Sache hatte ihn völlig überfordert. Die Duocarns wollten einen Kampf auf ihrem Heimatplaneten beginnen. Durch ihre Abwesenheit war es den Bacanis offensichtlich erst möglich gewesen, die friedlichen Duonalier zu attackieren. David hasste Bacanis aus vollem Herzen. Instinktiv griff er sich an den Hals.

Terv, der den auf dem Bett liegenden Koffer auspackte, sah seine Handbewegung, kam zu ihm und setzte sich auf die Sessellehne. »David, mach dir keine Sorgen. Wir werden alles, was nun kommt, in Ruhe und mit Besonnenheit planen und erledigen.«

»Warum gehen Xan oder Meo nicht als Erste?«

»Meo hat im Silentium gelebt, wenn er nicht mit den Duocarns unterwegs war. Er kennt sich auf den Monden nicht so gut aus. Und Xan...«

»Was ist das Silentium und was ist mit Xan?«

»Das Silentium ist der Mittelpunkt auf Duonalia Stadt und vergleichbar mit einer großen Universität. Und Xanmeran – tja, da steht wohl das etwas komplizierte Vater-Sohn Verhältnis dazwischen. Deshalb will Solutosan die beiden im Moment nicht gemeinsam losschicken.«

»Ulquiorra ist Xanmerans Sohn?«, stieß David hervor. »Das habe ich mir fast gedacht. Sie ähneln sich auf eine eigentümliche Weise, aber dann auch wieder nicht. Warum geht Pat nicht?«

»David, es ist müßig das zu diskutieren, da Solutosan es bereits beschlossen hat.« Terv seufzte. »Dazu kommt, dass ich wirklich gern meine Unterlagen über meine Pilzforschungen der anderen Planeten hier hätte. Das würde mir weiterhelfen. Ich glaube, ich könnte damit einige Medikamente gegen menschliche Krankheiten entwickeln.«

David sah ihn verblüfft an. »Du willst in Vancouver bleiben und den Menschen helfen?«

Jetzt war es an Terv, zu staunen. »Ja natürlich. Ich dachte, es war schon immer klar, dass ich mit meiner Arbeit etwas zum Positiven verändern will. Warum sollte ich, der ich alle Zeit der Welt habe, aus selbstsüchtigen Gründen forschen?« Er sah David an, sein Blick verdunkelte sich. »Ich wäre fähig, die Menschheit innerhalb einiger Tage komplett auszulöschen. Ist dir das eigentlich klar? Aber was macht das für einen Sinn? Jeder, der so mächtige Gaben hat wie die Duocarns, kommt irgendwann an den Punkt, an dem er sich entscheiden muss, wohin er will. Was mich mit den anderen verbindet, ist, dass wir uns für das Gute entschieden haben. Dort wo wir sind, helfen wir.«

»X-Men«, stammelte David. »Ihr seid wie die X-Men, Superman, Batman – all diese Superhelden.«

Terv lachte. »So fühle ich mich überhaupt nicht. Außerdem kann ich nicht fliegen oder bin megastark.«

Nun musste David ebenfalls grinsen. »Für den Hausgebrauch reicht deine Kraft.« Er dachte daran, wie oft Terv ihn schon mühelos getragen, ihm den Po gehauen und ihn beim Sex in die gewünschte Position gebracht hatte, und errötete.

»Eine Milliarde Dollar für deine Gedanken.« Tervenarius lächelte zärtlich auf ihn hinab.

»Ich mache mir so entsetzliche Sorgen, Terv. Wann soll es losgehen?«

»Morgen früh.«

David erbleichte. Ihnen blieb eine Nacht. Eben hatte er sich noch sorglos mit dem braungebrannten Terv in Nassau vergnügt, und schon war der strahlendblaue Himmel mit dicken Wolken verhangen.

Sie schliefen nicht in dieser Nacht. David fragte und fragte, aber obwohl Terv ihm alle Fragen geduldig beantwortete, hatte er das Gefühl, dass ihn die Informationen überhaupt nicht weiterbrachten.

Terv würde reisen. Und das auf eine Art, die David völlig unklar war. Eine Anomalie, ein schwarzes Loch, ein Wurmloch. So etwas kannte er aus all den Science-Fiction Serien. Aber hier war die Wirklichkeit. Ulquiorra und Terv bestanden aus einer lebenden Materie. Tervenarius musste nicht atmen, und konnte sich vielleicht im Weltraum bewegen, würde jedoch garantiert erfrieren. Auf der anderen Seite war die Anwesenheit von Ulquiorra und Trianora der Beweis, dass die Reise möglich war.

Die gefährliche Situation auf Duonalia beunruhigte David zusätzlich. Auch wenn Terv ein Duocarn war, der sich zu wehren wusste. Trotzdem. Was würde ihn dort erwarten? Würde es so einfach werden, Mitstreiter für die Duocarns zu gewinnen?

Tervenarius hatte inzwischen erfahren, dass sich Xanmeran mit der Karatetrainerin Maureen verbandelt hatte. Es war geplant, dass diese beiden ebenfalls nach Duonalia reisen sollten, um dort Sympathisanten zu gewinnen und eine Kampftruppe auszubilden. Es war Tervs Aufgabe, ihnen den Weg zu ebnen und unauffällig einen Ort für diese Schulungen finden.

David hatte die taffe Maureen erst ein Mal gesehen. Sie war sportlich und hübsch, ein normaler Mensch. Mutig wollte sie diesen Transport durch das Tor wagen. Für David war eindeutig, obwohl er diese beiden nicht zusammen erlebt hatte, dass Maureens Liebe zu dem roten Xanmeran sie zu diesem Schritt bewog. David nahm sich vor, mit ihr zu sprechen. Die humanoiden Freunde der Duocarns müssen zusammenhalten, dachte er. Ich wünschte, es gäbe einen Grund, warum auch ich mit Terv reisen könnte, überlegte er. Aber ihm fiel keiner ein. Er musste zurückbleiben und warten. Dieser Gedanke machte David regelrecht krank.

Nein, er weinte nicht. David wollte Terv das Leben nicht schwer machen. Er zwang sich, ruhig und vernünftig zu sein, sich zu verhalten wie ein erwachsener Mann, auch wenn er sich fühlte wie ein verlassenes Kind. Mit bangem Herzen klammerte er sich die ganze Nacht lang an Tervenarius, der ihn immer wieder wortlos an sich presste.

Am nächsten Morgen stand Terv frühzeitig vor ihrem Bett. David blinzelte. War er doch noch eingeschlafen? Tervenarius trug Turnschuhe, eine uralte Jeans und ein dunkles Shirt.

»Warum hast du denn die alten Sachen an?« Augenblicklich kam ihm ins Bewusstsein, dass sein Schatz dabei war, auf einen anderen Planeten zu reisen und das Adrenalin schoss in seinen Leib. David fuhr hoch.

»Die Kleidung wird höchstwahrscheinlich bei dem Trip zerstört. Wozu dann gute Sachen anziehen?« Terv sah ihm zu, wie er hektisch aufsprang und ins Bad eilte.

»Geh auf keinen Fall ohne mich runter!«, rief er, während er sich schnell einen Schwall kaltes Wasser ins Gesicht schüttete.

»Nein, Mimiran.« Terv stand in der Badezimmertür und schien die Ruhe selbst.

»Wie kannst du nur so ruhig sein?« David blickte auf die Toilette und dann bittend zu Tervenarius, der mit einem verständnisvollen Nicken das Badezimmer verließ, und die Tür hinter sich schloss.

»Ich bin unsterblich. Hast du das vergessen?« Terv saß auf der Bettkante und sah ihm entgegen, als er aus dem Bad kam. »Was soll mir passieren? Und Duonalia ist mein Heimatplanet. Ich kenne mich dort aus. Du machst dir zu viele Sorgen.

David war zu ihm getreten. Terv ergriff seine Hände und blickte mit seinen ruhigen Honigaugen zu ihm auf. »Vergiss nicht, dass auf Duonalia eine unterschiedliche Zeit herrscht. Es kann sein, dass ich drei Jahre dort bin, aber es auf der Erde nur zwei Stunden sind. Es ist ohne weiteres möglich, dass ich schneller wieder da bin, als dir lieb ist. Sieh es als

Erholungspause von deinem anstrengenden Alien.« Er zwinkerte lächelnd. »Komm, lass uns nachsehen, ob sie alle unten sind.«

Auf dem Weg ins Wohnzimmer überlegte David, ob er schon jemals so nervös gewesen war, wie in diesem Moment.

Die Duocarns hatten sich versammelt. Sie saßen auf den Sitzmöbeln verteilt, Ulquiorra und Trianora in ihrer Mitte.

»Ah, da ist auch Terv.« Solutosan winkte ihnen beiden zu. »Wollt ihr sofort los?«

»Ja.« Ulquiorra trug die gleiche Kleidung wie am Vortag und erhob sich. Er trat zu Tervenarius.

»Noch eine wichtige Verhaltensmaßregel: Du darfst mich auf keinen Fall loslassen. Die Reise dauert nur kurze Zeit. Bleibe mit mir verbunden.«

David lehnte sich an die Wand. Er sah zu Terv, der nickte. Nein, sie würden sich nun vor den anderen nicht verabschieden. Es war alles gesagt worden. Die kühle Mauer in seinem Rücken fühlte sich tröstlich an, gab ihm Halt, denn seine innere Spannung war fast bis ins Unerträgliche gestiegen.

Tervenarius blickte zu ihm und lächelte beruhigend. In diesem Moment geschah das Unfassbare: Ulquiorra strahlte. Anders war das Licht, das aus seiner Brust drang, nicht zu bezeichnen. Eine kleine Sonne schien sich in seinem Leib zu aktivieren, ein Leuchten, das durch seine Arme in die Hände strömte. Er erschuf vor sich in der Mitte des Wohnzimmers einen energetischen Kreis, menschenhoch. Der Ring flirrte, begann sich zu drehen.

Fasziniert hielten alle im Raum den Atem an. Es war Zauberei und Ulquiorra war der Magier.

Der Kreis rotierte schneller und sein Zentrum füllte sich mit einer weiß-grauen Nebelwand. Nun erreichte der Ring eine irrsinnige Geschwindigkeit. Das Innere verfärbte sich. Es gewann an Tiefe, an Schwärze. Der Weltraum.

Gebannt starrte David durch die Erscheinung in die Unendlichkeit des Alls. Keine Sterne – nur grenzenlose Dunkelheit. Dorthin würde Tervenarius sich begeben.

Furcht erfasste David. Panik. Ich muss ihn zurückhalten. Aber wie? Terv stand ruhig neben Ulquiorra. Als würde er gleich ins Kino gehen, dachte David, als wäre das alles nichts Besonderes.

»Tritt hinter mich und lege deine Hände auf mich«, befahl Ulquiorra, und Terv gehorchte.

Mach es nicht!, schrien Davids Sinne. Er blickte in die Runde. Die Duocarns saßen reglos und gespannt. Niemand schien etwas gegen diese Reise unternehmen zu wollen.

»Wir treten jetzt ein. Komm mit!«

Die Hände auf Ulquiorras Oberarme gelegt, wandte Terv den Kopf und sah David an. Seine goldenen Augen wirkten schwarz vor Anspannung. »Bis gleich!« Hatte er gesprochen? Es war David, als hätte er nicht einmal die Lippen bewegt, als seien diese Worte in sein Gehirn geflossen.

Die beiden Männer machten zwei Schritte und waren in dem wild rotierenden Ring verschwunden – einfach verschluckt. Der fiel zusammen, als hätte es ihn nie gegeben.

Stille im Raum.

»Uff!« Meodern war der Erste, der die Sprache wiederfand. »Na, wenn das mal nicht eine irre Art ist zu reisen.«

Die Anwesenden kamen wieder in Bewegung, fingen an zu sprechen und sich über das Erlebte austauschen. David ließ die Hand sinken, die er nach Terv ausgestreckt hatte. Der war fort. Es war ...

Etwas flackerte und flirrte im Wohnzimmer. Augenblicklich verstummten die begonnenen Gespräche. Der Ring. Da war er wieder. Er stand erneut im Raum. Eine Gestalt taumelte hervor, das Haar wild, die Kleidung hing zerrissen, zeigte an vielen Stellen Ulquiorras weiße Haut. Seine entblößte Brust strahlte.

»Ist er hier?«, schrie der Mann.

»Wer?« Solutosan war mit einem Satz bei Ulquiorra.

»Tervenarius!«

»Nein. Er ist doch mit dir verschwunden!« Solutosans vo-

155

luminöse Stimme vibrierte vor Entsetzen.

Ulquiorra brach in die Knie. »Auf Duonalia ist er auch nicht. Er hat losgelassen. Warum hat er das getan? Ich habe ihm eingeschärft, dass er nicht loslassen darf! Aber er sagte etwas und dann spürte ich ihn nicht mehr hinter mir.« Der dunkelhaarige Duonalier raufte sich fassungslos das Haar.

»Was hat er gesagt?«, brüllte Solutosan. Er ließ sich neben Ulquiorra auf die Knie fallen, packte ihn am Arm.

»Beo menucans, Ulquiorra. Beo menucans.« Ulquiorra starrte Solutosan mit irren, schwarzen Augen an.

Solutosan erwiderte seinen Blick als sei er ein Geist. »Beo menucans?«, wiederholte er fassungslos.

David hatte seine Starre überwunden. Terv war weg. Weg. Nur dieser eine Gedanke fräste sich in sein Gehirn. Dann dieser Satz.

»Was heißt das?«, schrie er und blickte in die Runde. »Bitte sagt mir, was das heißt!«

Alle saßen mit weit aufgerissenen Augen da, wie zu Stein erstarrt, und er fühlte, dass niemand diese Worte deuten konnte.

Niemand? Doch, zwei verstanden es: das Sprachgenie Patallia und der Führer der Duocarns Solutosan.

Der blickte David mit flimmernden Sternenaugen an und antwortete: »Beo menucans heißt: Komm nach Hause.«

»Komm nach Hause?«, wiederholte David fassungslos. »Aber Duonalia ist doch sein Zuhause!«

Patallia stürzte zu dem zusammengebrochenen Ulquiorra und untersuchte ihn mit ernster Miene. »Wir müssen ihn hinlegen, Solutosan«, befahl er dem Chef der Duocarns, der reglos neben ihm kniete. »Solutosan!«

Der große Mann erwachte aus seiner Starre. Er kam auf die Füße und trug Ulquiorra ohne ein weiteres Wort aus dem Raum. Patallia folgte ihm.

»Aber, aber ...«, David blickte die anderen an. Alle schüttelten die Köpfe.

Nur Trianora erhob sich und kam auf ihn zu. »David, das wird sich klären. Ganz bestimmt.« Sie legte beruhigend die Hand auf seinen Arm.

David blickte auf ihren weißen Handrücken, dann in ihr mitleidvolles Gesicht. »Er ist im Weltraum verloren gegangen, Trianora«, antwortete er tonlos. »Was soll sich daran klären? Was geschieht mit einem Unsterblichen, wenn er in einer Raumanomalie umherirrt?« Ihn packte die Wut. »Ihr findet das wohl alle ganz normal, was? Die Duocarns – immer am Rande des Abgrunds. Den Tod als ständigen Begleiter! Einer von euch ist weg und ihr sitzt hier herum!« Er spürte Tränen in die Augen schießen, stand bebend im Raum, fassungslos.

Trianora wich nicht zurück. Sie sah bittend zu Patallia, der urplötzlich an seiner Seite war und ihm seine kühle Hand auf den Handrücken legte. Dabei blickte er ihn mit seinen hypnotischen, tiefgründigen Augen an. »Komm, David. Lass uns nach oben gehen und darüber sprechen.«

Von ihm ging eine solche Ruhe aus, dass David tränenblind nickte und dem Mediziner die Treppen in Tervs und sein Zimmer folgte. Er setzte sich auf die Bettkante und Patallia zog sich einen Stuhl heran.

David atmete tief durch. Patallia hatte ihm ein Sedativum gegeben, das war ihm klar. Aber er war ihm dankbar für seine Fürsorge und Aufmerksamkeit. Pat musste ihn aufklären.

»Wieso ist er diesem Ruf gefolgt?«

»Das weiß ich nicht. Solutosan hat mir eben erzählt, dass er diesen Satz bereits kennt. Er ist an einem Abend am Meer ebenfalls mit diesen Worten gerufen worden. Was ungewöhnlich daran ist: Beo menucans ist eine unbekannte Sprache. Es ist kein duonalisch. Ich habe es auch verstanden, weil ich diese sprachliche Gabe besitze, aber ich kann es nirgendwo zuordnen.«

David bemühte sich, die Augen offenzuhalten. Seine Augenlider wurden schwer. Er versuchte, zu verstehen. »Terv ist also einem unbekannten Ruf gefolgt. Ist es möglich, dass es ihn aus dem schwarzen Loch geschleudert hat, so wie damals euer Raumschiff? Oder, oder ...« David traute sich kaum, den Satz zu vollenden. »Hat die Anomalie ihn vielleicht in Milliarden Teile zerrissen?«

Patallia blickte traurig auf seine Knie in der dunklen Stoffhose. »Ich weiß es nicht. Ich wünschte, ich könnte dir mehr sagen. Ich weiß nur, dass Ulquiorra sich und seine Begleiter für diese Reisen in reine Energie verwandelt. Deshalb ist es überhaupt möglich, solche Entfernungen zu überbrücken.«

»Energie«, echote David. Seine Augen fielen endgültig zu. Er spürte noch, wie Patallia seine Beine auf das Bett hob und ihn zudeckte.

»Ich wünschte, ich könnte dich irgendwie trösten, David. Er war auch mein Freund.«

David wachte auf. Etwas fehlte. Er war gewöhnt, auf Tervs linkem Oberarm zu nächtigen und sich in seine Achsel zu kuscheln. Um ihn weich zu betten, verdickte Tervenarius die Pilzhaut seines Armes. In einem Bedürfnis nach Nähe schob Terv oftmals im Schlaf das rechte Bein über seinen Leib. So spürte David den Schwanz seines Geliebten an seinem Rücken. Ein Gefühl, das er liebte. Ebenso wie Tervs unendlich zarte Haut und seinen Duft. Aber er war allein im Bett. War Terv schon aufgestanden? Terv? Er fuhr hoch. Keuchte entsetzt. Tervenarius war weg. Tot!

Wie von Sinnen betastete er das Kopfkissen an seiner Seite, Tervs Kissen. Tränen stürzten aus seinen Augen. Er riss das Kopfkissen an sich, drückte das Gesicht hinein. Da war sein Geruch noch: Marzipan und Veilchen. Weit entfernt und zart. David presste das Federkissen an sich, ganz fest, er atmete tief ein. Ich mache das Kissen nass, dachte er, aber konnte die Tränen nicht bremsen. Er schaukelte hin und her, als hätte er ein Kind in den Armen, das er wiegen wollte. Jedoch er war es selbst, den es zu beruhigen galt.

Es gibt keinen Beweis dafür, dass er tot ist, erfroren im Weltall, zerfetzt durch die Urgewalten. Er hat losgelassen. Warum hat er das getan? Was war das für ein Satz? Du musst vernünftig sein, David, sagte er zu sich. Es sind zu viele Fragen offen. Er lebt. Er muss einfach leben und er muss zurückkommen.

David ließ das Kissen sinken. Er fühlte sich unwirklich, kalt, erloschen. Das Herz in seiner Brust war zu Stein erstarrt. Er war allein.

Unbeweglich saß er da. Wie sollte er nur ohne Tervenarius weitermachen? Er blickte im Zimmer umher. Ihr gemeinsamer Raum. Sinnlos geworden. Wie an Schnüren gezogen stand er auf und lief zum Schrank. Da waren Tervs Sachen. David betastete einen von Tervs Anzügen. Sein Geliebter hatte ja nur eine Jeans getragen, als er losging. Die wahrscheinlich irgendwo zerfetzt im Weltall trieb.

Bei diesem Gedanken schossen ihm erneut die Tränen in die Augen. Er klammerte sich an den Ärmel des Sakkos und weinte haltlos. Es tat so weh. Es war, als fehlte ein Stück von ihm. Es war einfach herausgerissen. Der Rest von ihm fühlte sich an wie eine riesige Wunde, mit der er kaum lebensfähig war.

Es klopfte an der Zimmertür. Er war nicht fähig zu reagieren. Jemand öffnete die Tür einen kleinen Spalt. »David?«

»Ich bin hier«, antwortete er erstickt.

Solutosan stand in der Türöffnung. Bei Davids Anblick entglitt ihm seine steinerne Miene. Mit gramvoll verzerrtem Gesicht kam der große Mann auf ihn zu. Er wirkte mit einem Mal unendlich alt.

»David, es tut mir so schrecklich leid. Er war mein bester Freund. Erst Aiden, nun er ...«

David blickte unter dem Tränenschleier zu ihm auf. Er schüttelte den Kopf. Es war hoffnungslos.

Solutosan ergriff seine Hände, packte fest zu. »Es kann sein, dass er lebt. Du darfst die Hoffnung nicht aufgeben. Verstehst du mich? Verschollen ist nicht gleichbedeutend mit tot. Hörst du, David?«

Es war ihm egal, was der Chef der Duocarns von ihm

dachte. Er weinte haltlos, von der Trauer überwältigt.

Solutosan ließ seine Hände los und blickte ihn durchdringend an. »Ich bin gekommen, um dir mitzuteilen, dass das Duocarns-Haus nach wie vor dein Zuhause ist, und dass wir alle für dich da sind. Gleichgültig zu welcher Uhrzeit wird immer jemand hier sein, mit dem du sprechen kannst.« Er brach ab.

»Ja, genau das wollten wir auch sagen«, kam eine Stimme von der Tür. »Und wir wollten dich mitnehmen.« David wandte sich um. Chrom und Psal standen auf der Schwelle, die lieben Bacani-Gesichter ernst.

»Wir haben erfahren, was geschehen ist.« Chrom stockte und schluckte. David sah, wie er seine Betroffenheit und Trauer überwand, als er weitersprach. »Wir brauchen dich in unserem kleinen Zoo, David. Psal und ich glauben, dass ein Ortswechsel gut für dich wäre. Bitte überlege es dir. Pan und Frran würden sich auch freuen.« Psal nickte bekräftigend.

David starrte die beiden an. Damit hatte er nicht gerechnet. Er ging zurück zum Bett und ließ sich auf dessen Kante sinken. Ihm war klar, dass er ein Bild des Jammers bot.

Er hob den Kopf. »Ich danke euch allen. Ich denke darüber nach.«

Solutosan nickte schweigend und ging zur Tür.

»Es ist nicht gut, in so einer Situation allein zu sein. Ruf uns bald an, ja?« Es war Psal, die ihn freundlich betrachtete und dann mit Chrom den Raum verließ. Die Tür schloss sich leise.

David blickte auf die weiße Türfüllung, unfähig zu denken. Es war Morgen, aber er wollte sich dem Tag nicht stellen, wollte nicht nachdenken. Er ließ sich auf die Matratze sinken, packte Tervs Kopfkissen und umschlang es fest mit den Armen. Die Beine angezogen, lag er um das Kissen gebogen, wie ein Kind im Mutterleib. Nur dass er sich in keiner Weise geborgen fühlte, sondern zerrissen und leer.

Die darauffolgenden vierundzwanzig Stunden verbrachte David im Bett. Zwei Mal besuchte Patallia ihn und sich mit besorgtem Gesicht nach seinem Befinden. Wieder sprach David mit ihm das ganze Erlebnis durch, froh, jemanden zu haben, dem er seine Zweifel, seine Trauer, Angst und auch Wut mitteilen konnte. Ja, er war wütend. Wieso hatte Terv ihn einfach so verlassen? Hatte leichtsinnig Ulquiorras Anweisungen missachtet und so sein Leben riskiert, nein, ihr gemeinsames Leben zerstört? Patallia war ein Mann mit klarem Verstand. Er gab zu bedenken, dass Terv ein erfahrener, starker Krieger, und außerdem ein Unsterblicher war, den man sicher nicht mit normalen Maßstäben beurteilen konnte. Die ganze Situation war es wohl nicht. Also blieb David nur zu hoffen. Worauf? Dass Ulquiorra irgendwann käme, jubelnd, weil er Terv gefunden hätte, oder dass schlichtweg ein Wunder geschah.

David schloss das Garagentor hinter sich und stapfte dick angezogen über die am Straßenrand aufgetürmten Schneehaufen an den Strand. Er hatte das Bedürfnis, sich den Kopf frei blasen zu lassen. Mit zusammengebissenen Zähnen stemmte er sich gegen den peitschenden Wind und zog seine Wollmütze tiefer. Die hartgefrorene Schneedecke knirschte unter seinen Stiefeln. Die schwache Frühlingssonne brachte die Wellen zum Glänzen, entfachte ein Glitzern auf dem von Fußabdrücken und Hundetapsen durchfurchten Schnee, spendete jedoch keinerlei Wärme.

David nahm seine Umgebung nur nebenbei wahr. Er musste dringend nachdenken. Zunächst über seine Wohnsituation. Im Duocarns-Haus erinnerte ihn alles an Terv. Selbst Tervs BMW in der Garage hatte ihn erneut zum Weinen gebracht, Tränen, die nun im eisigen Wind auf seinen Wangen brannten. Er musste fort, konnte in seine Wohnung in Vancouver zu seinen Fischen und Pflanzen zurückkehren. Um was zu tun? War er im Moment fähig, seiner schwulen Kundschaft heiter und nonchalant teure Villen zu verkaufen? Nein. Er schluckte heftig, um den dicken Kloß in seiner Brust nach unten zu drücken. David blieb stehen und betrachtete die schäumenden, grauen Wellen. Er wollte zu Chrom. Dort war eine Familie. Er mochte Tiere. In dem Tier-asyl kamen sie alle zusammen: die Ausgestoßenen, die Hilfe-bedürftigen. Und Chrom besaß einen direkten Draht zu den Duocarns. Der Bacani würde sofort erfahren, sollte es ir-gendwelche Neuigkeiten von Tervenarius geben.

David wandte sich um und trat den Rückweg an. Der Ent-schluss stand. Er wollte seinen Job hinschmeißen und im Tierheim mitarbeiten. Dort würde er Verständnis bekom-men. Er blieb stehen und zog sein Handy aus der Brusttasche. Das diamantenbesetzte iPhone – Tervs Geschenk zum ersten Jahrestag. Bei seinem Anblick stürzten die Tränen erneut aus seinen Augen. Ein Telefon für zwei Millionen Bucks, das er um keinen Preis der Welt verkauft hätte. Je-doch wollte er es nicht weiter benutzen. Ein Fünf-Dollar-Handy würde es in Zukunft auch tun. Sein Leben war nicht mehr viel wert ohne Tervenarius - im Grunde keine fünf Cents.

Tervenarius hatte Speicherplatz Nummer 1. Nie wieder würde er diese Taste drücken. David schluchzte gequält auf und presste das Telefon an seine Brust. Er stolperte weiter. Reiß dich zusammen, David! Du bist ein Mann. Männer zei-gen ihren Schmerz nicht, mahnte seine innere Stimme. »Das ist mir egal!«, schrie er in den Wind, der seine Worte nahm und mühelos wegwehte. »Warum hat er mich verlassen? Was war so wichtig? Wichtiger als ich?« Wenn er sich in diesem Moment hätte zerreißen können, sich zerfetzen und sein Fleisch einfach so am Strand von Seafair verstreuen – er hätte es getan.

Tränenblind lief er weiter, tippte auf die Nummer fünf der Kurzwahlliste. »Chrom?« Es gelang ihm nur schwer, das Zittern in der Stimme zu unterdrücken. »Ich komme zu euch und bin dir dankbar für dein Angebot.«

David war noch nie in der alten Militärbasis gewesen, die

den feindlichen Bacanis ehemals als Unterschlupf gedient hatte. Obwohl Chrom ihm eine Wegbeschreibung gegeben hatte, verfuhr er sich erst einmal in dem weitläufigen Waldgebiet.

Er war mit den Nerven am Ende und starrte auf den Waldweg, der im Nichts verlief. Glücklicherweise war er im Hellen losgefahren, so dass er die Gegend erkennen und rückwärts wieder hinausfahren konnte. Nun war er erneut auf der schmalen asphaltierten Straße gelandet, mitten im Wald, umgeben von hohen Tannen und einem undurchdringbaren Gestrüpp zwischen den geraden, borkig-braunen Stämmen. Er hielt an und betrachtete das Kaninchen, das ohne Hast auf die Fahrbahn hoppelte und in deren Mitte sitzenblieb. »Scheiße!«

David angelte nach seinem Handy, ein billiges, schwarzes Stück aus einem Supermarkt. Das teure Smartphone hatte er sorgfältig verpackt und in seinem Gepäck im Kofferraum untergebracht. Das neue Telefon besaß nur wenige Nummern von ein paar engen Freunden und natürlich die von Chrom. Wie paralysiert starrte er auf das Gerät. War es richtig, was er hier tat? Er hatte sich immer für einen Stadtmenschen gehalten. Ihm waren die neusten Trends wichtig gewesen, im Kino die besten Filme zu sehen oder mal eben mit einem Freund um die Ecke in die Pizzeria gehen zu können. Nun war er auf dem Weg ins Niemandsland, wo Fuchs und Hase sich Gute Nacht sagten. Er umklammerte das Handy und sah dem Kaninchen zu, das sich mit beiden Pfoten über die Nase strich und dann ins Dickicht hoppelte. Das war niedlich. Die Tiere bei Chrom würden ihn beschäftigen, auf eine unaufdringliche Art. Der Bacani brauchte seine Hilfe beim Aufbau des Projekts. Ich muss mich zusammenreißen, dachte er, auch wenn ich mich fühle wie tot – leer und ausgehöhlt.

Er drückte eine Kurzwahltaste.

Dank Chroms Hilfe hatte David den Weg endlich gefunden. Der Bacani empfing ihn mit einem Lächeln und einem warmen Händedruck. David blickte sich auf der mit dürrem Gras bewachsenen, großen Waldlichtung um, auf der die Frühlingssonne zwei alte Holzschuppen in ein fahles Licht tauchte. Eine kalte Windbö fegte unangenehm über diesen wenig anheimelnden Platz und brachte die angrenzenden Tannen zum Rauschen.

David betrachtete fröstelnd die morschen Gebäude. Er hatte beschlossen, dort zu wohnen. Eigentlich war ihm deren maroder Zustand egal – als Toter konnte er auch in einer Holzkiste nächtigen. Aber er wollte in keinem Fall seinen freundlichen Gastgebern unhöflich entgegenkommen.

»Hallo, Chrom. Danke, dass ihr mich aufnehmt.«

Der Bacani grinste und zeigte dabei seine Fangzähne. David kannte das und es störte ihn nicht mehr. Ihm war der Außerirdische, der da in Jeans und einem olivfarbenen Militär-Parka vor ihm stand, trotz seiner Eigenarten sympathisch.

Lady tauchte hinter einem der Schuppen auf, hielt inne, knurrte, erkannte ihn und sprang mit lachendem Maul auf ihn zu. Ihre erdverkrusteten Pfoten hinterließen dicke Tapsen an seinem Anorak und seiner Jeans. Es war David egal. Er trug grobe Wanderschuhe und hatte in der Zeit mit Terv an Muskelmasse zugenommen. Der Sprung hätte ihn sonst umgeworfen. David tätschelte Ladys massiven, pelzigen Kopf und musterte die Holzhütten. Er bemühte sich, nicht allzu kritisch zu sein. »Sag mal, ist das nicht ein bisschen klein für fünf Leute?«

Chrom grinste, und winkte David mit ihm zu kommen. Die Wölfin hatte von ihm abgelassen und lief schwanzwedelnd neben ihnen her, als sie sich der Tür des ersten Schuppens näherten. »Das ist quasi nur der Einstieg in einen riesigen, unterirdischen Komplex. Ich zeige ihn dir.« Er öffnete eine Metalltür, in die jemand ein Loch geschnitten hatte. »Ich habe vor, auf dem Grundstück ein Wohnhaus und jede Menge Ställe zu errichten«, erklärte er, während sie einem nach unten führenden Gang mit wenig einladenden Betonwänden folgten. »Psal möchte nicht in der Basis wohnen. Hier hängen zu viele Erinnerungen. Und da Solutosan das Projekt großzügig finanziert, werden wir ein zweistöckiges Haus bauen. Par und Frran sollen irgendwann ihr eigenes Reich haben.«

»Sind sie ein Pärchen?«, frage David erstaunt, denn er kannte Chroms Vorbehalte gegen diese Verbindung.

»Ich bin realistisch, David. Sie werden es eines Tages sein. Also plane ich lieber im Voraus.«

David nickte. Ja, das war logisch.

Der endlos scheinende Gang, den sie betraten, wurde von kalten Neonröhren beleuchtet.

»Hier links ist unsere Wohnküche. Dann folgt Psals und mein Schlafzimmer. Gegenüber wohnen Frran und Pan. Das Bad ist da hinten am Ende.« Der Bacani deutete auf die vielen Türen. »Alle darauffolgenden Räume sind leer. Du kannst dir aussuchen, wo du schlafen möchtest.«

Er blickte David prüfend an und Mitleid spiegelte sich in seinen violetten Augen. »Wir wollen dir helfen, deinen Verlust zu verschmerzen, David. Ich weiß nicht genau, wie man das macht, denn ich bin kein Psychologe, aber ich denke, eine sinnvolle Arbeit und der Anschluss an unsere zusammengewürfelte Familie werden hoffentlich dazu beitragen.« David musterte den kleinen, drahtigen Mann. Chrom war ein Außerirdischer und zeigte menschliches Mitgefühl. Die Duocarns bewiesen ständig einen felsenfesten Zusammenhalt, und auch die Bacani-Rudel hielten zusammen wie Pech und Schwefel. So mancher Mensch hätte sich an ihnen ein Beispiel nehmen können. Trotzdem störte David in diesem Moment das Mitleid in Chroms Gesicht und er befürchtete, bei den anderen Familienmitgliedern den gleichen Ausdruck zu sehen, sollte er die Wohnküche betreten.

»Wenn du nichts dagegen hast, suche ich mir erst einmal ein Zimmer aus und richte mich ein.« Er deutete auf den schwarzen Schalen-Koffer in seiner Hand.

Chrom nickte verständnisvoll. »In Ordnung. Wir haben heute Spieleabend. Komm dazu, wann immer du magst.« Er öffnete die erste Tür, aus der ein Schwall warmer Luft drang, und verschwand, während David dem Gang folgte. Er zog eine Metalltür nach der anderen auf, knipste am Lichtschalter. In jedem der Zimmer ein Schrank, ein Bett, ein Stuhl und ein kleiner Heizkörper. Eine nüchterne Deckenleuchte verbreitete bleiches Licht. Er wählte Raum Nummer sieben, trat ein, schloss die Tür und stellte seinen Koffer auf den schlichten Holzstuhl. Das hier entspricht ganz genau meinem Seelenzustand, dachte er, setzte sich auf das Bett mit der braunen Army-Wolldecke und starrte auf die Betonwand. So verharrte er. Der Kalender auf Davids Billig-Handy zeigte den 17. März 2006.

Er hatte es nicht bedauert bei den Bacanis untergekrochen zu sein, denn die Arbeit dort ließ ihm kaum Zeit nachzudenken, und David fiel abends wie tot ins Bett. Nachdem eine gigantische Bodenplatte in Beton gegossen worden war, kamen die Fertighausteile auf riesigen LKWs polternd und krachend durch den Wald. Chrom und er hatten sogar einige Bäume fällen müssen, da sich die Waldwege als zu schmal für ihr Projekt erwiesen. Ein echtes Abenteuer.

Pan und Frran waren jammernd in dem unterirdischen Trakt zurückgeblieben. David jedoch stand mit Chrom und Psal am Rand der Lichtung und sahen fasziniert zu, während ihr Haus wie von Zauberhand von dem Kran zusammengefügt wurde. Dank der großzügigen Finanzierung durch die Duocarns konnte alles bar und ohne Probleme bezahlt werden.

Nun fehlten die Anschlüsse an den Dieselgenerator und die Solaranlage auf dem Hausdach und die Verbindung zu ihrer eigenen, kleinen Kläranlage. Sie brauchten noch etliche Möbel. Dann konnten sie in das Haus umziehen. Davids Zimmer war im ersten Stock neben dem von Pan und Frran eingeplant und würde wohl auch nicht viel mehr Mobiliar enthalten als sein Raum in der Basis. Aber das war ihm egal.

Hauptsache, die Arbeit ging weiter und er musste nicht

nachdenken. Sie hatten bereits fünf Hunde, einen Esel und etliche Hühner bekommen, die dringend ordentliche Ställe und Unterkünfte brauchten.

»So, das wäre erledigt.« Chrom rieb sich zufrieden die Hände und sah den LKWs nach, die rasselnd auf dem ausgefahrenen Waldweg verschwanden. Auch Psal strahlte über das ganze Gesicht. »Was hier auf der Erde alles möglich ist! Das ist der Wahnsinn! Einfach ruck-zuck ein Haus hinstellen.«

Pan streckte den Kopf aus der Tür des Schuppens. »Sind sie weg?« Er wartete die Antwort nicht ab und kam heraus, stand wie angewurzelt und glotze das neue Gebäude an. »Krass! Hat mein Zimmer auch W-Lan? Paps, du weißt, ich brauche einen Internet-Anschluss!«

»Keine Sorge, das ist alles mit eingeplant, Pan.« Er wandte sich an David. »So, David, jetzt geht die Arbeit erst richtig los. Wir müssen die ganze Sache einzäunen. Das wird eine Höllenarbeit. Ich habe glücklicherweise einen Pfostenbohrer beschaffen können. Komm, lass uns mal schauen, wie das Ding funktioniert.«

David nickte und ging an Chroms Seite in den Schuppen, um die Maschine anzusehen. Er sprach kaum noch. Wozu auch? Keiner seiner Mitbewohner zwang ihn dazu. Es störte niemanden, dass er so gut wie nichts aß, unrasiert war und sich nur wusch, wenn er zum Himmel stank. Lediglich Patallia kam einmal pro Woche vorbei. Er untersuchte die Tiere und sprach dann jedes Mal mit ihm.

»David, du rutschst in eine Depression. Versuche etwas zu finden, das dich interessiert und das dir Spaß macht. Fang an, dein Leben neu aufzubauen.«

David hatte sich diese Ratschläge mehr als ein Mal angehört und meist nichts geantwortet. Inzwischen beschränkte sich Patallia darauf nachzufragen, ob es ihm gut ging. Diese Frage beantwortete er dann mit einem Nicken.

Mich kann nichts mehr erschüttern, dachte David und musterte den fassungslos am Küchentisch zusammengesunkenen Chrom.

Der Bacani hob den Kopf, stierte das Handy in seiner Hand an, durch das er kurz zuvor mit Patallia gesprochen hatte. »Solutosan ist ebenfalls verschollen.« Das war der einzige Satz von vielen, der sich in Davids Gehirn festgesetzt hatte. Interessierte ihn das noch? Instinktiv nahm er Chrom das Handy aus der verkrampften Hand.

Chrom blickte ihn an wie einen Fremden. »Er ist fort. Auf die gleiche Weise wie Tervenarius. Solutosan ist diesem Ruf gefolgt und hat Ulquiorra auf dem Transport durch das Tor losgelassen.«

Die Erwähnung von Tervs Namen tat David weh. Nun war auch der Chef der Duocarns verschwunden. Der mächtige Mann.

»Sie sollten aufhören, ihre Leute durch dieses verdammte Tor zu schicken«, antwortete David kalt. Er stand auf, legte Chroms Handy auf den Tisch und ging, um nach der neu in die Station gekommenen, verlausten Katze zu sehen.

Es dämmerte. Erschöpft zog David die Füße in den durchlöcherten Wollsocken aus den Stiefeln und stellte das schlammverkrustete Schuhwerk im Vorraum neben der Küche auf ein Gitter. Sie hatten den ganzen Sommer und den Herbst über geschuftet. Der Winter stand vor der Tür. Inzwischen war aus dem Fertighaus ein richtiges Zuhause geworden. Von Psal und Frran genähte Gardinen verschönerten die Fenster, Teppiche waren verteilt und Blumentöpfe auf die Fensterbänke gestellt worden. David war das relativ egal, freute sich aber mit den anderen, wenn er deren Wohlbefinden bemerkte. Sein eigenes Zimmer besaß ein schmales Bett, einen Schrank aus billigen Spanplatten, einen schwarzlackierten Korbsessel und eine Stehlampe. Da er sowieso nur zum Schlafen dort hineinging, genügte ihm das.

Ihm war wichtiger, dass die Tiere gut untergebracht waren.

Die Hunde und Katzen besaßen nun überdachte Zwinger. Es gab Ställe für die Kleintiere, Gehege für den Esel und das Lama, Volieren für die Ziervögel und Papageien, eine Küche für Tierfutter. Viele Tiere kamen in einem misslichen Zustand in der Station an. Deshalb gab es sogar einen medizinischen Raum, in dem Patallia die Tiere untersuchte und verarztete.

Da sich die Bacanis und Bacanars größtenteils von Katzenfutter ernährten, hatte er sich angewöhnt, in der Tierküche zu essen. Dort gab es Brot, Obst und Gemüse. Gelegentlich kochte David Fleisch, das er sich dann mit den Hunden und Katzen teilte. Denen mischte er es in ihr Trockenfutter. Chrom überließ ihm fast völlig die Fütterung. Also bereitete David es zu und Pan und Frran halfen, es auszuteilen.

David öffnete die Küchentür und nickte Patallia zu, der mit Chrom am Küchentisch saß. Da die beiden sich telepathisch unterhielten, konnte er sie nicht hören. Das war ihm recht. Er trat zum Kühlschrank und holte sich den Glaskrug mit dem Kefir heraus, der ständig für Patallia bereitstand. Anfangs hatte er das saure Milchgetränk nicht gemocht. Inzwischen trank er es einfach, ohne darüber nachzudenken, wie es schmeckte. Es war Nahrung und fertig.

»Na David, bist du denn mal in Vancouver gewesen und hast dich um deine alten Freunde gekümmert, so wie wir besprochen haben?« Patallia lächelte ihn freundlich an.

»Nein, Pat, ich bin noch nicht dazu gekommen.« Er schenkte sich einen roten Plastikbecher ein und überlegte, ob er sich ebenfalls an den Tisch setzen sollte. Er hatte keine Lust sich für seinen Lebensstil zu rechtfertigen. Er wusste, wie vernachlässigt er aussah, und dass er sich zwei Wochen lang nicht rasiert hatte. Seine Kleider schlotterten an seinem Leib. Er schnaufte kurz und setzte sich zu den beiden. Patallia sah ihn prüfend an. Sein Blick durchleuchtete David regelrecht.

»Mach dir keine Sorgen um mich, Pat. Ich habe vor, mir nächste Woche neue Klamotten zu kaufen und gehe am kommenden Wochenende auf eine Party zu Freunden.«

Das war nicht gelogen. Er hatte Doreen angerufen, die ihn zu einer angeblichen kleinen, geselligen Runde bei Bruce eingeladen hatte. David machte sich keine Illusionen, um was für eine „Runde" es sich handelte. Bruce würde einige knackige Lederboys zu sich beordert haben, die zu seiner und der Unterhaltung seiner Freunde dienten.

Es war nun ein halbes Jahr her, seit Tervenarius verschwunden war. Er hatte in dieser Zeit weder Sex gehabt noch onaniert. Seine Sexualität fühlte sich an wie abgestorben. Sie war ihm und Terv so wichtig gewesen, ein intimer, zärtlicher Teil ihrer Beziehung. Sich selbst zu berühren, oder sich anfassen zu lassen, hätte ihn mit dieser verschollenen Gefühlswelt konfrontiert und ihm unsagbare Schmerzen verursacht. Dementsprechend graute ihm davor zu der Party zu gehen, jedoch wusste er, dass er sich dieser Sache früher oder später stellen musste.

David blickte in seinen Plastikbecher und ließ den Kefir darin kreisen. Hatte Patallia irgendetwas geantwortet? Der sah ihn lediglich herausfordernd an.

Wenn er nicht bald etwas unternahm und sich bei seinen alten Bekannten blicken ließ, würde er deren Freundschaft ganz verlieren. Das war ihm klar. Im Grunde war ihm das gleichgültig, aber er wusste, dass es ihm nicht egal sein durfte. Patallia und Chrom hatten ihm regelrecht verordnet, shoppen zu gehen und dann die Freunde zu besuchen. Eigentlich machte er das nur, um es ihnen recht zu machen und endlich Ruhe zu haben.

Vielleicht fahre ich nach Vancouver, besorge mir eine Jeans und einen Pulli, schlafe ein bisschen im Auto und düse dann zurück, überlegte er.

Nein, die beiden hatten recht. Doreen und Bruce wenigstens hallo zu sagen, würde sicher nicht schaden. Doreen war ein Plappermaul. Er hatte ihr nicht erzählt, dass Terv verschwunden war. Das wollte er auch nicht tun, um ihrem mitleidigen Gehabe zu entgehen. »Der ist ein Arsch«, würde er kurz mitteilen und gekünstelt lachen. Oh Gott, warum dort hingehen und Theater spielen?

Er bemerkte, dass Patallias tiefgründiger Blick weiterhin

auf ihm ruhte. »Ja, ich gehe hin. Ich mache das«, bestätigte er.

Prasselnder Regen und ein starker Wind empfingen ihn, als er mit seiner Tüte aus dem Walmart kam. David hatte seine alten Kleider einpacken lassen und trug die neue Bluejeans und ein hellblaues Sweatshirt. Dazu seinen dunkelblauen Anorak, den Psal ihm gewaschen hatte, um ihn „ausgehfertig" zu stylen. Wie war er eigentlich früher gewesen? Er rannte zu seinem Auto, schloss es schnell auf und schwang sich auf den Fahrersitz. Ihm war sein Äußeres mehr als wichtig erschienen. Er blickte in den Innenspiegel. Für seinen Besuch bei Bruce hatte er sich rasiert. Er sah blass und mager aus. Riesige blassblaue Augen, die ihm aus dem kleinen Spiegel entgegenblickten. Er sah alt aus. Doreen würde entsetzt sein. David seufzte und ließ den Motor an.

Doreen in einem giftgrünen Paillettenkleid öffnete die Tür und stutzte. Ihr Gesicht verzog sich voller Mitleid. Das hatte David befürchtet. »David, Schatz! Geht es dir nicht gut? Du siehst ja grauenvoll aus!« Sie packte ihn an den Oberarmen und hielt ihn vor sich. Doreen war mit ihren fast zwei Metern und ihren muskelbepackten Armen sehr kräftig. Also ließ David sich von oben bis unten betrachten. »Mir geht's gut. Ich habe allerdings seit einem halben Jahr einen Job in einer Art Privatzoo. Da sind Designerklamotten nicht so angesagt, verstehst du? Ich komme grade von dort.« Doreen legte bei dieser kleinen Ansprache den Kopf schief. Sie trug eine gelockte Langhaarperücke und war wie üblich dick geschminkt. »Und dein Freund? Der sexy Kerl mit den weißen, langen Haaren?«

»Ach«, David winkte ab. »Der war ein Arsch. Kennst das ja.« Er versuchte sich an einem Lächeln.

Doreen war nicht überzeugt, das fühlte er. Aber sie ging zur Tagesordnung über, schubste die Tür zu und geleitete ihn in das Wohnzimmer des Penthouse, das mit seiner riesigen Glasfront den Ausblick auf das nächtliche Lichtermeer von Vancouver bot.

Er hatte erwartet, das zu sehen, was sich auf der schwarzen Ledergarnitur tat: Bruce lag mit geöffneter Hose auf der Couch und ließ sich von dem vor ihm knienden Mann einen blasen. David warf einen Blick auf den herausgewölbten Po des Subs in den knappen Ledershorts, grinste dann Bruce und die beiden Lederjungs an, die sich ebenfalls auf dem Sofa räkelten.

Doreen war zur Hausbar gestöckelt, um sich einen Drink zu mischen. »Willst du einen Manhattan? Du machst mir den Eindruck, als bräuchtest du ein bisschen Zielwasser.«

»Nein, lass mal. Lieber ein Bier.« Er hatte so lange keinen Alkohol mehr getrunken, dass ihn ein hochprozentiger Cocktail wahrscheinlich aus der Bahn geworfen hätte.

»Wenn du Tante Doreen etwas beichten möchtest ... Du weißt, ich habe immer ein offenes Ohr.«

David blickte ihr in die neugierig aufgerissenen Augen. »Es ist alles okay. Ich war einfach nur beschäftigt, Schätzchen.« Er bemühte sich um einen lockeren Umgangston und nahm die eiskalte, beschlagene Flasche von ihr entgegen.

Einer der jungen Männer in Leder hatte sich erhoben und war lächelnd auf dem Weg zu ihm. Blond, gutaussehend und ausgezeichnet bestückt, was David mit einem Blick wahrnahm. Er schluckte trocken und nahm schnell einen Schluck Bier. »Na?« Der Blonde baute sich herausfordernd vor ihm auf. Doreen neben ihm lachte auf und verschwand im Raum hinter der Bar. David sah ihr kurz nach. Sofort hatte er die Hand des Mannes auf seinem Geschlecht. Der lächelte. David blickte wie paralysiert nach unten. Sein Schwanz reagierte bei der Berührung. Der Blonde packte fester zu. Augenblicklich spürte David ein schmerzhaftes Ziehen in der Leistengegend. Es war zu lange her. Er konnte seinen Verstand abstellen, alles ignorieren, aber sein Penis forderte nun eindringlich sein Recht.

»Blas ihn«, krächzte er.

Das ließ der Fremde sich nicht zwei Mal sagen. Mit flinken

Fingern war Davids Hose geöffnet, sein Glied sprang hervor und der Mann hatte sich in seiner knarrenden Ledermontur vor ihn gekniet.

David, an die Bar gelehnt, blickte fast ein wenig erstaunt an sich hinab, fühlte den warmen Mund um seinen Schwanz und schloss die Augen. Nicht denken, ermahnte er sich, David, nicht denken. Nicht an Terv denken. Sein Hals zog sich zusammen. Der Mann sog, leckte, verschlang ihn, wurde schneller. Nicht nachdenken, David. Das Ziehen in seinen Lenden verstärkte sich. Gierig hing der Blonde an ihm, presste mit der Hand seine Hoden und rieb die Vorhaut heftig mit harten Lippen. David holte tief Luft, umklammerte die Bierflasche. Gleichzeitig mit dem kurzen Orgasmus und der Ejakulation schossen ihm die Tränen in die Augen. Reiß dich zusammen, nicht denken. Er konnte nicht verhindern, dass der Tränenschwall seine Wangen benetzte.

»Na, so beschissen blas ich ja nun auch nicht«, maulte der Blonde.

»Sorry, hab was im Auge.« David wischte sich mit dem Ärmel über das Gesicht. »War geil.«

Der Mann grinste schief. »Na dann ...« Er hatte sich erhoben, marschierte zum Sofa zurück und warf sich neben Bruce, der seinem willigen Bläser mit einem Rohrstock auf den lederbespannten Po schlug. »Tiefer!«

Bruce beobachtete ihn, während David die Bierflasche auf die glatte Marmorplatte der Bar stellte und mit fahrigen Händen seinen Schwanz in die Jeans packte.

Verdammt, dachte David. Er wollte nur noch raus.

»Geiler Service, wie immer, Bruce. Hab nur leider gleich einen Termin. Man sieht sich.«

Er winkte seinem Gastgeber lässig zu, was dieser mit einem weiteren Hieb seines Rohrstocks auf den Po seines Lovers beantwortete.

Unvermittelt nahm David Reißaus. Er bemühte sich, seinen Schritt zu mäßigen, aber wusste, dass es wie eine Flucht aussah. Eilig zog er die Haustür hinter sich ins Schloss und hastete die Treppen hinunter, ignorierte den Aufzug.

Ein Stockwerk tiefer lehnte er sich keuchend gegen die

raue Wand. Tränen liefen seine Wangen hinab. Er ekelte sich vor sich selbst. Am liebsten hätte er seinen Schwanz sofort gewaschen – geschrubbt mit einer harten Bürste. Ich kann das nicht, dachte er. Ich will das so nicht mehr. Dann lieber gar nicht.

Er rannte die Treppen weiter hinab, wie von wilden Hunden verfolgt. Er wollte schnell wieder zurück in den Wald. Fort von der sogenannten Zivilisation. Zuhause würde er sich gründlich waschen und danach ins Bett verkriechen – wie ein waidwundes Tier.

Der Kalender in Psals Küche zeigte das Foto eines herbstlichen Arrangements aus Kürbissen und den Oktober 2006.

»Nein, Pan«, Chrom schloss die Tür und trat mit seinem Sohn in die warme Wohnküche. »Wir können wegen der Tiere hier keine Silvesterraketen abfackeln. Die erschrecken sich zu Tode. Denk mal an die ganzen Hunde mit ihrem empfindlichen Gehör. Was meinst du dazu, David?«

David hob den Kopf und blickte in Pans Gesicht mit der unzufrieden vorgeschobenen Unterlippe. »Chrom hat Recht«, bemerkte er. Mehr nicht. Das war bereits ein langer Satz für ihn. Er hatte sich ganz abgewöhnt zu sprechen, was in der lebhaften Bacani/Bacanar-Familie nicht weiter auffiel. Besonders Pan und Frran schnatterten von morgens früh bis abends spät.

Chrom blickte ihn kurz an. »Siehst du, er sagt es auch.«

Pan stieß frustriert die Luft aus und ließ sich auf die hölzerne Eckbank fallen. »Och Menno, Paps. Dann lass uns wenigstens nach Vancouver fahren, um das Feuerwerk anzugucken.«

Nachdenklich kratzte sich der Angesprochene an seinem Büschel Irokesenhaar. »Na gut, das können wir machen. Aber du musst dich gut tarnen, okay?« Er wandte sich an David. »Willst du heute Abend auch mitkommen?«

Jahreswechsel 2009/2010. Interessierte ihn das? »Nein.«

Chrom seufzte. »Du solltest deine Isolation wirklich einmal aufgeben. Terv ist nun schon so lange weg und ...«

»Paps!«, mahnte Pan. »Lass ihn in Ruhe. Wir fahren alleine, ist total okay, David.«

David nickte und widmete sich wieder seinem Buch. Er las besonders gerne zoologische Fachbücher. Das vor ihm auf dem Küchentisch liegende Werk behandelte die Haltung von Schäferhunden. Die Tiere in der Station waren ihm wichtig, sie gaben ihm Halt und er wollte so viel wie möglich darüber wissen.

Nein, er hatte in den vergangenen vier Jahren keinen Neustart geschafft. Sein Leben lag in Trümmern. Aber es war ihm egal. Er bekam mit halbem Ohr mit, wie sich die kleine Familie fertigmachte, um nach Vancouver zu fahren.

»Bis nachher!« Psal steckte kurz den Kopf mit einer roten Wollmütze in die Küche. Er nickte und las über Hüftschäden bei Schäferhunden. Sein Tagesrhythmus war klar. Er hatte vor, um 22 Uhr ins Bett zu gehen, denn die Tiere wurden gern morgens sehr früh versorgt. Einige Zeit später hörte er das Motorengeräusch eines wegfahrenden Autos.

David schloss das Buch und starrte auf den hübschen Schäferhund mit der heraushängenden Zunge auf dem Titelblatt. Hatte er Lust ins Bett zu gehen? Nicht wirklich. Und wie war es mit Aufstehen? Es war ihm gleichgültig, ob er am nächsten Morgen aufwachte. Ich bin ein Loser, dachte er. Tervenarius war wie mein rechtes Bein, und ich habe in den vergangenen Jahren nicht geschafft, ohne ihn laufen zu lernen. Ich habe ihm mein Herz geschenkt und irre nun wie ein Zombie mit einem Loch in der Brust herum. Ich möchte mit niemandem mehr schlafen, den ich nicht liebe. Bloß wie soll ich mich neu verlieben ohne Herz? Ich bin das alles so leid. Und ich bin so wahnsinnig müde. Er blickte auf seine sehnigen, abgearbeiteten Hände, auf die schwarzen Ränder seiner Fingernägel. Ich sehe aus wie vierzig und nicht wie neunundzwanzig. Aber wen interessierte das? Er wollte nur noch schlafen. Und das am Liebsten für immer.

Ja, dachte er, es ist so weit. Ich bereite dem Elend jetzt ein Ende. Der Dachboden hat ein starkes Holzgebälk. Und am besten nehme ich direkt ein Seil mit hinauf.

Er stand auf. War es nötig, den anderen ein paar Zeilen zu schreiben? Nein, besser er räumte seine Kaffeetasse weg und spülte sie. Dann hätten seine Mitbewohner nicht noch Arbeit mit ihm. Ach ja, die Tiere.

Er reinigte seine Tasse sorgfältig und trocknete sie ab, hängte er das Geschirrtuch liebevoll auf die Heizung zum Trocknen. Wie eine gefühllose Marionette lief er los, zog seine Stiefel an. Den Anorak ließ er hängen. Es war in dieser Situation völlig egal, ob er sich eine Erkältung holte.

Überall auf dem Grundstück waren Bewegungsmelder befestigt. Licht flammte auf, und er konnte ohne Probleme zu den Hundezwingern laufen. Vorher machte er noch einen Abstecher in die Futterküche und nahm einige Hunde-Leckerli mit, die er in die Taschen seiner zu großen Jeans stopfte. Zwei Jahre zuvor hatte er sich eine Hose gekauft, aber durch seine ständige Gewichtsabnahme schlackerte diese um seine Beine und er hatte sie mit einem Gürtel zusammenbinden müssen. Vorsichtig gab er jedem der Hunde einen Hundekräcker durch die Gitter, die sein Geschenk schwanzwedelnd entgegennahmen. Von seinen ehemals fünfundsiebzig Kilo waren noch fünfundfünfzig übriggeblieben. Patallias Maßnahmen und Ratschläge hatten sich als sinnlos erwiesen, denn es war ihm gleichgültig, wie viel er wog.

Ohne nachzudenken, öffnete David die Tür zum Werk-Schuppen und nahm ein stabiles Seil von der Wand. Diese Werkstatt war sein und Chroms ganzer Stolz, denn jedes Werkzeug hatte seinen genauen Platz und wehe dem, der diese Ordnung störte. Hoffentlich vermisst er den Strick nicht, dachte David, während er ins Haus zurückging und dabei mit seinen Stiefeln schwarze Schmutzreste auf der hellen Treppe hinterließ. Verflixt. Sollte er das noch wegputzen? Warum hatte er es versäumt, einen Dankesbrief an alle zu schreiben? Nun würden sie für ihn putzen müssen. Er öffnete mit einem Hakenstab die in die Decke eingelassene Luke zum Dachboden und fuhr die schmale Holztreppe aus. Er schwankte. Sollte er zurückgehen und einen Eimer mit Wasser und einen Putzlappen holen? David blickte nach oben in den dunklen Speicher. Dessen Schwärze erschien ihm verlockend. Schritt für Schritt setzte er einen Fuß vor den anderen. Stufe für Stufe. Jede Bewegung ein Stückchen weiter zur endgültigen Freiheit.

Er knipste das Licht an. Die einzige Glühbirne beleuchtete den staubigen Holzboden und ein wenig Gerümpel in der hinteren Ecke des sonst kahlen Raumes. David begutachtete die rauen, braunen Holzbalken. Aus Eichenholz gefertigt würden sie sein Fliegengewicht garantiert halten. Ob er es beim ersten Mal schaffte, das Seil darüberzuwerfen?

Entschlossen rollte er ein Seilende zusammen und warf. Es schlang sich um den Balken und hing auch noch so lang herunter, dass er das Ende greifen konnte. Ja, dachte er, geschickt bin ich immer gewesen. Nun einen Knoten und eine Schlaufe auf der anderen Seite. Perfekt.

So also endete es. Das kurze, sinnlose Leben des David Martinal. Er nickte und zog prüfend an der Schlinge. Er brauchte noch einen Stuhl. War hinten einer im Gerümpel? Die Glühbirne beleuchtete den Haufen nur unzureichend. Während er darauf zuging, klapperte es im tiefer liegenden Stockwerk. Die anderen waren doch weg. Das konnte der Kater gewesen sein.

Da war ein alter, weiß lackierter Küchenstuhl leicht verkeilt in diversem Krimskrams. Ideal. Er hatte keine Lust, ihn zu tragen und schleifte ihn zu seinem Seil. Hatte er unten Stimmen gehört? Verdammt! Waren sie schon zurück? Die Schlinge muss höher sein, dachte er. Das klappt so nicht. »David?« Jemand suchte ihn. Er musste sich beeilen, sonst fanden sie ihn, bevor er fertig war. Er fummelte an dem Strick, um die Schlaufe neu zu knüpfen. »David?« Wer war das, der ihn da rief? Die Stimme kam ihm bekannt vor. Aber das konnte ja nicht sein. Er halluzinierte. Nun schnell, denn die Schritte kamen näher, waren schon auf der Speichertreppe. Er stieg mit einem Fuß auf den Stuhl. Der wackelte ein bisschen. Hoffentlich hielt der für den kurzen Augenblick. Er wollte sich auf den Küchenstuhl schwingen, als ihn jemand von hinten festhielt. »David?« Seine Stimme war nun ganz nah. Seine ... Es war seine Stimme. Die starken Hände zogen ihn zurück, drehten ihn um, hielten ihn an den Oberarmen fest. Terv.

Tervenarius trug ein weißes, glänzendes Gewand, wie ein Engel, der soeben aus dem Himmel gestiegen war. Sein Haar war länger als David es in Erinnerung hatte. Das Gesicht, besorgt, doch die Augen voller Liebe. Warme Löwenaugen, in denen er sich sonnen konnte.

David versuchte sich loszureißen, wollte testen, ob das, was er sah, Wirklichkeit war, denn die baumelnde Glühbirne tauchte Tervs Gesicht in ein Wechselspiel aus Licht und Schatten und gab ihm etwas Geisterhaftes. Der Druck auf seine Oberarme wuchs, schmerzhaft. Er wurde festgehalten.

»Terv?«, fragte er ungläubig.

Der zog ihn zu sich heran, küsste seine Stirn, seine Wangen, seine Nase, glitt zu seinem Mund. Tervs Lippen, der Duft von Marzipan und Veilchen, starke Arme, die ihn hielten: Geborgenheit, Liebe, Sorge, Freude, Zweifel. David zitterte. Sein totgeglaubter Freund stand vor ihm, als wäre er nie fort gewesen.

Er stieß Tervenarius von sich, tat einen Schritt nach hinten gegen den Stuhl, der mit einem dumpfen Geräusch umkippte. »Du bist wieder da? Einfach so? Wo warst du? Warum hast du mich im Stich gelassen?« Tränen strömten über seine Wangen. Er schlotterte, völlig aufgelöst.

Terv starrte ihn an. Sei Blick glitt an dem Seil hoch bis zu dem Holzbalken und zurück, musterte ihn von oben bis unten. Verstehen und echte, reine Qual erschien auf seinem Gesicht. Seine Augen verdunkelten sich.

»Terv«, flüsterte David. Plötzlich wurde ihm klar, dass,

wenn Tervenarius fünf Minuten später gekommen wäre, er bereits leblos im Dachboden gehangen hätte. »Du hast mich gerettet.« Er spürte, wie seine Knie nachgaben. Tervenarius war sofort bei ihm und fing ihn auf.

Er trug David, so wie er ihn immer getragen hatte, mühelos, mit leichten Schritten, die Stufen vom Dachboden hinab. Er hielt ihn auf den Armen wie damals, als sie sich kennengelernt hatten, oder vor Jahren, wenn er David einfach ins Bett schaffte, weil er Terv wieder übermütig gereizt hatte.

Diese Vergangenheit erschien David irreal. Das war nicht er gewesen. Das war ein junger, lustiger und unbeschwerter David gewesen. Der abgemagerte Mann, den Tervenarius nun in den Armen hielt, war gealtert, kaputt, frustriert, nicht einmal fähig richtig zu sprechen, geschweige denn Scherze zu machen.

Terv schubste im oberen Stockwerk eine Tür nach der anderen auf, bis er sein Zimmer erkannte, trat ein und ließ David auf das Bett sinken. Angst schlich David den Rücken hinauf. So einsilbig und verbittert, wie er nun war, würde Tervenarius ihn nicht mehr lieben können. David saß auf der geblümten Bettdecke, sah seinen engelsgleichen Geliebten an und schämte sich. »Entschuldige. Bitte verzeih mir, Terv.«

Der setzte sich zu ihm auf die Bettkante, sein Gewand rauschte bei jeder Bewegung. »Nein, du hast recht. Ich habe dich allein gelassen. Wie lange war ich weg?« Er schien wirklich nicht zu wissen, wie viel Zeit vergangen war.

»Vier Jahre.«

Tervenarius senkte den Kopf, schlug eine Hand vor die Augen. Goldene Tränen kugelten lautlos an seinem Gewand hinab, sammelten sich in seinem Schoss. Um Himmels willen! Er weinte! David hatte das erst ein einziges Mal erlebt. Und er hatte sich damals geschworen, dass er das niemals wieder sehen wollte. Terv, der Kontrollierte und Selbstbewusste, sein Fels in der Brandung. David konnte nicht ertragen, ihn die Fassung verlieren zu sehen, empfand dessen Traurigkeit mit, wie eine Welle, die ihn mit sich riss.

Mit all seiner Kraft riss er Terv an sich. Tränen rannen

über sein Gesicht. Es war ihm egal, wo sein Geliebter gewesen war. Wo auch immer dieser Ort war, es musste für Tervenarius genau die gleiche Hölle gewesen sein, wie für ihn selbst. Er wusste, Terv würde ihm alles erzählen. Aber später. In diesem Moment war es nötig zur Ruhe zu finden, die aufgewühlten Gefühle zu kanalisieren. Zuerst müssen wir beide begreifen, dass wir wieder zusammen sind, dachte David. Er bemühte sich, seine Fassung wiederzugewinnen, denn sich weinend aneinander zu klammern wie Ertrinkende, hätte ihre fiebrigen Gemüter weiter qualvoll aufgeheizt.

»Komm, wir legen uns hin. Wir sollten uns ausruhen. Lass uns Kraft schöpfen. Wir haben noch ganz viel Zeit zum Reden.«

Terv nickte, entwand sich seinen Armen und erhob sich. Mit einer Bewegung entledigte er sich des Gewandes, das in allen Farben schillerte.

David sank zurück, wischte sich mit dem Handrücken über die Wangen und betrachtete Terv mit großen Augen. Sein Puls schlug augenblicklich bis zum Hals. Apoll stand neben seinem Bett, gehauen aus weißem, schimmerndem Marmor. Er hatte fast vergessen, wie schön Tervenarius war. Niemals hatte er sich den Luxus gegönnt an Terv zu denken, wenn er onaniert hatte. Dessen Leib, all die erotischen Begebenheiten, waren das Heiligtum gewesen, tief vergraben in seinem Herzen. Er hätte sie keinesfalls als schnöde Fantasie benutzt, um sich zu erleichtern.

Nun gab es nichts mehr zu verdrängen oder einzuschließen. Er war da.

David hatte ihn lange angestarrt, deshalb ergriff Terv die Initiative, kniete sich aufs Bett und begann ihn zu entkleiden. Jedes Stück Haut, das er entblößte, berührte er sanft mit der Nase und dem Mund. Er nahm Davids Witterung auf. Es waren, zumindest aus menschlicher Sicht, unangenehme Gerüche, nach Schweiß und Trostlosigkeit. Dessen war David sich bewusst. Es hatte jedoch keinen Sinn, sich gegen Tervs Schnuppern zu wehren, auch wenn er sich für seinen Zustand schämte. Als David völlig entblößt vor ihm lag, hielt Terv inne. David war klar, dass sein Freund nun alles über ihn wusste.

»Das habe ich verursacht«, flüsterte der. Mit zitternder Hand strich er über Davids herausstehenden Hüftknochen, seinen eingefallenen Bauch, die dünnen Arme, verharrte auf den hohlen Wangen mit dem wuchernden Bart. David stiegen erneut die Tränen in die Augen. »Ich kann verstehen, wenn du mich so nicht mehr liebst. Ich war nicht stark. Ich stinke, habe mich gehenlassen, bin in einem schwarzen Loch versunken.« Der wunderschöne Gott des Lichts und ein knochiges Wrack? Wie sollte das gehen?

Terv gab keine Antwort. Er stürzte sich auf ihn, gierig und haltlos. David spürte seine Hände überall, seinen Mund, der ihn fast verschlang. Tervenarius war ausgehungert wie ein Wolf. »Ich liebe dich.« Er war vor lauter Gier kaum zu verstehen. »Du lebst. Jetzt bin ich da und alles wird gut.«

Lust und Verlangen raubten David den Atem. Nicht ein Wolf, zwei Wölfe, schoss es ihm durch den Kopf, wir sind beide hungrig bis auf die Knochen.

Tervs Hand, feucht von seiner Sporenflüssigkeit, drückte ihre Schwänze zusammen, rieb sie aneinander, steigerte aufgeputscht das Tempo. Ich hätte ihn gern in mir, dachte David noch, doch der Reiz durch Tervs Bewegungen und das Gefühl sein Glied so zu spüren, war zu heftig, die entflammte Erregung zu stark. Mit einem schmerzhaft schönen Ziehen in der Leistengegend ejakulierte er in Tervs Hand, befleckte dessen Bauch, und spürte seinerseits die warme Milch seines Freundes, die zwischen ihren bebenden Körpern bis zu seiner Brust spritzte. Gleichzeitig hielt Tervenarius ihn im Nacken gepackt und war unendlich tief mit der Zunge in seinem Mund versunken. Auch dort drang Sporenflüssigkeit und Sperma hervor, zwang ihn zum Schlucken, ballerte in einem zuckenden Orgasmus in seinen Schädel, so dass er nur noch Sternchen sah.

Sterne, dachte David. Typisch für einen außerirdischen Sternenkrieger wie ihn. Was für ein alberner Gedanke.

Schwer atmend löste David sich von Terv und lachte.

Er packte Tervs Kopf, küsste ununterbrochen sein liebes und verblüfftes Gesicht. David umarmte ihn, kniff ihm übermütig in sein strammes Hinterteil und kicherte wie ein Verrückter, als wollte er die Fröhlichkeit der vergangenen Zeit nachholen.

Terv wand sich und versuchte, ihm seinen Po zu entziehen. Sie rauften einige Minuten lang, blickten sich keuchend an. Es wartete ein beschwerlicher Weg auf sie, bis alles wieder so sein würde wie vier Jahre zuvor. David wusste das und sah die ebensolche Erkenntnis in Tervs Augen.

»Warum lachst du so?«

»Ich habe eben Sternchen gesehen, Terv.«

»Sterne?«

»Ja, der gleiche Effekt entsteht, wenn einem jemand vor den Kopf haut.«

»Und das ist lustig?«, staunte Tervenarius.

»Ja, was sollte ich denn sonst sehen, wenn mich ein Sternenkrieger wie du derartig geil vögelt?«

Terv blickte ihn zunächst sprachlos an. »Das ist eine Art Humor, die ich wohl nie erfassen werde. Ich hoffe nur, dass diese Sterne positiv zu werten sind.«

David lachte. »Mach dir keine Sorgen. Mein Blutkreislauf ist eine solche Aufregung offensichtlich nicht mehr gewöhnt.«

Terv blickte ihn ernst an. »Dein Gesundheitszustand ist besorgniserregend, David. Nimm es bitte nicht auf die leichte Schulter. Du bist viel zu dünn. Hast du denn keinen Hunger?«

In dem Moment knurrte Davids Magen. Doch, er war hungrig. Und wie. Und er hatte Lust eine riesige Menge zu essen. »Oh Gott, Terv. Ich könnte ein halbes Schwein mit einem Ei drüber vertilgen.«

»Habt ihr denn so etwas im Haus?«, fragte Tervenarius mit sorgenvollen Stirnfalten.

Nun konnte David sich abermals nicht mehr halten vor Lachen. »Schatz, das sagt man doch nur so! Komm, lass uns in die Tierküche gehen und schauen, was da noch zu finden ist.«

»Tierküche? Du isst Tierfutter?« Terv war fassungslos.

David nickte und angelte nach seiner Jeans. »Die Bacanis

und Bacanars ernähren sich nach wie vor von Katzenfutter aus Dosen. Außerdem ist Psal durch ihre Schwangerschaft Nahrungsmutter geworden und hat nun diese Bacani-Milch. Das ganze Rudel trinkt sie.«

»Psal bekommt ein Kind?«

»Ja.« David schlüpfte in Jeans und Shirt und zog ein Paar verstaubte Filz-Hausschuhe unter seinem Nachttisch hervor. »Chrom ist total happy. Er sagt, nur mit dieser Milch ist das Rudel im Gleichgewicht. Sie wird wohl bald das Ei legen. Aber du weißt ja sicherlich mehr über die Bacani-Gewohnheiten.«

Tervenarius sah ihm beim Anziehen zu, saß nachdenklich auf der Bettkante. Dann nahm er sein Gewand vom Fußende und zog es über den Kopf.

»Was ist das eigentlich für ein Stoff?«, fragte David. »Der ist außergewöhnlich und wunderschön.« Er streichelte über Tervs Schenkel.

»Das ist Serica. Eine Art Seide. Sie wird auf dem Planeten Sublimar gemacht, der Welt, auf die ich verschlagen wurde.« Sein Gesicht verwandelte sich in eine steinerne Maske, die Wangenknochen traten stark hervor.

Er musste Grauenvolles erlebt haben. David sah ihn still an. Er traute sich kaum, ihn danach zu fragen.

»Möchtest du mir davon erzählen?«

»Später, David. Du hast Priorität.«

David sah, wie Tervenarius sich zusammenriss.

»Komm, wir gehen jetzt etwas zu Essen besorgen. Wo sind denn die anderen?«

»Heute ist Silvester. Sie sind in Vancouver, um das Feuerwerk anzusehen. Ich denke mal, sie kommen jeden Moment zurück.«

Eigentlich wollte ich ja zu diesem Zeitpunkt schon tot sein, dachte David. Nun erschien ihm das, was er da vorgehabt hatte, völlig wahnsinnig. Er saß mit hängenden Schultern auf dem Bett.

»Du hattest vor, dich umzubringen, wolltest die Zeit ihrer Abwesenheit nutzen. Habe ich recht?«

Terv ergriff seine Hand, streichelte jeden seiner Finger.

Als David nicht antwortete, nahm er die Hand zum Mund und küsste die schwielige Innenfläche, zärtlich und sanft.

»Ich habe es so satt, dich am Rande des Abgrunds zu sehen. Es erscheint mir wie gestern, dass du dich vor Liebeskummer aus dem Fenster gestürzt hast und bei dem Bacani-Angriff fast gestorben wärst. Nun wollte es nur der Zufall, dass ich im rechten Moment zurückkam und das Schlimmste verhindern konnte.«

David nickte betrübt. Ja, es stimmte, was Terv da sagte.

»Ich habe ständig Angst um dich, David. Ich will dich nicht verlieren. Nie wieder.«

»Ich bin eben nur ein Mensch. Die machen solche Sachen. Für jemanden wie dich, stark und unsterblich, sind das alles keine Optionen.«

Tervenarius nickte versonnen und umklammerte weiterhin seine Hand. »Es gibt nur eine Möglichkeit, so etwas in Zukunft zu verhindern.«

»Indem ich vernünftig bin? Stark, männlich und nicht so gefühlsduselig?«, fragte David leicht genervt.

»Hör zu!« Tervenarius packte seine andere Hand am Handgelenk und hielt ihn fest. »Das sollte keine Kritik sein. Ich möchte diese Art von Leid nicht. Ich will nicht mehr von dir getrennt werden. Nie wieder.«

David starrte auf ihre Hände. Tränen schossen ihm in die Augen. Er hatte vom Beginn an, als er Terv das erste Mal gesehen hatte, nur einen einzigen Wunsch: Bei ihm zu sein. Ihn zu sehen, hören und fühlen. Ihn zu lieben: täglich, stündlich, minütlich.

»Das will ich auch nicht«, flüsterte er.

»Dann werde mir ebenbürtig, David.« Terv drückte seine Handgelenke zur Bestätigung. »Folge mir in die Unsterblichkeit.«

Das war ein ungeheuerlicher Satz – ein unfassbares Ansinnen.

»Ich soll durchs Sternentor gehen?« Was für eine wahnsinnige Idee! Niemals altern. Wie ein Vampir. Nein, wie ein Gott. Er konnte ein Sternenwanderer werden. Er, der kleine, menschliche Wurm David. An der Seite von Tervenarius den

Untergang der Welt beobachten – was für eine Vorstellung!

»Dafür bin ich nicht stark genug.«

»Nein.« Terv half ihm hoch. »Im Moment noch nicht. Du bist körperlich und geistig geschwächt. Aber daran werden wir arbeiten. Jetzt isst du erst einmal etwas und gehst duschen. Du bist schmutzig. Und morgen fahren wir nach Hause, nach Seafair. Gesundes Essen, ausreichend Schlaf, leichtes Training, ein Aufbauprogramm von Patallia und ... », er hielt inne, »... viel Liebe werden dich in null Komma nichts wieder herstellen.«

David sah ihn mit offenem Mund an. Terv hatte ihn verplant. »Und die Tiere?«

»Die versorgen die Bacanis und wir fahren sie gelegentlich besuchen. Ich brauche dich, und zwar im Vollbesitz deiner Kräfte, David. Solutosan und ich haben auf Sublimar ein Mittel gegen die Bacanipest auf Duonalia gefunden. Ich muss dort hin. Aber nicht ohne dich. Ich werde nirgendwo mehr ohne dich hingehen. Hast du verstanden?«

David nickte. In ihm regte sich leiser Widerstand. Das Leben, das er sich in den letzten vier Jahren aufgebaut hatte, war aus privater Sicht ohne Terv nicht viel wert gewesen. Der Beschluss, sich umzubringen, war Beweis genug. Auf der anderen Seite hatte er zusammen mit Chrom und seiner Familie etwas geschaffen, auf das er stolz war: Das Tierasyl stand, war gerüstet, weitere Tiere aufzunehmen. Nun war sein totgeglaubter Freund wieder da und disponierte sein Leben, so wie er es immer getan hatte. David hatte sich ihm früher freiwillig und gerne unterworfen, hatte sich und seinen Job an Tervenarius angepasst. War er weiterhin bereit, das zu tun?

Er blickte in Tervs erwartungsvolles Gesicht und sofort schlug sein Herz heftig und laut. Sein Partner, sein Freund, sein Geliebter – sein Ein und Alles. Natürlich wollte David an seiner Seite stehen. Was ihm nur in diesem Moment nicht so ganz passte, war die Selbstverständlichkeit, mit der Terv über ihn verfügte. Er kam aus dem Nichts und krempelte sein Leben um.

Ein Leben, das du bereit warst wegzuwerfen, sagte seine

innere Stimme. Wenn er nicht gewesen wäre, dann würdest du jetzt hier nicht sitzen und dir solch unnötige Gedanken machen. Was also missfällt dir genau?

Terv hatte den Kopf schief gelegt. Er wartete auf seine Antwort. David störte das Tempo, in dem alles geschah. Es ging zu schnell. Von null auf hundert. Von tot zu unsterblich.

»Das geht mir alles zu schnell, Terv. Bitte gib mir Zeit.«

Der lächelte erleichtert. Er zog David an sich, küsste seine Stirn und David fühlte, dass er gern mehr gehabt hätte. Und damit war Terv nicht allein. Die zarte Berührung seiner Lippen ließ den kleinen David sofort wieder gierig den Kopf recken. Doch sein laut knurrender Magen wäre eine schlechte Begleitmusik zu ihrer Vereinigung gewesen.

Sie mussten beide darüber lachen. »Ja, eins nach dem anderen«, flüsterte Terv grinsend in sein Ohr.

David lächelte glücklich. Er hatte seine Unbeschwertheit wieder.

»Er ist einfach allein hingefahren und hat Bar den Kopf zurechtgerückt.« Terv saß mit David in der Duocarns-Küche in Seafair und berichtete von Solutosans Alleingang bezüglich des Bacani-Problems auf der Erde.

David nickte und widmete sich weiter dem herrlichen Stück Apfelkuchen, das seinen Nachtisch darstellte. Er hatte in zwei Wochen ganze vier Kilo zugenommen, was Terv erfreut registrierte.

»Ich finde Bar unglaublich skrupellos, Terv«, erklärte David mit vollem Mund, schluckte und schob den leergefutterten Dessertteller beiseite. »Ein Außerirdischer kommt mit Nichts auf die Erde, schlägt sich mit Mord- und Totschlag durch, erfindet eine Droge, stampft ein Swingerclub-Imperium aus dem Boden und wird damit stinkreich.«

»Stimmt.« Terv nickte. »Das Drogengeschäft muss er allerdings beenden. Solutosan hat die verbliebenen Bacanars zu Chrom bringen lassen. Auch hat seine Ernährung mit Menschengehirnen ein Ende. Sollte er nochmals jemanden umbringen, oder neue Bacanars zeugen, gehen die Duocarns ihm an den Kragen. Das weiß Bar, und er kooperiert.«

»Also haben die Duocarns nur noch das Bacaniproblem auf Duonalia?« David faltete die Hände zufrieden über dem Bauch. Er hatte Lust sich ins Bett zu legen, am liebsten zusammen mit Tervenarius, wusste jedoch, dass dieser auf einen Verdauungsspaziergang in der kristallklaren Winterluft bestand. Aber das war auch in Ordnung. Um so schöner würde es sein, ins Warme zurückzukehren, um dann mit seinem Schatz auf dem Sofa zu kuscheln und vielleicht einen Film zu schauen. Dank Patallias Medikation, dem ausgezeichneten Essen und Tervs Liebe, hatte er sich bereits gut erholt. Er lächelte Terv an.

»Ja, aber das werden wir ebenfalls klären. Das Virus, das wir von Sublimar mitgebracht haben, kann die Bacanis ausrotten. Patallia ist sich ganz sicher. Es greift nur deren Spezies an. Geschlechtsorgane und die Spiralvene verkümmern innerhalb kurzer Zeit. Genau der gleiche Effekt, den das mumifizierte Exemplar im Museum auf Sublimar aufwies.« Terv trank einen Schluck Kefir und blickte aus dem Küchenfenster auf den verschneiten Garten vor dem Fenster. Die Sonne brachte die weißen Schneehäubchen auf den vertrockneten Blüten der Pflanzen zum Glitzern.

»Wann brechen wir auf?«

»Nach Duonalia meinst du?«

»Ja.«

»Patallia sagte, dass du noch vier Wochen brauchst. Vergiss nicht, dass es auf Duonalia nur Dona gibt, also nichts, wovon du zunehmen könntest.«

»Ihr wartet demnach alle nur auf mich?«, fragte David peinlich berührt.

»Das ist in Ordnung. Solutosan ist ja schon dort, um mit Ulquiorra vorab die Lage zu prüfen. Wir brauchen möglichst viele Informationen. Maureen und Xan haben bereits etliche Duonalier in der Karate-Ausbildung. Was wir da planen, ist ein Putsch. Den schüttelt man nicht einfach aus dem Ärmel.«

»Aber während ihr plant, ermorden die Bacanis weiterhin eure Landsleute.«

»Das ist nicht zu vermeiden. Besser eine Planung, die alle Eventualitäten mit einbezieht, als ein Fehlschlag.«

Er blickte in Davids skeptisches Gesicht.

»Sieh zum Beispiel die Sache mit Bar. Wir waren etliche Male drauf und dran und hätten dem Kerl am liebsten den Hals umgedreht. Die Zeit hat ihn zu unserem Verbündeten gemacht.«

»Du glaubst, dass sich die Bacanis auf Duonalia zu einem Bündnis bereit erklären werden? Mit der Androhung sie auszurotten?«, fragte David zweifelnd.

»Ich denke, das muss alles erst einmal besprochen werden, David. Die Duocarns und ihre Verbündeten finden eine Lösung.« Terv blickte ihn an. Seine honigfarbenen Augen durchdrangen ihn. »Wir beide haben ja auch noch allerhand zu regeln.«

David schluckte. Es stimmte, was sein Liebster da sagte. Und seinen Durchgang durch das Sternentor als „allerhand zu regeln" zu bezeichnen, war definitiv untertrieben.

Ja, er hatte sich dafür entschieden, für immer und ewig an Terv zu binden. Er war sich der Konsequenzen bewusst, hatte die positiven gegen die negativen Aspekte abgewogen. Nein, er wollte nicht glatzköpfig und alt werden an der Seite eines Unsterblichen, wollte Terv keinen Kummer bereiten. Vielleicht würde ihre Liebe nicht ewig andauern. Aber selbst in diesem Fall befand er sich weiterhin in der Gemeinschaft der fünf Duocarns, die sich bereit erklärt hatten, ihn mit dem Sternentor-Ritual in ihre Verbindung aufzunehmen. Natürlich hatte er Angst. Er hatte jedoch abgewogen, wovor er sich mehr fürchtete: Terv irgendwann einmal zu verlieren oder das Unbekannte zu riskieren, das ihm durch das Sternentor zugefügt werden konnte. Von Tervenarius erneut getrennt zu sein, war das Schlimmste, für ihn vorstellbare, Gräuel.

Er blickte Terv in seine ruhigen Löwenaugen, der ihn lächelnd betrachtete, so als hätte dieser alle seine Gedankengänge gelesen.

»Ja, wir haben viel zu tun«, bestätigte er und nickte.

In diesem Moment stand unvermittelt ein unbekannter Mann in der geöffneten Küchentür. »Ähm«, auf seinem mit etlichen Piercings verzierten Gesicht erschien ein verlegenes Lächeln. »Tach. Ich bin der Smu.« Er marschierte auf den verblüfften Terv zu, ergriff dessen Hand und schüttelte sie so heftig, als wollte er ihm den Arm herausreißen. Dann wandte er sich zu David um. »Pat hat mir schon einiges von euch erzählt. Zum Beispiel wie David im Kampf gegen die Bacanis verwundet wurde und dass Tervenarius verschollen war.«

David betrachtete mit offenem Mund die in Rot, Rosa und Orange-Tönen gefärbte Haarpracht des Kerls, aus der etliche bunte Hahnenfedern hervorlugten. Der schlanke, aber durchtrainierte Leib steckte in einer zerfetzten Jeans, die den Blick auf das linke Knie und den rechten Oberschenkel frei gab. Als der Mann sich umdrehte, stierte David auf eine halbe, freigelegte Pobacke. Weiße Haut mit goldblonden Härchen. Der Fremde besaß jedoch einen derartig knackigen Po, dass David nicht umhin konnte, ihn sexy zu finden. Das grelle Outfit wurde durch eine enganliegende, abgeschabte Wildlederjacke mit Fransen ergänzt, die bei jeder seiner Bewegungen mitschwangen.

»Ah ja«, Tervenarius fand als Erster die Sprache wieder. »Du bist der Privatdetektiv, der uns im Kampf gegen die Bacanis hilft. Ich habe bereits von dir gehört.« Er hielt inne und betrachtete Smu von oben bis unten, sein Blick blieb auf dessen roten Stiefeletten kleben. »Ähm, hübsches Outfit.«

Der Typ war ein Exot, keine Frage. Die Duocarns wandelten zwischen verschiedenen Planeten, auf denen es von Aliens wimmelte.

»Bist du ein Mensch?« Das war der erste Satz, der David in den Sinn kam.

Smu stutzte. Dann lachte er laut auf, wobei seine grünen Augen blitzten und er ein weißes, gepflegtes Gebiss zeigte. »Na klar, keine Angst, David. Mir geht es so wie dir. Ich bin an einem der Duocarns kleben geblieben.«

Bei diesem Satz trat Patallia in die Küche, das Gesicht verlegen, mit einem verräterischen Glanz in seinen tiefgründigen, grau-violetten Augen. »Smu gehört zu mir.«

Der nickte und holte, als wäre er mit dem Duocarns-Haus gut vertraut, eine Milchtüte aus dem Kühlschrank. Mit zwei langen Schritten war er am Tassenbrett und griff eine große, rote Tasse am Henkel. »Noch jemand Kakao?« Er wandte sich um.

Terv und David schüttelten die Köpfe und sahen sich an. Ein Haus voller Schwuler, dachte David und sah, dass Tervs Gedanken in eine ähnliche Richtung gingen. Sein Freund blickte Patallia an und David fühlte, dass die beiden miteinander sprachen.

»Schrecklich, diese lautlosen Unterhaltungen, nicht wahr?« Smu hatte Kakaopulver in seiner Tasse verrührt, schloss die Tür zur Mikrowelle und schaltete sie ein. Ein Selbstgespräch, oder hatte er zu David gesprochen?

»Entschuldige.« Patallia trat zu Smu. Er berührte ihn nicht, aber David fühlte die starke Verbindung zwischen den beiden gleichgroßen Männern, sah ihre Blicke, die ineinander versanken. Patallia, der begnadete Mediziner, der nur auf seine Arbeit bedachte Forscher, der Mann vom anderen Stern, war nun eindeutig nicht mehr einsam und allein.

David sah zu Tervenarius. Der lächelte, und Davids Herz flog ihm zu – wie immer.

Es war Patallia, der die liebesgeschwängerte Stille unterbrach: »Hast du genügend gegessen und das Serum genommen?«

David nickte. »Und jetzt gehen wir an die Luft, so wie der Doc befohlen hat.« Er erhob sich. Als Terv und er die Küche verließen, spürte er, dass Pat und Smu darüber in keiner Weise unglücklich waren. Ja, frisch Verliebte sollte man am besten alleine lassen. David grinste in sich hinein und ergriff Tervs Hand.

»Sag mal, fühlst du dich denn nun weiterhin für das Schicksal Duonalias verantwortlich?«, fragte David und zog sich die Mütze vom Kopf. Der Spaziergang am Strand hatte ihm gut getan und das Gehirn freigeblasen. Nun lagen alle offenen Fragen klar vor ihm.

Er lief an Tervs Seite durch die Garage ins Haus, die Treppen hinauf in ihr Zimmer.

»David, ein Eid verfällt nicht so einfach.« Tervenarius zog seinen dicken Anorak aus und hängte ihn in ihren gigantischen Schwebetüren-Schrank, der eine komplette Seite ihres Raumes einnahm. »Die Duocarns haben geschworen, Duonalia zu schützen. Daran ändert auch die Erkenntnis nichts, dass Solutosan und ich Auraner sind.«

David ließ sich in den roten, plüschigen Fernsehsessel fallen, während Terv im Bad verschwand. Nein, er wusste immer noch nicht im Detail, wie es seinem Schatz auf Sublimar ergangen war. Auch Solutosan schwieg sich dahin gehend aus.

David dachte an die erstaunliche Geschichte über die Herkunft der beiden, die am zweiten Tag nach Tervs Rückkehr an Chroms Küchentisch erzählt worden war. Solutosan hatte die Station an diesem Tag besucht. Nach einem guten Essen für ihn, Kefir für den Duocarns-Chef und Tervenarius, sowie einigen Dosen Katzenfutter für Chrom, Psal, Frran und Pan, hatte Chrom den offenen Kamin in der Küche entzündet. Eine heimelige Atmosphäre – ideal für weitere Erzählungen.

»Du wirst sicher staunen, David«, hatte Solutosan mit seiner sonoren Stimme verkündet, »zu erfahren, dass dein Freund ein echter Prinz ist.«

David hatte dem verlegen blickenden Tervenarius erstaunt ins Gesicht gesehen. »Ein Prinz?«

Die beiden Bacanars, Pan und Frran hatten aufgeregt mit den Füßen gescharrt, gierig die ganze Geschichte zu erfahren.

»Ich habe auf Sublimar meinen Vater getroffen. Von ihm kam der Ruf, der Terv und mich zum Loslassen in der Anomalie zwang«, fuhr Solutosan fort. »Meinen Vater, den Sternengott Pallasidus.«

»Krass!« Ungeduldig hatte Pan mit den Klauen in die Holzplatte des Küchentischs gekratzt, was von Chrom mit einem strafenden Blick quittiert worden war. »Und Tervs Vater ist ein König?«

»Ja, so lautet die Legende«, bestätige Solutosan. »Die Geschichte beginnt, als Pallasidus nach Sublimar kam und sich dort in eine auranische Frau verliebte. Er zeugte mit ihr ein Kind – mich.« Solutosan lächelte. »Auf Sublimar ist es üblich, Geburtsfeiern abzuhalten. Zu dieser Feier wurde der Sumpffürst mit seiner Gemahlin und seinem ebenfalls neugeborenen Sohn eingeladen. Der Fürst herrschte damals vermutlich über einen Teil Sublimars, der sich in einem schwülen Sumpfland befindet. Der Erbe des Sumpfkönigs sitzt hier am Tisch mit uns.« Solutosan deutete auf Tervenarius. »Ich glaube, dass meine Mutter und der König sich bereits kannten, denn sie wurden während der Feierlichkeiten von Pallasidus bei Intimitäten überrascht. Dieser war bekannt für seine Unbeherrschtheit. Er tobte voller Wut und tötete alle im Affekt, die nicht rechtzeitig fliehen konnten. Als Erste fanden seine Frau und deren Liebhaber den Tod.« Solutosan blickte mit seinen funkelnden, dunkelblauen Sternenaugen in die Runde. »Im Tumult dieser Aktion verschwanden die Säuglinge, das heißt Terv und ich wurden offenbar entführt. Es ist nicht klar, wie wir nach Duonalia gelangt sind.«

David hatte gebannt zugehört. Er hatte zu Tervenarius geblickt, der ihm mit gesenktem Kopf gegenübergesessen hatte. Die Geschichte war ihm offensichtlich peinlich.

»Ein Prinz«, hatte David gestaunt und Frran und Pan hatten die Münder nicht mehr zu bekommen.

David blickte seinem Prinzen entgegen, der in diesem Moment in einer einfachen Bluejeans und einem grünen Strickpulli aus dem Bad kam. Sein Herz klopfte laut. Ob dieses Begehren wohl für immer und ewig erhalten bliebe?, fragte sich David. Tervenarius lächelte wie zur Antwort, kam näher, beugte sich zu ihm, nahm ihn vom Sessel auf, als würde er eine federleichte Puppe tragen, und legte ihn aufs Bett. David streckte sich bequem aus. Ja, liegen war auch gut. Er fühlte sich wohlig in der Wärme des Zimmers und durch Tervs Anwesenheit. Der schob sich neben ihn, öffnete den Reißverschluss seines Sweatshirts und ließ die Hand unter sein T-Shirt gleiten, um die Haut auf seiner Brust zu liebkosen. Dabei kamen Davids aufstrebende Brustwarzen in seinen Handflächen zu liegen. David räkelte sich. Auf irgendeine Art wusste sein Schatz immer, nach welchen Berührungen ihm der Sinn stand.

Terv bedeckte Davids Gesicht mit kleinen Küssen. »Ich bin so glücklich, dass ich dich sehen, hören, riechen und anfassen kann, ich bin so froh, dich wiederzuhaben. Ich weiß jetzt von meiner Herkunft, aber das bringt mich nicht weiter. Irgendein König über ein sumpfiges Gebiet. Ein Volk, das höchstwahrscheinlich ausgestorben ist.« Er zog David näher, presste seinen Leib an ihn und schloss genießerisch die Augen.

»Ist Sublimar jetzt nicht deine Heimat?«, fragte David gespannt.

Terv schlug die Augen auf. »Nein, wohl kaum. Was ist das überhaupt?« Sein Blick glitt forschend über Davids Gesicht. »Ich glaube, ich empfinde nur so etwas wie das Gefühl von Heimat, wenn ich bei dir bin.«

Das war einfach wunderschön. David schluckte Tränen der Rührung hinunter. »Ich hätte niemals gedacht, dass du so romantisch sein könntest.«

»Was ist das für ein Wort? Kommt das von „Römer“?«

David lachte. »Nein, romantisch bedeutet so etwas wie gefühlvoll.«

»Natürlich bin ich voller Gefühl. Ich lebe. Was wundert dich daran?«

»Du bist so stark, unbesiegbar.«

»Ich habe tausend Jahre gelebt und gekämpft. Ich bin mir nicht sicher, ob ich als stark zu bezeichnen bin, bloß weil ich die Fähigkeit habe, andere Wesen nach meinem Gutdünken zu manipulieren. Erst du mit deiner Sanftheit hast mich gelehrt, was Stärke wirklich bedeutet. Du, der du die kleinen Dinge siehst, der gütig ist. Dich empfinde ich als stark.«

David lachte trocken auf. »Hast du nicht gesehen, wie ich die letzten Jahre versagt habe? Ich habe mich verkrochen, war nicht fähig, mein Leben in den Griff zu bekommen.«

Terv hielt ihn mit beiden Armen von sich, die Augen dunkel. »Was erzählst du denn da? Du hast ein Tierasyl mit aufgebaut, hast Wesen Hilfe geleistet, denen es schlechtging, die misshandelt wurden. Wie oft halfst du Chrom und seiner Familie? Und schau dir jetzt an, was in dieser Zeit durch eure gemeinsame Anstrengung entstanden ist.« David schwieg. »Es mag sein, dass ich dir gefehlt habe, jedoch hast du trotzdem die Ärmel aufgekrempelt und hier etwas geschaffen.«

»Aber ich wollte mich umbringen.«

»Was glaubst du, wie oft ich mich in der Zeit auf Sublimar töten wollte?«, fragte Terv ernst. »Oh nein, ich habe ja ein ewiges Leben ergaunert und dieser Weg ist mir verschlossen.«

Er hielt inne. Mit einem unendlich sanften Gesichtsausdruck strich er David das Haar aus dem Gesicht. »Du hast immer noch nicht verstanden, was wahre Stärke bedeutet. Bestimmt nicht das, was hier auf der Erde als Männlichkeit tituliert wird. Du hältst mich sicher für unglaublich maskulin.«

David nickte. Das, was Terv da sagte, machte ihn betroffen. Tervenarius nahm sich nicht als der gute, nein brillante, Mann wahr, den er selbst in ihm sah.

»Dann will ich dir erzählen, was ich auf Sublimar gemacht habe.« Er senkte den Kopf und David spürte, wie schwer ihm das kommende Geständnis fiel: »Ich habe dort als Lustsklave gearbeitet.«

»Was?«

»Als Hure – gegen Bezahlung.«

Dieses Eingeständnis ließ David senkrecht im Bett hochfahren. Er blickte fassungslos auf den ruhig daliegenden Terv. Der hatte mit anderen Männern gevögelt, während er, David ... Nun gut, einen Versuch hatte auch er gemacht in

Bruces Wohnung, aber danach ... Mit wie vielen Männern mochte Terv in diesen Jahren geschlafen haben? Gegen Bezahlung? Das passte doch überhaupt nicht zu Tervenarius.

»Wa ... , warum?«, brachte er endlich hervor.

Terv blieb ruhig liegen. Er starrte lediglich vor sich hin, als würde er mit sich selbst sprechen: »Ich kam nackt und verwirrt auf Sublimar an, fiel vor der Hauptstadt ins Meer. Ein Mann in einem Boot entdeckte mich. Ein außergewöhnliches Gefährt, denn es hatte zwei Squalis vorgespannt.« Nun richtete er sich doch auf, stützte den Kopf in die Hand und blickte David an. »Die Auraner leben in Symbiose mit diesen Wesen, die aussehen wie gefleckte Delfine. Die Squalis geben den Auranern ihre Milch, von der sie sich ernähren. Im Gegenzug knabbern diese Tiere die Haut ihrer Besitzer ab, die ihnen gut zu schmecken scheint. Auraner und ihre Squalis sind lebenslang gebunden.«

Was hatte das mit seinem schockierenden Geständnis zu tun? David wollte ihn jedoch nicht unterbrechen.

»Es ist also schwierig, Squalimilch zu bekommen. Sie wird nur selten verkauft und wenn überhaupt, benötigt man dafür Serica. Du erinnerst dich an mein Gewand?« David nickte. »Diesen Stoff verwendet man auf Sublimar als Zahlungsmittel. Aber zurück zu meinem Retter. Der war sehr nett und gastfreundlich. Ich erhielt ein eigenes Zimmer in seinem Haus in Sublimar-Stadt und Milch, um meinen Kefir herzustellen.«

Terv ließ den Kopf ins Kissen sinken. Er starrte vor sich hin. »Sublimar ist ein heißer Planet mit zwei Sonnen. Die Hauptstadt ist in und auf ein riesiges Riff gebaut. Man hat die Verwaltungsgebäude, Museen und öffentliche Einrichtungen oben angesiedelt. Die unzähligen Behausungen der Auraner kleben wie kleine, weiße Klötzchen tiefer gelegen rund um diese Bauwerke an der Klippe. Jedes Haus hat Zugang zum Meer, um den Squalis Einlass zu gewähren.«

David hatte seinen Schock überwunden. Die Geschichte begann, ihn zu faszinieren. Er ließ sich neben Terv sinken und lauschte aufmerksam.

»Das Domizil meines Gastgebers befand sich oben im Vergnügungsviertel. Die Gebäude sind nach außen fensterlos, die Gassen schmal und die Hitze steht brütend darin.« Tervenarius hielt in Erinnerung inne. »Ich brauchte eine Weile, bis ich verstand, dass die Bewohner seines Hauses Prostituierte waren. In diesem Moment legte mir der Besitzer Semhan nahe, eine Gegenleistung für seine Gastfreundlichkeit zu erbringen.«

»Warum bist du nicht einfach gegangen? Die Forderung war ja wohl absolut dreist«, erboste sich David.

Terv schüttelte den Kopf. »Squalis binden sich nicht an Fremde, und ich sah keine Möglichkeit, irgendwie an Serica zu kommen, um Milch zu kaufen. Ich ließ es allerdings langsam angehen und setzte Regeln für meine Dienste fest.« Nun blickte Terv ihn an – die Augen wie flüssiger Honig. »Ich habe ihnen kein Sperma gegeben und war grundsätzlich passiv. Ich wollte, dass einige Dinge nur dir gehörten. Ich wusste zwar nicht, ob ich dich jemals wiedersehen würde, aber das war mir gleichgültig. Gegen alle Widerstände, und obwohl ich stark bedrängt wurde, blieb ich tatenlos.«

»Du hast dich von ihnen durchnehmen lassen«, krächzte David. »Die ganzen Jahre.« Tervs anfänglich interessanter Reisebericht hatte sich in einen Alptraum verwandelt. »Du hättest gehen müssen, kämpfen. Gleichgültig, was dich danach erwartete. Du bist stark, ein Krieger. Und dann machst du so etwas?« Während er das sagte, flüsterte eine leise Stimme in ihm, dass auch er nicht standhaft geblieben war. Er war vier Jahre lang getaumelt wie ein Blatt im Wind. Aber doch nicht Terv! Sein Schatz als benutzbares Opfer. Er konnte es kaum glauben.

Tervs Gesicht hatte sich in eine steinerne Maske verwandelt. »Es war die Strafe«, antwortete er rau. »Die Buße. Es war das, was mir gebührte nach all der Zeit.«

»Buße? Wofür denn?« Davids Stimme klang aufgebrachter, als er es beabsichtigt hatte. Hatte er überhaupt über Terv zu richten? Der war durchs All geflogen, willenlos dem zwingenden Ruf folgend. Dann nackt ins Wasser gestürzt, allein und entwurzelt. Ein Mann, der schon sehr alt war. David wusste nicht viel aus Tervs Vergangenheit. Was hatte er in dieser langen Zeit erlebt? Bestimmt hatte er einige Liebhaber und Beziehungen, auch Freunde gehabt. Und wo waren die? Er hatte sie sterben sehen. Oder nicht? Vielleicht lebten ja noch etliche auf Duonalia. Er hatte Terv nie gefragt. Seine Versicherung, dass da niemand mehr war, an dem sein Herz hing, hatte David gereicht.

David blickte zu Tervenarius. Der war still geworden.

»Es gibt viele Dinge, die du nicht weißt, David«, antwortete er schließlich.

Ja, dieser Satz bestätigte seine Gedankengänge. Aber er konnte eine solche Sache unmöglich auf sich beruhen lassen. »Dann klär mich auf.« Er war nicht mehr der kleine Junge, den man beschützen musste. Nur wenn er die harte Wahrheit kannte, konnte er damit umgehen. »Du weißt, dass du mir vertrauen kannst.«

Terv hatte sich angespannt erhoben und auf die Bettkante gesetzt, den Kopf in den Händen vergraben. David sah, wie er mit sich kämpfte.

»Auf der Erde würde man sagen, dass ich die Pest bin, David«, begann er. »Mein Dorf, Tamelis, auf dem östlichen Mond, existiert es nicht mehr. Dafür gibt es auf Duonalia eine Krankheit dieses Namens, die allerdings inzwischen als ausgestorben gilt. Kein Wunder, denn ich bin der Verursacher.«

David schwang die Füße aus dem Bett und setzte sich eng neben seinen Freund. Nun kam etwas Ungeheuerliches, das fühlte er. Deshalb wagte er nicht, den Arm um Tervenarius zu legen, der seine Berührung in diesem Moment sicherlich abgeschüttelt hätte. Er schien völlig in sich gezogen, wie eine Schnecke in ihr Häuschen.

»Ich hatte auf Duonalia keinen leichten Stand. Die Bewohner dort sind nicht viel anders als auf der Erde, was das Ausgrenzen von Andersartigen angeht. Ich hatte schon als kleines Kind gespürt, dass es unklug war, die eigenen Fähigkeiten preiszugeben, aber du kennst das ja – die Leute wittern das Anderssein.«

David nickte, obwohl Terv ihn nicht ansah. Oh ja, das kannte er als Schwuler.

»In der Schule rotteten sich die Halbwüchsigen zusammen, mit dem Ziel, mich zu quälen. Einer war besonders schlimm. Ein Junge namens Tacco. Gewöhnlich lauerten sie mir auf dem Weg zwischen dem Fundamentum und dem Windschiff auf, mit dem ich nach Hause fuhr. Im Dorf dann prahlten sie mit ihren Heldentaten und wurden von den Erwachsenen belächelt, wenn nicht sogar gelobt. Meine Pflegemutter stieß ebenfalls in dieses Horn und verbreitete, dass sie ja nicht meine Mutter sei und mich mundfaules und störrisches Geschöpf nur widerwillig aufgenommen habe. Ich stand allein.« Terv rieb sich die Stirn, als würden ihn Kopfschmerzen plagen und sprach weiter. »Ich habe das Dorf und seine Bewohner gehasst. Wir wuchsen heran und wie bei allen Duonaliern in einem gewissen Alter erwachte die Sexualität und wurde thematisiert. Und wieder war bei mir irgendetwas anders, auch wenn sie nicht erfassen konnten, was es war.«

David lauschte gespannt. Terv hatte die Leute gehasst. Er schluckte trocken. Fast ahnte er, wohin die Geschichte steuerte.

»Es war an einem Tag nach der Schule. Ich war von einem Lehrer festgehalten und befragt worden und hatte deshalb das Windschiff verpasst. Ich stand am Hafen, als sich die altbekannte Horde meiner Klassenkameraden näherte, Tacco an der Spitze. Sie beschimpften mich, schlugen mich und zwangen mich, mein Gewand auszuziehen. Dann folgten Witze über mein Geschlechtsteil, und dass ich ja damit niemals etwas zu Stande brächte.« Terv schüttelte angewidert den Kopf. »Ich schämte mich entsetzlich, zumal eine Frau mich so schmutzig, angespuckt und nackt auf dem Boden liegen sah. Es war demütigend und entwürdigend.«

Nun wagte David, seine Hand tröstend auf Tervs Knie zu legen. Der hob den Kopf und sah ihn an, als würde er jetzt erst begreifen, dass er die ganze Zeit zu ihm gesprochen hatte. Jedoch sah er das Verstehen in Davids Gesicht. Ja, David verstand ihn. War er nicht selbst so oft wegen seiner Sexualität gehänselt, verstoßen und diskriminiert worden? Ihm war allerdings das Glück beschert gewesen, Eltern zu haben, die felsenfest hinter ihm gestanden hatten.

»David, du kannst dir kaum vorstellen, was all die Jahre der Demütigung in mir angerichtet haben. Ich rächte mich gnadenlos.« Terv legte seine Hand auf Davids Handrücken.

»Nach diesem Erlebnis war meine Grenze erreicht. Ich schnappte mir Tacco allein. Ich hatte mir bereits das passende Sporensortiment zurechtgelegt: Zuerst verklebte ich ihm den Mund mit weißen Klebesporen, damit er nicht schreien konnte. Ich stieß ihn von den Füßen und prügelte auf ihn ein. Und dann ... und dann ...« Terv brach ab.

»Du hast ihn umgebracht? Was hast du getan?«, fragte David mit leiser Stimme.

»Ich habe ihn vergewaltigt, David.«

David stieß schnaufend die Luft aus.

»Er lag auf dem Bauch auf dem Boden, wollte davonkriechen. Hob das Hinterteil dabei an. Sofort schoss mir durch den Kopf, dass ich ihn spüren lassen würde, wozu mein Schwanz fähig ist.« Terv raufte sich das Haar.

»Warum mache ich das immer wieder? Auch damals mit dir in der Garage. Natürlich bin ich inzwischen viel kontrollierter. Meine Wut ist anders, kälter. Jedoch genau so heftig und unvermittelt. Ich habe Angst davor, David, hatte sogar den Gedanken, mir das Glied abzuschneiden. Aber das würde höchstwahrscheinlich wieder nachwachsen.«

Völlig erschüttert starrte David vor sich hin. Für diese Sache hatte Terv büßen wollen, indem er sich von auranischen Kerlen durchficken ließ. Er schluckte die aufkeimenden Tränen hinunter. Weinen war keine Lösung.

»Und was geschah dann?«

»Ich bin einfach weggegangen. Ins Dorf. Und ich habe mich an allen gerächt. Ich wählte mikrofeine, giftige Sporen einer duonalischen Waldpflanze und bin durch die Straßen des kleinen Ortes gegangen. In jedes Haus ist die Sporenwolke gezogen. Nein, sie sind nicht sofort gestorben. Sie sind allmählich dahingesiecht – ihre Körper sind langsam verfault. Männer, Frauen und Kinder. Die duonalischen Wissenschaftler und Ärzte waren ratlos. Sie gaben der Krankheit den Namen des ausgestorbenen Dorfes 'Tamelis'.«

»Und Tacco?«

»Der hat sich in der Nacht nach dem Missbrauch das Leben genommen.«

Was für eine entsetzliche Geschichte. Völlig schockiert saß David neben dem zusammengesunkenen Terv auf der Bettkante. »Wie lange ist das her?«

»Wie gesagt, ich war halbwüchsig. Ein menschliches Alter vielleicht von vierzehn oder fünfzehn Jahren. Ich habe danach keine Sporen mehr eingesetzt. Bis ich Solutosan traf. Er half mir meine Fähigkeiten zu beherrschen, machte mir klar, dass ich mit ihnen auch Gutes bewerkstelligen kann. Er war immer der Meinung, dass ein Mann sich nur für eine Seite konsequent entscheiden müsse. Und das habe ich getan, als ich durch das Sternentor ging.«

Die Sache war also fast tausend Jahre her. Und diese Last hatte so lange auf seinen Schultern geruht.

»Ich habe auf Sublimar gebüßt, David. Habe die Gewalt der Männer angenommen. Ich hatte das Gefühl, dass jeder Schwanz ein Stück der schweren Schuld aus mir heraustrieb. Ich habe gelitten, du fehltest mir. In den frühen Morgenstunden kamen Trauer und Tränen, wenn die Tortur vorüber war. Als dann Solutosan in der schmalen, stickigen Gasse vor mir stand, wusste ich, dass meine Strafe vorbei war. Ich bin geläutert aus der Sache hervorgegangen.«

»Terv, der Vorfall auf Duonalia ist ewig lange her. Wie kamst du nur auf die Idee, in diesem Moment dafür sühnen zu müssen?«

Tervenarius hob den Kopf und sah ihn an. »Du glaubst, dass Zeit irgendeinen Unterschied macht? Nein, man muss für alles, was man tut, geradestehen. Und für Schlechtigkeiten muss man büßen, früher oder später.«

David riss sich zusammen. Terv warf die alte, duonalische Geschichte und den Gewaltausbruch am Anfang ihrer Beziehung in einen Topf. Das musste er vorrangig klären. »Hör zu. Was uns angeht und den Vorfall in der Garage: Ich habe dir längst verziehen. Ich hatte dich monatelang angebaggert und provoziert. Das, was du tatest, war von mir gewollt. Ich hatte vor, dich aus der Reserve zu locken. Ich musste dich unbedingt haben.«

Bei seinen Worten erschien auf Tervenarius' Gesicht ein bitteres Lächeln. »Und jetzt hast du mich. Einen Massenmörder. Die Bacanis, die auf mein Konto gehen, habe ich noch nicht mitgezählt.«

Dieser Satz erboste David: »Ihr hattet den Auftrag, die Feinde deines Volkes zu eliminieren. Das war ein völlig korrekter Feldzug. Wie kannst du diese beiden Sachen nur vergleichen? Ich selbst hatte auch schon Mordgelüste. Und das nicht nur ein Mal. Die Narbe hier ...«, er deutete auf seine Stirn, »ist von einem Schwulenhasser, der mit einem zerbrochenen Bierglas grundlos auf mich losgegangen ist. Was denkst du, was ich da empfunden habe? Ich hätte ihn und seine ganze Sippschaft umbringen können.« Er redete sich in Rage. »Ich könnte diesen Leuten, die nicht begreifen, dass man sich Homosexualität nicht aussucht, die uns mit Worten und Taten Gewalt antun und uns keinen Frieden gönnen, mit bloßen Händen die Köpfe aufreißen und Verstand einpflanzen. Du hast im Affekt gehandelt und du hattest die Möglichkeit dazu. Mich ärgert an der Sache nur, dass diese Dorfbewohner einfach nur krepiert sind, ohne zur Einsicht gekommen zu sein, dass nur ihre eigene Intoleranz und Gemeinheit ihren Tod verursacht hat.« David schnaufte.

Tervs nachdenklicher Blick ruhte auf seinem Gesicht. Dann schüttelte er den Kopf. »Du verteidigst mich ja wie eine Mutter ihr Junges. Es ist typisch für dich, das so zu sehen.«

»Nun ja, du hast eine drastische Maßnahme gewählt. Haben sich die Leute nicht gewundert, dass du als Einziger überlebt hast?«

Tervenarius streckte die Beine lang aus und David fühlte, dass er sich allmählich entspannte. »Doch, natürlich. Ich galt als das resistente Wunderkind. Sie brachten mich ins Silentium. Dort widersetzte ich mich allerdings allen Forschungsversuchen. Irgendwann ließen sie mich in Ruhe und ich konnte ungestört anfangen, Mykologie und Mikroorganismen zu studieren. Etliche Zyklen später schlug mir die duonalische Regierung vor, mich den Duocarns anzuschließen.«

David ließ sich erschöpft nach hinten in die Kissen fallen. Er fühlte sich ausgelaugt. Das war in der Tat eine heftige Geschichte. Er hatte ja mit Vielem gerechnet, aber damit nicht.

Versonnen blickte er in den mannsgroßen, runden Spiegel, den Terv über ihrem Bett hatte anbringen lassen. Er sah immer noch dünn und blass aus. Er streckte die Hand aus und spielte mit Tervs silberweißem Haar, das ihm lang den Rücken hinunter floss. Empfand er das, was dieser auf Sublimar getan hatte, als Fremdgehen? Nein. Tervenarius hatte einen Teil seiner Sexualität vor den Auranern verborgen gehalten. Aus Liebe zu ihm. Das war der Wahnsinn. Die ganze Geschichte war irrsinnig. Er beschloss, zur Tagesordnung überzugehen.

»Ich würde vorschlagen, dass ich jetzt einen monströsen Kakao mit tausend Kalorien trinke, und danach legen wir uns ins Bett. Ich werde mich aufbauen, bis ich wieder meine alte Kondition habe. Dann gehen wir nach Duonalia, helfen den Duocarns und ich besuche das Sternentor.«

Tervenarius drehte sich erstaunt zu ihm um und entzog ihm so die Haarsträhne. »Du willst mich noch? Willst an meiner Seite bleiben?«

David musste über sein Gesicht und die aufgerissenen Augen lächeln. »Natürlich. Was hat sich denn geändert? Du bist der Meinung, dass du für deine Taten gebüßt hast. Also ist der Fall auch für mich erledigt. Und solange du deine Wutausbrüche kontrollierst und sie lediglich dazu benutzt, mich gelegentlich liebevoll übers Knie zu legen, ist das für mich völlig in Ordnung.« Mit diesen Worten streckte er die Arme nach seinem Schatz aus, der sofort mit glänzenden Augen zu ihm kam.

Das diamantenbesetzte Smartphone auf Davids Nachttisch zeigte den 18. Januar 2010.

Er hatte sich erholt, sah frisch und fit aus, aber ihm war speiübel. David empfand eine derartige Angst, dass seine Hände zitterten. Die Abreise fand im Wohnzimmer des Duocarns-Hauses statt, und bis auf Smu, Terv und ihn hatten bereits alle die Erde verlassen.

»Du brauchst keine Angst zu haben. Ulquiorra ist wirklich versiert und erfahren, was die Transporte angeht – und er hat auch schon Menschen begleitet. Maureen zum Beispiel«, versuchte Terv ihn zu beruhigen. Er stand in seinem wunderschönen Serica-Gewand neben ihm und schob nun beschützend den Arm um seine Schultern.

In diesem Moment traten Ulquiorra und Smu durch den wild rotierenden, strahlenden Ring und waren verschwunden. »Das ist eine Mischung aus Stargate, Farscape und Star Trek«, keuchte David. Er presste die Hand auf seinen rebellierenden Magen.

Tervenarius sah ihn fragend an. »In Stargate gibt es so ein Tor, Reisen durch ein Wurmloch bei Farscape und Beamen bei Star Trek«, erklärte David.

Verdammt, schoss es ihm durch den Kopf. Alle machen es, auch die Menschen. Maureen und Smu sind schon drüben. Ich darf mich nicht lumpen lassen. Scheiße, David, reiß dich zusammen!

Der Reif erschien erneut und der lächelnde Ulquiorra stand vor ihm. »Kommst du, David?«

Der große Duonalier in dem weißen Gewand sah ihm seine Angst natürlich an. »Wenn du willst, halte ich deine Hände zusätzlich fest. Mir ist nie wieder ein Passagier verloren gegangen.«

»Nun brüllen ja auch keine Sternengötter mehr im Universum herum«, bemerkte Terv mit einem ironischen Unterton.

Das brachte David zum Lachen.

»In Ordnung, ich mach's.« Es war die einzige Art, um nach Duonalia zu gelangen und bei Terv zu bleiben. Außerdem hatte er noch einen viel waghalsigeren Schritt vor: Er wollte durch das Sternentor gehen, um unsterblich zu werden. Vielleicht würde das Sternentor ihn umbringen, in ein Insekt verwandeln oder so etwas. Mit Ulquiorra zu reisen, war dagegen so sicher wie sich auf eine Kirchenbank zu setzen. Das redete er sich zumindest in diesem Moment ein.

Entschlossen trat er hinter Ulquiorra, der sich vor dem Tor positioniert hatte. David starrte durch den flirrenden Ring in die unendlich schwarze Tiefe des Weltalls und legte tapfer die Arme um Ulquiorras Mitte. Sofort fühlte er dessen kühle Hände, die seine umfassten. Der Torwächter hatte einen festen Griff und war stärker, als David ihm zugetraut hatte.

»Wir sehen uns gleich drüben«, erklärte Terv, aber David wagte nicht, den Kopf zu ihm zu drehen.

»Komm!« Ulquiorra machte einen Schritt nach vorne und zog David mit sich.

Schwarz und Gold. Sie befanden sich in einem tiefschwarzen Raum, von dem David fühlte, dass dieser fähig war, sämtliches, existierendes Licht zu verschlucken. Trotzdem flirrte die Gestalt vor ihm unbeirrbar strahlend hell. Ulquiorra hatte sich in flüssiges Gold verwandelt. David bemühte sich, die Augen so stark zu verdrehen, dass er seine eigene Schulter ins Blickfeld bekam. Die schien ebenfalls aus einer schillernden Materie zu bestehen. Er schluckte testweise, versuchte Luft zu holen. Er fühlte sich unverändert. Aber das war unmöglich. Er befand sich im All auf einer unendlich weiten Reise. Kein menschlicher Leib konnte das überleben. Ulquiorra hatte ihn eindeutig ebenfalls verwandelt. Seltsamerweise beunruhigte ihn das nicht. Er spürte nach wie vor Ulquiorras Hände auf seinen, der in diesem Moment noch fester zudrückte. War die Reise zu Ende? Der Duonalier zog ihn mit, zwang ihn einen weiteren Schritt zu tun.

David blinzelte. Er stand vor dem Tor im Licht einer fahlen, hellgelben Sonne im Innenhof eines Hauses aus weißem Gestein. Verblüfft blickte er auf eine Ansammlung von Leuten, die teilweise auf bequemen Flechtmöbeln saßen oder mit Bechern in der Hand herumstanden, sich unterhielten und lachten. Eine Party.

Ulquiorra ließ ihn los. »Oh, hast du Donakuchen gemacht,

Maureen? Ich gehe schnell Tervenarius holen. Hebt mir ein Stück auf.« Mit offenem Mund sah David ihm nach, wie er erneut in seinem Energietor verschwand.

Menschen, Duonalier? Verwirrt versuchte David zu verstehen, wen er dort alles vor sich sah. Vier Duocarns: Solutosan, Xanmeran, Patallia und Meodern, die ihm grüßend zunickten. Unfassbar, das hübsche junge Mädchen mit den rotgoldenen Locken, das ihm vergnügt zuwinkte, konnte nur Halia zu sein. Wie war es möglich, dass sie schon so groß war? Ach ja, er war auf Duonalia. Dort verging die Zeit anders und war nicht mit irdischen Maßstäben zu messen. Der bunte Smu stand bei Maureen, die aus vollem Hals lachte. Sie schienen sich zu kennen. Die ganze Gesellschaft machte einen ausgesprochen fröhlichen und friedlichen Eindruck.

Patallia kam auf ihn zu. »Herzlich willkommen auf Duonalia, David. Wir sind hier in der Karateschule, die Xan und Maureen aufgebaut haben. Möchtest du etwas trinken?« Patallia lächelte und wie immer, wenn er das tat, verwandelte sich sein Gesicht und er wirkte schön wie ein Gott. David kannte diesen Effekt, was jedoch nichts an dessen Faszination änderte.

»Ja gerne«, krächzte er. »Gibt es auf Duonalia Wasser?«

Smu war zu ihnen getreten. »Hier, nimm mein Wasser. Das trinke ich lieber. Ich bin kein großer Dona-Fan. Esse ich nur, wenn ich am Verhungern bin.« Er hatte seine Piercings bis auf seine unzähligen Ohrringe und einem Diamanten im Nasenflügel entfernt. Nichtsdestotrotz wirkte er mit seinem vielfarbigen Haar wie ein knallbunter Paradiesvogel, das nicht so recht zu dem wallenden, weißen Gewand passen wollte, das er trug. Er schenkte David ein aufmunterndes Lächeln und wandte sich dann Patallia zu.

»Danke, Smu.« David nippte vorsichtig. Es war wirklich Wasser, mit einem mineralischen Beigeschmack. Dankbar trank er den Becher leer.

Er sah, dass Patallia die Hand auf Smus Handgelenk gelegt hielt. Der Privatdetektiv wirkte ein wenig blass um die Nase. Der Transport hatte ihn mitgenommen. Er blinzelte vertraulich. »Ich für meinen Teil muss mich erst einmal einen Moment erholen. Ich finde diese Art zu Reisen etwas gewöhnungsbedürftig. Ich fühle mich, als hätte Ulquiorra mich in Einzelteile zerlegt und wieder zusammengesetzt.«

»Was er wohl auch getan hat.« Patallia grinste verschmitzt. Er wandte sich an David. »Solutosan hat für morgen nach dem Frühstück ein Treffen in der Übungshalle anberaumt. Bitte informiere Tervenarius darüber.« Er lächelte aufmunternd. »Ich habe noch eine kleine Attacke auf dich vor. Wir sprechen hier der Einfachheit halber duonalisch. Deshalb möchte ich dir nun Übersetzermikroben injizieren, damit du alle verstehen kannst.«

Smu nickte und grinste schief.

»Ähm, Übersetzermikroben? Und du glaubst, ich beherrsche danach eine andere Sprache?«, fragte David ungläubig.

»Was meinst du, wieso die Duocarns so gut Englisch können? Die haben mit den Mikroben nachgeholfen«, flachste Smu.

Patallia lächelte wenig beeindruckt. David wusste, dass dessen zweite Gabe die der Sprachen war. Pat stellte für ihn, was seine Fähigkeiten anging, so etwas wie die Neuauflage des Androiden Data vom Raumschiff Enterprise dar.

»Du wirst nach der Injektion etliche Sprachen beherrschen, David. Soweit ich weiß, haben die duonalischen Forscher kürzlich die Mikroben noch geupdated. Ich habe mir die neuste Fassung beschaffen können.« Mit diesen Worten zog Patallia eine kleine Spritze aus der Tasche seines Gewands.

»Wow!« Das war umwerfend! Natürlich wollte er duonalisch verstehen und sprechen. David streckte Patallia seinen Arm hin. Der Arzt trat näher, schob ihm den Ärmel hoch und entleerte mit einem kleinen Stich die Spritze in den Muskel seines Oberarms. »Du hast prima zugenommen, und wie ich sehe, ist auch die Muskulatur wieder wunderbar ausgebildet«, meinte Pat mit einem Blick auf seinen Arm.

»Ja, die Aufbaupräparate haben Wunder gewirkt«, bestätigte David. Er stockte. Hatte er nun Englisch gesprochen? »Moment mal...« Pat und Smu grinsten bis über beide Ohren. »Ich kann es! Das ist unglaublich.« Er freute sich wie ein kleines Kind. Jetzt konnte er mit Terv in seiner Heimatsprache reden. Die Sprache, die so rollend, singend und exotisch klang wie der Gesang eines Dschungelvogels.

»Danke Patallia.« Er war auf Duonalia. Also verbeugte David sich leicht, was Pat mit einem Lächeln erwiderte und sich dann Smu zuwandte.

Tervenarius? David sah sich um. Wo blieb Terv nur? Er schluckte, um der Beklemmung Herr zu werden, die sich bei diesem Gedanken in seiner Brust ausbreitete. Was, wenn seinem Schatz wieder etwas passiert war? Im gleichen Augenblick flirte das Tor erneut in dem Hof und Ulquiorra trat mit Tervenarius auf den gepflasterten Innenhof. David fiel vor Erleichterung ein Stein vom Herzen. Er strahlte Terv an, der sofort zu ihm kam. »Alles okay?«

Er nickte, obwohl er seinem Schatz am Liebsten in die Arme gestürzt wäre. Aber Ulquiorra war in der Nähe und er wusste von dessen Vorbehalten Männerliebe betreffend. »Eine unglaubliche Art zu Reisen, Terv. Ich fühle mich wie mitten in einem Science-Fiction-Film. Hast du gehört, ich spreche duonalisch«, setzte er stolz hinzu.

»Du musst mir gleich eine Menge Unmoralisches auf duonalisch erzählen«, raunte Terv und David spürte, wie diese Ankündigung in seinem Unterleib eine leichte Unruhe verursachte. In Tervs Augen erschien ein Leuchten. Er sprach laut weiter. »Du kennst ja alle – mehr oder weniger. Das Weniger wird sich ändern, da wir ja eine Weile hier sein werden. Ich zeige dir jetzt mal unser Zimmer.«

Ohne auf Davids Antwort zu warten, legte er den Arm um seine Schulter und führte ihn zu einer zweiflügeligen Tür, die den Blick auf einen geräumigen Raum mit einem hellen Holztisch und weiteren Flechtstühlen freigab. Eine Küche.

»Ich soll dir von Patallia sagen, dass morgen nach dem Frühstück ein Treffen in der Übungshalle stattfindet.« Er hatte Tervs heiße Ankündigung schlagartig vergessen, denn die neue Umgebung war einfach zu interessant. Fasziniert betrachtete David die ihm fremden Küchenutensilien und etliche in die Wände eingelassene, kleine Steintüren. In einer Ecke thronte eine Art Steinofen, aus dem blaues Licht schimmerte. Auf den Fensterbänken wucherten diverse kunterbunte Pflanzen, die dem Raum etwas Heimeliges gaben. Terv nickte, ergriff seine Hand und zog ihn weiter.

Gehorsam lief David neben ihm her. »Bist du schon hier gewesen?«

»Ja, als die Fabrik noch aktiv war. Alle duonalischen Häuser sehen in etwa gleich aus. Sie haben einen Innenhof, nach außen kaum Fenster und einen rundum laufenden Flur. An der Kopfseite ist meistens der Küchentrakt. Das hier ist ja eine ehemalige Donafabrik. Deshalb gruppiert sich nicht nur das Wohnhaus, sondern auch noch die alten Produktionsstätten um den Innenhof.«

»Was ist denn aus den Leuten geworden, die hier gearbeitet haben?«

»Die sind den Bacanis zum Opfer gefallen.« Seine Stimme wurde rau. »Die Bacanis benutzen Nahrungsmittelentzug, um die Duonalier gefügig zu halten – die wenigen, die sie noch nicht aussortiert haben. Sie haben offensichtlich nur die Leute am Leben gelassen, die ihnen mit ihrer Ausbildung oder ihren Gaben von Nutzen sein können. Das heißt, dass sie nur die einfache Bevölkerung dezimiert haben, und die Schöngeistigen, Künstler, Musiker, Religiösen und Alten.« Er blieb stehen und blickte David ernst an. »Wir müssen das stoppen, David. Es ist kein Spaß, was wir hier machen. Du hast die Bacanis gesehen, kennst ihre Fähigkeiten. Die Intelligentesten aus den Rudeln haben sich als Führer zusammengeschlossen. Sie sind brandgefährlich.«

David nickte, obwohl ihm in diesem Moment die Angst die Zähne zusammenbeißen ließ. Er kannte sich überhaupt nicht auf dem Planeten aus. Alles war neu. Er würde doch eher ein leichtes Opfer als eine Hilfe sein. Terv betrachtete ihn nachdenklich. Dachte er etwas Ähnliches?

»Du befürchtest, dass du nur im Weg stehst? Das wird nicht passieren, denn dafür bist du schon zu gut ausgebildet, David. Denk an deine gute Nahkampftechnik und an die Waffe unter deinem Gewand.«

Ja, das stimmte. Er hatte sich auf Tervs Anraten hin bewaffnet und trug eine Smith & Wesson samt Munition in einem Schulterholster unter der weiten Kleidung. Ulquiorra hatte seine Transport-Technik zwischenzeitlich verfeinert, so dass Kleidung und kleinere Gegenstände heil blieben.

»Glaubst du, dass der Revolver zum Einsatz kommen wird?«

»Ich hoffe es nicht. Wir haben das Virus als Druckmittel.« Er hielt inne. »Lass uns die Diskussion darüber auf morgen verschieben, ja? Heute schaust du dir erst einmal alles an. Du wirst eine Art Jetlag bekommen und in einer Weile schlagartig müde werden.« Terv ergriff tröstend seine Hand.

Sie verließen die Küche und stießen auf einen langen, weiß gestrichenen Gang, in dem sich etliche Türen befanden. David betastete die Türblätter, aber konnte nicht feststellen, woraus sie gefertigt waren.

»Was ist das für ein Material, Terv?«

Der blieb kurz stehen. »Dona.«

»Dona? Ich denke, das ist das Hauptnahrungs- und Zahlungsmittel.«

Sie liefen weiter.

»Ja, auch. Dona ist äußerst vielseitig. Du wirst staunen, was daraus gemacht werden kann. Aus dem, was wir nicht essen, quasi aus den Abfallprodukten, dem Donastroh, wird alles Mögliche gefertigt, da Holz auf Duonalia rar ist. Die Duonalier wären begeistert, könnten sie die riesigen Wälder in Kanada sehen. Aha, hier.« Terv stand vor einer Tür, auf die mit roter Schrift ein Zeichen gepinselt war. David blickte den Gang entlang. Sämtliche in diesem Teil des Hauses befindlichen Türen trugen dieses Symbol.

»Was heißt das?«

Terv betrachtete die Schrift. »Das bedeutet so etwas wie „Willkommen Gast". Komm rein.«

Das dahinter liegende Gästezimmer war klein und besaß kein Fenster. Die durch den milchig-transparenten Deckenbereich dringende Helligkeit tauchte die grob strukturierten, weißen Wände sowie die spärliche Einrichtung in ein mildes Licht. Den Mittelpunkt bildete ein stabil wirkendes Bett mit einer beigefarbenen Matratze. In einer Ecke des Lagers stapelten sich gefaltete, bunt gewebte Decken und einige Kissen. Außerdem befand sich eine Kombination aus Regal und Kommode an einer Seitenwand. Die andere Wand zierte eine eingelassene Feuerstelle, die Ähnlichkeit mit den Ethanolkaminen auf der Erde besaß. Die grünblaue Pflanze in einer Zimmerecke verbreitete mit einigen winzigen, blauen Blüten einen betörenden Duft.

»Oh! Das ist schön!« David fühlte sich an einen Urlaub in Mexiko erinnert. Aber nur fast, denn sämtliche Materialien waren ihm unbekannt. Er nahm sich augenblicklich vor, deren Herstellung zu erforschen. Häuser und Baustoffe – sein Ehrgeiz als Wohnexperte war geweckt.

Terv ließ sich in die Kissen fallen und beobachtete ihn, wie er im Zimmer umherlief und alles betastete. »Freut mich, dass es dir gefällt. Wir werden eine Weile hier sein. Ob das Bett breit genug ist für uns beide?«

David wandte sich um. Er war auf Duonalia. Mit ihm. Er machte im Moment die phantastischste Reise, die ein Mensch jemals gemacht hatte. Vor ihm lag der Außerirdische, den er liebte wie verrückt. Hätten die Umstände es erfordert, mit Terv wochenlang auf einem riesigen, stacheligen Blatt zu nächtigen, das in einhundert Meter Höhe über einer Schlucht hing, er wäre dazu bereit gewesen.

Terv deutete seine Miene richtig, denn ein Strahlen erschien auf seinem Gesicht.

»Komm her, David.«

Das Frühstück bestand aus Donamilch, was David nicht weiter verwunderte. Der von Ulquiorra erwähnte Donakuchen entpuppte sich als eine schnittfeste, weiße Masse. David erinnerte er an eine Mischung aus Tofukäse und Quarkkuchen. Er schob sich davon unauffällig ein Stück in den Mund, denn er wollte Maureen nicht beleidigen, falls es nicht seinen Geschmack traf. Nur Smu, der ihm gegenübersaß, hatte diesen Handgriff gesehen und grinste breit. Der Donakuchen schmeckte sauer und salzig zugleich und erinnerte David an ein schleimiges und doch krümelig, festes Meerestier. Ohne die Miene zu verziehen, schluckte er das Stück schnell hinunter und spülte mit Wasser nach. Er zwinkerte dem weiterhin grinsenden Smu zu. In dem verrückten Kerl hatte er offensichtlich einen Freund gefunden. Das war cool.

Ihm gefiel auch, dass die Tischrunde sich so lebhaft gab. Die Duocarrs schienen sich auf ihrem Heimatplaneten allesamt entspannt und wohl zu fühlen. Selbst Solutosan, der zwischen Xan und Maureen saß, lächelte mehr als sonst und unterhielt sich angeregt.

»Na, David, der Donakuchen ist scheinbar nicht so deins?« Maureen, die ihren blonden Haarschopf zu einem Pferdeschwanz gebunden trug, blinzelte ihm fröhlich zu. »Keine Sorge, man gewöhnt sich daran. Allerdings habe ich eine gute Nachricht. Patallia hat mir ein wenig Zucker von der Erde mitgebracht, und den nächsten Kuchen mache ich für dich süß. Du magst doch Süßes?«

David nickte und bedachte Terv mit einem Seitenblick. Der nahm einen tiefen Schluck aus seinem Becher, während seine Mundwinkel amüsiert zuckten. David ignorierte ihn. Die Zeiten, in denen ich durch so etwas rot geworden bin, sind vorbei, dachte er, und spürte im gleichen Moment das Blut in seine Wangen schießen.

»Du musst mir einmal das Rezept verraten«, antwortete er, um die für ihn peinliche Situation zu überspielen. Maureen wusste ja nichts von den Spielchen zwischen Terv und ihm, was auch gut so war. Er sah die blonde Frau offen an. »Ich finde wirklich toll, was ihr hier geschaffen habt, Maureen, und wie du dich auf so einem völlig fremden Planeten eingelebt hast.« Fast hätte er nach Heimweh gefragt, aber er wollte die gute Stimmung am Tisch nicht trüben.

»Ja, nicht wahr?« Maureen legte ihre kleine weiße Hand auf Xanmerans kräftigen Unterarm und lächelte. »Dank Xans Schwiegermutter, konnten wir recht schnell Fuß fassen. Und obwohl sich schon etliche Duonalier hier ausbilden lassen, sind wir von den Bacanis bisher nicht bemerkt worden.«

Solutosan mischte sich in die Unterhaltung. »Sobald Ulquiorra kommt, werden wir beratschlagen, wie wir nun am besten vorgehen.« Alle Anwesenden hielten in ihren Gesprächen inne und nickten, denn Solutosans sonore Stimme war nicht zu überhören.

Nachdenklich blickte David aus dem Fenster. Die Bacanis, Duonalia.

Die bleiche, duonalische Sonne streckte ihre ersten Strahlen in den Innenhof, lag auf den irdenen Pflanzkübeln mit den zahlreichen, wildwuchernden Pflanzen und auf dem aus unregelmäßigen, weißen Pflastersteinen bestehenden Boden. Es war eine schöne Idee, den Hof zusätzlich mit einem niedrigen, gemauerten Rondell zu versehen, auf dessen Mauer man sitzen oder liegen konnte, überlegte David. Ihm fehlte allerdings das Verständnis für die sanitären Anlagen der Duonalier.

Die einzige Waschmöglichkeit bestand aus einem gefliesten Becken in einer Ecke des Innenhofs. Oberhalb des niedrigen Bassins ragten zwei Rohrstücke in unterschiedlicher Höhe aus der Hauswand, die Wasser aus der Dachzisterne des Hauses lieferten. Das obere Rohr war zum Duschen gedacht. Es lief nur kaltes Wasser, das erst gegen Abend, beziehungsweise am Ende eines Zyklus durch die Sonnenwärme lauwarm wurde. Wenigstens ließen sich die beiden Wasserquellen mittels unterschiedlicher Hebel schalten, so dass es einem nicht auf den Kopf rieselte, wenn man nur einen Eimer Wasser zum Spülen für die Küche holen wollte. An Intimsphäre war nicht gedacht worden. Der Waschplatz war vom Innenhof einsehbar. David hatte allerdings bei seiner morgendlichen Katzenwäsche festgestellt, dass alle diskret die Blicke abwandten, als wäre das Becken gar nicht da. Ein paar Schritte weiter stand ein Waschzuber auf einem Gestell, in dem Maureen offensichtlich die Kleidung von Hand wusch. Sie hatte einige weiße Karateanzüge aus Donafaser schneidern lassen, die nun auf einer Leine in der Morgensonne trockneten.

Glücklicherweise war das Toilettenproblem etwas diskreter gelöst. Dafür existierte ein dem hauseigenen Recyclingsystem angeschlossenes Häuschen, das allerdings lediglich eine Öffnung in der Boden-Mitte hatte, was David ebenfalls an seinen Mexikourlaub erinnerte. Von Terv wusste er, dass die Duonalier ein im Verhältnis zum Menschen minimales Verdauungssystem besaßen. Dona und Kefir wurden von ihren Körpern fast völlig verwertet. David dachte an seine vielen Darmspülungen und seufzte, was Terv hochblicken ließ, der gedankenversunken neben ihm saß. Sein Freund zog fragend die Brauen hoch.

»Nichts. Ich habe nur nachgedacht. Ich möchte total gern etwas über das duonalische Recycling erfahren. Auf Duonalia wird ja alles wiederverwertet. Das finde ich faszinierend. Kann mir das vielleicht jemand erklären?« Er blickte in die Runde.

»Ja klar.« Es war erstaunlicherweise Xanmeran, der antwortete. »Nach unserer Besprechung darfst du mir gern Löcher in den Bauch fragen.« Er grinste Ulquiorra an, der in diesem Moment vom Innenhof durch die Verbindungstür die Küche betrat.

Sie hatten Ulquiorra Platz gemacht, der nun David gegenüber zwischen Solutosan und Xanmeran saß. Der dunkelhaarige Duonalier nahm dankend einen Becher Dona von Maureen entgegen und lächelte in die Runde.

Zum ersten Mal hatte David die Möglichkeit ihn ausgiebig zu betrachten. Ihm gefielen das glatte, lange Haar, die dunklen, mandelförmigen, wachen Augen, die aristokratische Nase und die feingeschwungenen Lippen. Ulquiorra wirkte allerdings blass und schmal, was vielleicht auch an seinen fast zwei Metern Körpergröße lag und an dem sehnigen Körper, an dem sich kein Gramm Fett zu befinden schien. David betrachtete Ulquiorras feingliedrige Hand, die nun in die geflochtene Umhängetasche griff, die der Duonalier zuvor an den Stuhl gehängt hatte, und eine Art Platte hervorholte. War das ein Laptop oder ein Tablet? Der Torwächter berührte es nicht, sondern aktivierte es mit einigen Handbewegungen. Blaues Licht leuchtete auf. In diesem Moment erstarben alle Gespräche am Tisch.

»Wenn ihr erlaubt, ergreife ich einmal das Wort«, begann er und David fiel auf, wie sehr er sich bereits an den lautmalerischen Klang der duonalischen Sprache gewöhnt hatte. David blickte in die Runde. Xanmeran, Ulquiorra, Solutosan und Patallia an der gegenüberliegenden Längsseite des Tisches, dann Smu am Kopfende, Meodern, Terv, er selbst und Maureen auf der anderen Seite sowie Halia am Ende neben ihm. Zehn Verschwörer.

Ulquiorra fuhr fort: »Es gibt keine genauen Bevölkerungszahlen. Meinen Erkundigungen zufolge würde ich sagen, dass wir es auf Duonalia im Moment mit 100-150.000 Bacanis und 20-30.000 Duonalieren zu tun haben. Das Aussaugen der fruchtbaren Frauen sowie die Ermordung großer Bevölkerungsteile haben verheerende Zustände verursacht. Genaue Zahlen sind kaum zu erhalten, da die Bacanis sich in ihren Rudeln auf den Monden verteilt aufhalten, und viele Bewohner sich in den wenigen verbliebenen Dörfern und in Duonalia Stadt verschanzt haben. Die Gelehrten im Silentium sind völlig uninformiert in ihrer Isolation verweilt, blind für das, was um sie herum geschah. Einige wollten dieses Massaker offensichtlich auch nicht sehen.« Er strich das Haar nach hinten, das schmale Gesicht ernst. »Ich habe mich informiert. Der regierende Duonat ist längst verschollen und ermordet. Das einzige lebende Duonats-Mitglied Marschall Folderan wird von den Führern der vier dominanten Rudel als vorgeschobene Puppe benutzt, um die Geschicke des Planeten zu leiten. Die Rudelführer heißen Eon, Rarak, Orrk und Sarrn.« Er hielt kurz inne. »Uns allen ist klar, dass wir aktiv werden müssen. Ich bin der Meinung, dass der größte Teil der Bacanis friedlich ist und nichts mit der Ausrottung der Duonalier zu tun hat. Sie sind aufgrund ihrer Vielzahl nun nicht mehr aus der duonalischen Gesellschaft wegzudenken – so sehr der Hass auf sie auch in mir wütet.« David sah, wie Ulquiorras Wangenmuskeln zuckten. »Ich habe mir Gedanken über die Lösung des Problems gemacht und bin zu dem Schluss gekommen, dass wir die Ordnung auf Duonalia wiederherstellen müssen. Zu diesem Zweck habe ich einige Gesetze ausgearbeitet, die ich für elementar halte, und die Vergehen wie Töten, Zerstören fremden Eigentums, Vergewaltigung und Folter unter Strafe stellen. Da die Duonalier niemals ein Problem mit diesen Dingen hatten, wenden sich diese Verordnungen erstrangig an die Bacanis, sind aber als allgemeingültig zu betrachten.« Ulquiorra blickte in die Runde. »Es gilt nun, diese Gesetze durchzusetzen. Ich befürchte allerdings, dass wir vor den Augen der Anführer ein Exempel statuieren müssen, um diese zu einer Kooperation zu bewegen.«

Nach dieser langen Rede breitete sich Stille im Raum aus.

»Was verstehst du unter Exempel?«, erkundigte sich Solutosan.

»Ich denke daran, den Häuptlingen das Virus und seine verheerende Wirkung vorzuführen.«

»Du meinst also«, fragte Xanmeran gedehnt, »wir sollten vor ihren Augen erst einmal einen Bacani infizieren und töten, um den Druck zu erhöhen?«

Ulquiorra bejahte. »Es ist zu befürchten, dass das nötig sein wird, deshalb sollten wir vorbereitet sein.«

Die neben David sitzende Halia stand leise auf, ging zu ihrem Vater und flüsterte ihm einen Satz zu. Sie nickte allen entschuldigend zu und verließ die Halle, hinterließ einen matten goldenen Schimmer.

Ulquiorra blickte ihr kurz nach und fuhr dann fort. »Die Frage, die sich stellt, ist: Wer sorgt in Zukunft dafür, dass die Gesetze befolgt werden, und bestraft eventuelle Täter?«

»Das können keinesfalls die Duonalier sein, denn das wird böses Blut geben. Wir gehören nun der Minderheit an«, meinte Solutosan.

Patallia, der die ganze Zeit gebannt zugehört hatte, stimmte ihm zu. »Ich denke, das sollten die Führer der Bacanis selbst machen, allerdings immer mit ein oder zwei duonalischen Vorsitzenden in ihrem Gericht. Nicht, dass ein Mörder plötzlich mit fünf Gebeten davonkommt.«

Alle Anwesenden bejahten.

»Ich denke«, Solutosan ergriff wieder das Wort, »die Details müssen noch weiter ausgearbeitet werden. Dazu kommt das Wichtigste: eine neue Regierungsbildung. Erst wenn wir ein Konzept haben, können wir ein Treffen mit den Bacani-Rudelführern festsetzen.«

Ulquiorra steckte sein Datentablett in die Tasche zurück. »Ihr stimmt mir also grundsätzlich zu?« Er blickte in die Runde. Alle Anwesenden nickten gleichzeitig. »Gut. Ich kümmere mich darum. Ihr wisst, ich bin Wissenschaftler und kein Politiker. Ich kann nur mit logischem Verstand an die Sache gehen. Ich plädiere dafür, die Dinge nicht zu verkomplizieren, sondern eine einfache Grundordnung zu schaffen, die jedermann versteht. Obwohl wir nun eine Minderheit darstellen, sind wir eine ernstzunehmende politische Kraft, denn wir stellen die Wissenschaftler und Gelehrten. Erstrangig müssen wir das Morden beenden und den Bacanis klarmachen, dass ihre Herrschaft zu Ende ist.«

Solutosan sah mit blitzenden Sternenaugen in die Runde, bedachte besonders die grimmig vor sich hinstarrenden Duocarns mit einem Blick. »Das übernehmen wir gerne. Die Bacanis wissen nicht, dass wir wieder da sind. Die werden sich wundern.«

David nickte ebenfalls. Ein ausgefeiltes, gerechtes Konzept mit grundlegenden Gesetzen, das Virus als Druckmittel plus das Erscheinen der Duocarns. Das war ein guter Plan. Terv und er blickten sich an. Eindeutig war Tervenarius der gleichen Meinung.

Ulquiorra ergriff erneut das Wort: »Verbleiben wir so. Wir treffen uns in drei Tagen wieder hier um diese Zeit.«

Drei Tage. Das war nicht viel, um den Planeten kennenzulernen, zumal David auf einmal spürte, wie der Jetlag ihn in die Knie zwang. Ihm hätten auf der Stelle die Augen zufallen können. Er sah zu Smu, der in diesem Moment die Arme auf die Tischplatte schob, und den Kopf darauf legte.

»Ich denke, unsere menschlichen Besucher brauchen ein Weilchen Ruhe.« Patallia lächelte Tervenarius an.

»Ich glaube, das ist der Jetlag«, murmelte David. »Entschuldigt mich, ich muss ein wenig schlafen.« Er erhob sich und gähnte. Ein starker Arm legte sich um seine Schulter.

»Bringen wir sie zu Bett, Pat«, hörte er Tervs amüsierte Stimme noch sagen.

David erwachte durch ein Klopfen an die Zimmertür. Sofort tastete er neben sich. Tervenarius war schon aufgestanden. Er war allein im Bett und hatte keine Ahnung, wie viele Stunden er geschlafen hatte. Es musste lange gewesen sein, denn er fühlte sich ausgeruht, doch ein wenig benommen. Es klopfte wieder.

»Ja?«

»Ich bin's, Solutosan. Kann ich dich kurz sprechen?«

Der Chef persönlich? Terv nicht da? Sofort schlich sich ein flaues Gefühl in die Magengegend.

»Ja klar, komm rein.« Er bemühte sich um einen legeren Tonfall.

Der mächtige Solutosan in seinem duonalischen Dona-Gewand ließ das Gästezimmer auf einen Schlag klein erscheinen. David, nur mit Slip bekleidet, zog instinktiv die Zudecke bis an den Hals.

Solutosan zog sich einen niedrigen Flechthocker heran, der unter seinem Gewicht leise knirschte und gleichzeitig in den Falten seines Gewandes verschwand.

»Du hast recht lange geschlafen und deshalb nicht mitbekommen, was passiert ist.« Er hielt kurz inne, als wolle er seine Gedanken sortieren. »Halia hat auf dem nördlichen Mond einige Wesen entdeckt. Ich habe mit Xan und Pat nachgeforscht und wir sind auf ein Raumschiff voller Fremder gestoßen. Die Bacanis haben deren Planeten Occabellar angegriffen und völlig verseucht. Das Schiff hat die Überlebenden der Katastrophe an Bord, geschwächte, aber ausgesprochen rachelustige Krieger.« Solutosan betrachtete ihn mit seinen Sternenaugen. »Sie werden von drei Königen angeführt, die mich als ihren vierten König bezeichnen. Das ist alles sehr mysteriös und muss geklärt werden.«

Warum kam Solutosan mit dieser Sache zu ihm? »Ähm ja,

soll ich bei irgendetwas helfen?«

Der Chef der Duocarns lächelte. »Nein, das wird nicht nötig sein. Aber durch diesen Zwischenfall müssen wir deinen Besuch beim Sternentor höchstwahrscheinlich um einen Zyklus verschieben.«

»Oh.«

Kam es ihm auf einen Tag an? Nein, sicher nicht. Diese Verzögerung würde nichts ändern.

Solutosan beugte sich näher zu ihm. »Hast du dir das wirklich gut überlegt, David? Ein unsterblicher Körper kann auch zum Gefängnis werden. Du brauchst einen starken Geist, und dieser benötigt ständige Pflege.«

Ja, dachte David, das ist mir bewusst. »Die Verzögerung ist nicht wichtig, Solutosan. Solche Dinge haben Priorität. Gehen alle Duocarns zu dem Treffen?« Solutosan nickte. Okay, also war Tervenarius die nächsten Stunden fort. »Ich denke, dass Liebe eine sehr gute Pflege ist.« David lächelte standhaft. Er musste nun überzeugende Worte finden, denn mit den Duocarns stand und fiel seine Verwandlung. Sie hatten wohl alle zugesagt dabei zu sein, aber ... »Niemand kann in die Zukunft sehen. Wird meine Beziehung zu Tervenarius Bestand haben? Man weiß es nicht. Was mir jedoch völlig klar ist: Da sind fünf unsterbliche Männer, die zusammenstehen. Ich habe die Ehre, in deren Gemeinschaft aufgenommen zu werden. Euer Zusammenhalt hat sich schon lange Zeit bewährt. Und darauf zähle ich. Ich will ein vollwertiges Mitglied werden, auch wenn ich nur ein Mensch ohne spezielle Gaben bin. Ich will meinen Teil zu dieser Verbindung beitragen.« Er biss die Zähne zusammen, denn die Gefühle übermannten ihn. Was er da sagte, war so groß, was er da plante ungeheuerlich. Er würde die Hilfe der anderen brauchen, hatte aber noch keine Vorstellung davon, wie er sich jemals vollwertig in die Gemeinschaft einbringen sollte. Er war schwach. Ob das Sternentor ihm auch spezielle Fähigkeiten verleihen würde? Wie konnte er ohne sie vor den Duocarns für immer bestehen?

Die Hände in den Schoß gelegt, hatte Solutosan ihn während dieser Rede eindringlich betrachtet. Er fühlte sich regelrecht durchleuchtet. War das die endgültige Prüfung?

»Es stimmt, was du da sagst. Aber, wie die Sterblichen auch, muss jeder Duocarn den Weg für sich finden, der richtig für ihn ist. Das heißt, er steht allein. Gaben zu besitzen ist nicht das Entscheidende. Es werden sich im Laufe der Zeit immer wieder neue Wege für dich auftun. Ausschlaggebend ist es, den passenden Pfad auszusuchen, einen der dem eigenen Sein am besten gerecht wird. Wähle keinesfalls einen Weg, der deiner Seele schadet. Denn sie ist nicht unverletzlich, so wie dein Leib.«

Oh ja, das hatte er schon verstanden. Er dachte an die Qual, die Terv tausend Jahre mit sich herumgeschleppt hatte.

»Ja das weiß ich, Solutosan. Mein Zusammensein mit Tervenarius hat mich bereits allerhand über die Probleme der Unsterblichen gelehrt. Ich will es trotzdem wagen. Ich möchte nicht sterben und Terv verlassen. Für diese Liebe, gleichgültig, wie lange sie Bestand haben wird, würde ich alles auf mich nehmen. Sollte sie einmal versiegen, weiß ich, dass der Schoß der Gemeinschaft mich auffangen wird.«

Entschlossen blickte David Solutosan ins Gesicht. Die Decke war längst seinen Händen entglitten und er saß aufrecht und mit entblößter Brust vor dem mächtigen Mann.

Er hatte die richtigen Worte gefunden. Solutosan erhob sich und blickte auf ihn hinab. »Einige Menschen besitzen eine Stärke, die ich ihnen anfangs gar nicht zugetraut hätte. Aber Aider, Maureen, Smu und auch du habt mich eines Besseren belehrt. Ich für meinen Teil werde immer für dich da sein, ja, ich bin sogar froh, wenn du uns folgst. Tervenarius hat Glück.« Nun lächelte Solutosan. »Ich muss zum Treffen. Smu, Falia und Maureen bleiben hier, denn die Könige sind schwer einzuschätzen. Sie sind auf Kampf geeicht.« Er wandte sich zur Tür. »Wir sehen uns in einem Zyklus am Sternentor.«

David starrte auf die Tür, die sich hinter Solutosan schloss. Rachedurstige Alien-Könige. Die hatten ihnen zu den ganzen Problemen wirklich noch gefehlt. Und Terv stand wie üblich mitten in der Konfrontation. Er seufzte und stieg aus dem Bett, denn sein Magen knurrte laut und aufdringlich. Dona zum Frühstück. Er stöhnte noch einmal und dachte an frisches Baguette, gebratenen Speck und Eier.

David erwachte viel zu früh. Das graue Tageslicht drang nur zögernd durch Oberlicht ihrer Kammer auf dem östlichen Mond. Tervenarius hatte sich in die gemeinsame Decke verwickelt und sie ihm vom Leib gezogen. Aber das war ihm gleichgültig – er fror nicht. Er betrachtete seinen Geliebten, der bleich und ruhig dalag, das Gesicht entspannt und gelöst. Das silberweiße Haar verteilte sich in schlangengleichen Strähnen auf dem Kissen. Einen Moment lang hoffte David, er möge die Augen öffnen und ihn mit seinem goldenen Blick mustern. Nein, er sollte weiter schlafen. Er wollte ihn nicht mit seinen Ängsten belasten.

Der Zeitpunkt war gekommen. Sein Leben würde sich an diesem Tag entweder für immer verändern, oder er konnte den Tod finden, wenn das Sternentor ihn nicht akzeptierte. Vielleicht passierte aber auch gar nichts. Laut Trianoras Bericht hatten die Bacanis das Tor mit ihren eigenen Leuten getestet. Vergeblich. Danach hatten diese Banausen wutentbrannt versucht, das Heiligtum zu zerstören, was ebenfalls von wenig Erfolg gekrönt gewesen war. Das Sternentor war unzerstörbar. Wie es wohl aussah? Hoffentlich nicht wie ein schwarzes Höllentor.

David stützte den Kopf in die Hand, nahm eine Strähne von Tervenarius' weichem Haar und streichelte sie. Er fürchtete sich nicht davor, zu sterben. Dafür war er ihm der Tod schon einige Male zu nahe gewesen. Er fühlte sich eher an wie ein stiller Vertrauter.

Angespannt versuchte David, zum tausendsten Mal alle Möglichkeiten zu durchdenken. Die Ungewissheit machte ihm zu schaffen. Er hatte Angst, Terv Kummer zu bereiten. Wenn es ihn tötete, wäre Tervenarius mit seiner Trauer allein. Würde er den Durchgang nicht wagen, musste er ihn in spätestens siebzig Jahren verlassen. Sie konnten nach Sublimar gehen, wo die Zeit langsamer verging, aber war das die Lösung?

David lehnte sich ins Kissen zurück. Angst schnürte ihm die Kehle zusammen, verwandelte seine Brust in einen Stein. Er fürchtete sich vor seinem eigenen Mut, der ihn mit Terv den heutigen Tag hatte planen lassen. Beklommenheit und Sorge legten sich wie ein graues Gespenst über ihr Bett.

Tervenarius schlug augenblicklich die Augen auf. »David?« Er drehte sich zu ihm, sah ihn forschend an. »Komm her.« Er zog ihn in seine Arme. »Hab keine Angst«, flüsterte er und strich ihm zärtlich über das Haar.

David schmiegte sich an ihn. »Was ist bei dir durch das Tor anders geworden? Ich meine – warst du schon so, wie du heute bist?«

Tervenarius drückte Davids Kopf an seine Brust und überlegte. »Verändert habe ich mich erst in den Äonen danach, denn man lernt ja weiter, macht Erfahrungen. Man weiß, dass das Wissen, das man sich aneignet, für immer ist. Das ist der Unterschied zum begrenzten Dasein. Ansonsten wüsste ich keine gravierende Veränderung, die mir das Tor zugefügt hätte.«

»Aber es kann sein«, flüsterte David an seiner Brust.

»Ja, es ist möglich. Das Tor ist ein Mysterium. Du musst dir klar darüber sein, dass du ein Risiko eingehst. Möchtest du es trotzdem? Noch kannst du nein sagen.«

David schüttelte den Kopf. »Ich vertraue darauf, dass mein Schicksal es gut mit mir meint. Es hat dich geschickt, als ich völlig verzweifelt war.« Er küsste sanft Tervs weiche Haut auf dessen Brust, wanderte mit den Lippen höher, seinen weißen, kräftigen Hals hinauf, beendete die Erkundung auf seinem Mund. Er fühlte, wie Erregung ihn erfasste. Mit Terv Sex zu haben, würde den endgültigen Schritt noch ein bisschen hinauszögern.

»Nein, David, schau, es ist schon Tag.«

Terv hatte recht. Inzwischen drangen helle Strahlen durch das Oberlicht. »Lass uns aufstehen, ich möchte dich gerne vorbereiten.«

Von Vorbereitung war nie die Rede gewesen. Was hatte Tervenarius vor? Er seufzte und ergab sich in sein Schicksal.

Tervenarius packte einige Dinge in eine geflochtene Tasche und streifte sein Gewand über. Er trug mit Vorliebe immer noch das weiße Serica-Gewand, das er aus Sublimar mitgebracht hatte. Er holte zwei Becher Dona aus dem Vorratsraum und ein Stück süßen Donakuchen für David. Gesüßt war der Kuchen gut genießbar, aber David starrte nur auf seinen Teller. Er bekam keinen Bissen herunter und Terv drängte ihn nicht zum Essen, denn er hatte inzwischen wieder zugenommen und sein Körper war wohlgeformt, wie zu der Zeit, als sie sich kennengelernt hatten.

»Sag mal, was ist eigentlich gestern bei dem Treffen mit diesen Königen herausgekommen?«, fragte er. Er wollte endlich die Dauerschleife seiner Gedanken unterbrechen, die sich ständig um das Sternentor drehte.

Terv setzte sich zu ihm auf die Bettkante, nahm ihm den Teller mit dem Kuchen aus der Hand und stellte ihn zur Seite. »Das ist eine ganz erstaunliche Geschichte. Die Könige halten Solutosan für einen vierten König und sprechen davon, dass er in einer Prophezeiung ihres Planeten vorkommt.« David nickte zustimmend. Ja, das wusste er bereits. »Wir haben ihnen die Sachlage erklärt und sie in unsere Pläne eingeweiht. Glücklicherweise konnten wir sie davon überzeugen, sich unserer Sache anzuschließen und auf einen Feldzug gegen die Bacanis zu verzichten. Sie werden allerdings bei dem Treffen mit diesen Warrantz dabei sein und ihre Rechte auf Vergeltung vortragen. Du solltest sie sehen, David. Einer spuckt ständig Feuer. Sein Name ist Luzifer. Er sieht auch wirklich so aus wie ein Teufel auf Zeichnungen der Menschen. Der zweite König ist ein Wasserwesen. Ein eleganter Mann mit blaugrüner Haut und wunderschönem, grünen Haar. Der dritte gefällt mir ebenfalls: ein kräftiger Kerl mit mächtigen Hörnern. Er besitzt eine kleine

Armee von einigen starken, gehörnten Kriegern. Sein Name ist Arishar.«

»Wahnsinn! Die will ich sehen, Terv. Ist geplant, dass ich bei dem Treffen dabei bin?«

»Ja, denn du bist bewaffnet und ausgebildet. Ich möchte dich an meiner Seite haben. Außerdem wirst du unsterblich sein.« Tervenarius blickte ihm tief in die Augen. »Oder hat sich an deinem Entschluss etwas geändert?«

»Nein«, entgegnete David fest.

»Gut, dann lass uns aufbrechen.«

David hatte die Karateschule bisher nicht verlassen und holte überwältigt Luft, als er mit Tervenarius aus dem doppelflügeligen Tor trat. Der warme, duonalische Wind erfasste sofort die Falten seines Gewandes und spielte damit, blies in sein Haar und brachte ihn dazu stehenzubleiben und tief einzuatmen. Die alte Donafabrik stand abseits eines kleinen Dorfes auf einer Anhöhe, von der aus man einen traumhaften Ausblick auf die Landschaft hatte. Umgeben von grünem Grasland und weitflächigen Feldern, lagen einige weiße Häuser verstreut in der Nähe. Die sanften Hügel setzten sich in der Ferne fort. Beeindruckt und leicht berauscht tastete David nach Tervs Hand in den Falten seines Gewandes und hielt sie fest. Gemeinsam betrachteten sie die beiden gigantischen Monde am Horizont, die von farbigen Schleiern umgeben im All schwebten.

»Das ist wunderschön«, flüsterte David beeindruckt.

»Ja, die Energieschleier haben wirklich die schönsten Farben. Wir können jetzt nur zwei der Monde sehen. Wir befinden uns auf dem östlichen Mond. Duonalia besitzt vier Monde und einen Hauptplaneten, auf dem auch Duonalia-Stadt ist. Das Sternentor befindet sich auf dem westlichen Mond.«

»Und wie kommen wir da hin?«

»Zwischen den Planeten fahren die Windschiffe. Sie sind die einzigen Transportmittel, die sich ungehindert in den

Energieschleiern bewegen können.«

»Sind das Raumschiffe?« Es mussten ja Raumfahrzeuge sein, denn die Monde schwebten im luftleeren Raum, gefüllt mit diesen halbtransparenten Schleiern. Er würde in einem Raumschiff fliegen. Die Aussicht auf dieses Abenteuer verdrängte augenblicklich alles und er hätte vor Freude tanzen können.

Terv grinste amüsiert über sein strahlendes Gesicht. »So etwas Ähnliches. Lass dich überraschen. Aber zuerst die Vorbereitung, in Ordnung?«

Sie liefen los, wanderten weiße Steinwege bis zu einem Transportband, das unvermittelt im Grasland begann. David staunte. Eine bewegliche Straße. So etwas kannte er nur aus Disneyland. »Komm, David.«

Terv stieg in aller Ruhe mit einem Schritt auf das Band und streckte seine Hand aus. David nahm sie nicht, sondern sprang mit einem Satz neben ihn. Das Laufband war breit genug, so dass sie bequem nebeneinanderstehen konnten. »Woraus ist das und wie wird das betrieben? Und wieso fängt das hier an und ... er reckte den Hals und sah, dass weitere Bänder wie helle Straßen in alle Richtungen liefen und sich gelegentlich kreuzten.

»Woraus die sind, weiß ich nicht, David. Aber ich schätze, dass es ein Gemisch aus Donafasern mit noch irgendetwas ist. Betrieben werden die Laufbänder mit der allgegenwärtigen Energie, dem Vis. Wir gewinnen Vis durch den Druck der Monde auf die Energieschleier. Jeder Planet hat auf seinem unteren Pol eine gigantische Energiestation. Die Kraft wird unterirdisch geleitet und ist überall abgreifbar. Sie kostet nichts und stellt zusammen mit der Donapflanze den größten Schatz dar, den Duonalia besitzt.«

Das war umwerfend. »Ich möchte so gern noch mehr wissen. Ich will alles sehen, und diese Dinge lernen, Terv. Glaubst du, das ist möglich?«

»Du wirst alle Zeit der Welt haben. Du kannst auf der Erde studieren oder auf Duonalia. Wenn du willst, sogar auf Sublimar.« Terv stieg vom Laufband und zog ihn mit sich. Sie folgten wieder einem schmalen Weg mit weißen Steinen bis zu einem kleinen See. »Ich hätte nur die Bitte, dass wir uns immer absprechen, auf welchem Planeten wir wohnen wollen. So, wir sind da.«

David stand wie angewurzelt vor Wasserfläche, über der rosafarbene Wölkchen schwebten. Am Ufer wucherten niedrige, weiße Binsen. Seine Gedanken überschlugen sich. Er konnte sich ein umfassendes Wissen aneignen. Ein Aspekt der Unsterblichkeit, den er noch nicht richtig beachtet hatte. Und er würde fähig sein, sich das geistige Kapital von drei Planeten anzueignen. Was für Möglichkeiten! Er würde nie Prioritäten setzen müssen, gezwungen durch Alter, Krankheit oder Gebrechlichkeit. Wenn ..., ja, wenn das Sternentor ihn annahm.

»Aber wozu der See?«, fragte er.

Tervenarius lächelte nur, das Gesicht ruhig und konzentriert, trat zu David und zog ihm behutsam sein Gewand über den Kopf. Dann geleitete er ihn durch eine schmale Lücke zwischen den Pflanzen ins Wasser. Der Untergrund war sandig und nachgiebig. Davids Füße gruben sich leicht ein. Das kühle Nass umschmeichelte seinen Leib. Terv, immer noch in seinem Serica-Gewand, führte ihn weiter, bis der Wasserspiegel an seinen Bauchnabel reichte. Das weiche Tuch, das Terv benutzte, um ihn zu waschen, glitt über seine Haut. Langsam und konzentriert ließ er David das Wasser auch sanft über den Kopf laufen. Wie bei einer Taufe, dachte David. Es war unnötig zu sprechen. Tervenarius zelebrierte ein Ritual und seine feierliche Stimmung floss allmählich auf David über. Sein Geliebter beendete die Waschung und führte ihn aus dem See.

Tervenarius tupfte seine Haut mit einem Tuch trocken und begann, ihn mit einer weichen Substanz zu salben, die er aus einem Trinkbecher strich. Er fing beim Gesicht an und rieb mit unbewegter Miene Davids ganzen Körper ein. Die Creme roch nach Marzipan und Veilchen. David sog deren Aroma ein. Das war Tervenarius' Duft. Davids Herz schlug schneller. Er gab ihm seine Pilzsporen. Was hatte das zu bedeuten? Es konnte nur eines heißen – Tervenarius markierte ihn als sein Eigentum! David schluckte. Er würde geschützt von den Sporen seines Geliebten durch das Tor treten.

Tervenarius zog ihm ein frisches Dona-Gewand über den Kopf und ein zusätzliches, rotes, halb durchsichtiges Übergewand. Die Farbtöne der Überwürfe auf Duonalia hatten einen Sinn, aber David kannte nicht alle. »Welche Bedeutung hat das Rot?«, flüsterte er.

Terv lächelte. »Rot wird bei Hochzeiten getragen, es ist, wie auf der Erde, die Farbe der Liebe.«

David schluckte, denn dieser Satz trieb ihm die Tränen in die Augen. Duonalia hatte tiefen Eindruck auf ihn gemacht. Das, zusammen mit der feierlichen Waschung, den Sporen, der Liebeserklärung ließ seine Knie weich werden. Als Nächstes stand ihm der Flug zum Tor bevor. Nun bereute er, nichts gegessen zu haben. Er schwankte, schwindelig und flau.

»Ja, Mimiran, das ist alles ein bisschen viel«, tröstete Terv ihn verständnisvoll und nahm ihn in die Arme.

Das Kosewort, die Vertrautheit seines starken Geliebten. Mit einem Mal spürte David, dass er in Sicherheit war. Ihm würde nichts geschehen. Sein Vorhaben stand unter einem guten Stern. Alles war gut.

»Komm, zeig mir das Windschiff.« Er löste sich von Terv. Der nickte. Sie hatten eine Verabredung mit den anderen Unsterblichen – und natürlich mit dem Sternentor.

Fasziniert blickte David dem Windschiff mit seinen glänzenden Segeln entgegen. Mit allem hatte er gerechnet, aber nicht mit einem Gefährt, das einen Rumpf wie die antiken Segelschiffe auf der Erde besaß, aus Planken eines unbekannten Materials zusammengefügt. Das Schiff hatte eine umlaufende Reling und einen Mast, an dem sich ein gigantisches, glitzerndes Segel bauschte, ähnlich den Sonnensegeln, die David bereits in der menschlichen Raumfahrt gesehen hatte. Wie sollte ein solches Flugobjekt eine eigene, atembare Lufthülle besitzen? Wie konnte es überhaupt fliegen?

»Los, steig ein.« Terv machte einen Schritt von der steinernen Kaimauer auf das Deck des Schiffes und zog ihn an der Hand mit. Lediglich ein leises Zischen verriet, dass sich die unsichtbare Atmosphäre, die das Windschiff umgab, kurz geöffnet und wieder geschlossen hatte. Die Windschiffe stellten wahrlich ein Wunderwerk der Technik dar.

David hatte Terv nicht losgelassen. Mit der einen umklammerte er dessen Hand und mit der rechten betastete er die Reling des Schiffes. »Oh mein Gott! Was würde ich darum geben, das alles zu lernen. Was sind das für Materialien? Wie funktionieren diese Schleier? Terv, sind die nicht herrlich? Danke, dass du mich hierhin mitgenommen hast. Warum sind wir allein auf dem Schiff? Ist das normal? Ich ...« Er hatte so viele Fragen und sah Tervenarius an, der ihn mit einer unendlichen Zärtlichkeit betrachtete.

»Ja, du hast recht. Eins nach dem anderen. Lassen wir die Duocarns nicht warten.«

David sah es schon von weitem. Das Tor stand trutzig und stark auf seinem grauen Felsen und blickte in Richtung der Monde. Nein, es wirkte keineswegs wie ein Höllentor. Das magische, schmucklose Steintor strahlte eine erhabene Würde aus, die alle Wesen in seinem Umkreis verstummen ließ. Auch David schritt langsam und still an Tervenarius' Seite die Stufen der gewaltigen Steintreppe hinauf und ging mutig auf das Tor zu. Solutosan, Patallia, Meodern und Xanmeran warteten bereits. Sie trugen die weiten Gewänder aus Donafaser. David sah in ihre feierlichen, ernsten Gesichter. Niemand begrüßte ihn laut. Er erblickte den Gruß und die Zustimmung in ihren Augen.

Sie hatten eine spirituelle Stunde gewählt – die, in der alle Monde Duonalias in einer Reihe geordnet die Sonne verdeckten. Die Sonne erzeugte eine großartige Korona um die schwarzen Mondumrisse, deren Zwielicht der ganzen Szene etwas Unwirkliches gab.

Tervenarius war zu seinen Freunden getreten, hatte ihm zuvor noch einmal aufmunternd die Hand auf den Arm gelegt.

Aufrecht und stolz stand David alleine vor dem Sternentor. Die Ruhe und Gelassenheit des Tores hatte ihn gefangen genommen und flossen auf ihn über, wie ein milder, starker Strom. Gleich würde er den Schritt wagen. Tervenarius hatte sich auf der anderen Seite postiert. Er konnte ihn durch den Torbogen sehen – blickte in seine Augen, die nun vor Anspannung tiefgolden schimmerten. Solutosan und Xanmeran auf der rechten, Patallia und Meodern auf der linken Flanke, schlossen den Kreis. Da standen sie, seine zukünftigen Weggefährten, die die Ewigkeit mit ihm teilen wollten. Sämtliche Zweifel waren wie fortgeblasen. Entweder würde das Tor ihn ignorieren oder annehmen.

Patallia erhob seinen schönen Bariton und sang das Lied von der Geschichte Duonalias – wie die Göttin Sanmarena sie alle geschaffen und mit zwei Gaben ausgestattet hatte. Es erzählte von den vier Monden, den Schleiern und den Windschiffen. Die anderen Unsterblichen stimmten mit ein. Ihre Stimmen schienen sich an der Steinfläche des Tores zu bündeln und zu vereinigen. Ja, auch er wollte nun ein Teil dieser Gemeinschaft werden.

David blickte Tervenarius in die Augen und machte einen Schritt nach vorne.

Er stand in seiner Wohnung auf der Erde, vor seinem Aquarium mit dem giftigen Steinfisch. Nein, es war ein anderer Behälter, denn dieser war gefüllt mit einer silbernen Flüssigkeit. War der Fisch darin? David beugte sich neugierig nach vorne, näher an die schimmernde Oberfläche. Er spiegelte sich in der sanft wallenden Materie. Nein, es war nicht sein Gesicht. Es war Tervenarius, den er sah. Der hielt die Augen geschlossen. David versank in seinem Anblick. Kam der Fläche näher. Tervenarius öffnete die Augen. Sie schimmerten silbern, wie die spiegelnde Fläche. David legte den Kopf schief. Warum waren seine Augen plötzlich silbern?

Sein Geliebter schloss die Lider. David neigte sich weiter vor, um ihn zu erreichen. Er wollte Tervs Augenlider küssen. Wollte ihnen das Gold zurückgeben. Seine Lippen berührten die Oberfläche. Jemand sang. Das Lied erstarb. David stürzte nach vorn. In die Flüssigkeit? Nein, er lag vor dem Sternentor auf Duonalia. War er durch das Tor gegangen? Gestalten knieten neben ihm. Tervenarius? Es waren Patallia und Tervenarius. Er fühlte ihre Berührungen auf sich.

»Die Verwandlung ist durchgeführt«, stellte Patallia leise fest. »Das ist kein Blut mehr in seinen Adern. Es ist« – er stockte, als würde er seinen eigenen Worten nicht glauben – »Quecksilber!«

David hörte, wie Tervenarius neben ihm erstaunt die Luft ansog. »Schau mich an, David!« Seine Stimme war voller Sorge. »Bitte David, sieh mich an!« Mit Mühe hob David den Blick. Seine Lider fühlten sich schwer an, wie aus Blei.

»Ihr Götter!« Tervenarius klammerte sich an seine Hand. »Du hast silberblaue Augen! Wunderschön!«

»Und einen silbernen Irisring«, bemerkte Patallia mit schief gelegtem Kopf. »Wie fühlst du dich?«

»Bin ich durch das Tor gegangen?«, fragte David. »Ich war auf der Erde.« Jetzt erschien ihm das Ganze ungeheuerlich.

Alle Duocarns knieten um ihn auf den Steinstufen.

»Ich habe Quecksilber in den Adern?«

Meodern half ihm, sich aufzusetzen. Er wankte. Sein Körper fühlte sich taub und unwirklich an, als gehöre er ihm nicht. Er versuchte, die schweren Arme zu heben.

Patallia nickte. »Niemand von uns hat menschliches Blut in den Adern, David.«

»Was kann das Quecksilber für Folgen haben, Patallia?«, fragte Tervenarius immer noch besorgt.

»Gute elektrische- oder Wärme-Leitfähigkeit zum Beispiel, leichte Giftigkeit.« Stille.

»Ihr Götter – jetzt seid ihr einander ebenbürtig!« Meodern sah grinsend von David zu Tervenarius.

Solutosan half David auf die Beine. Der Chef der Duocarns legte feierlich die Hände auf seine Schultern. »Dein Name passt nun nicht mehr zu dir. Du wirst von heute an Mercu-

ran heißen. Willkommen in der Gemeinschaft der Duocarns.« Er ließ die Arme sinken und lächelte. David
schwankte leicht und rang um Selbstkontrolle.

Der Chef der Duocarns stand weiterhin erwartungsvoll lächelnd vor ihm.

„Ich danke dir." David tat einen etwas wackeligen Schritt
auf Solutosan zu und umarmte ihn. Ja, nun wagte er es, den
mächtigen Mann zu berühren. Er blickte in die Gesichter der
Duocarns, sah deren freundliche Zustimmung. „Ich danke
euch allen."

Vorsichtig das Gleichgewicht suchend, bewegte sich
nacheinander auf jeden der Krieger zu, um ihn zu umarmen
und ihm zu danken. Terv folgte ihm wie ein Schatten, bereit
zuzugreifen, falls er strauchelte.

Von einem rauschenden Glücksgefühl beseelt, wandte
sich David zu ihm um und schloss die Arme um ihn. Das gab
ihm Halt.

Er hatte es geschafft. Nun waren sie einander ebenbürtig.
David schob seine Hand in Tervs Nacken und zog seinen
Kopf zu sich heran. Sie versanken in einem tiefen Kuss.

Meodern klatschte als Erster, dann folgten die anderen.
Ihr Händeklatschen hallte an der Steinfläche des Tores wider, das unbeeindruckt und erhaben auf ihre kleine Gemeinschaft hinabblickte.

Ende des ersten Teils.
Teil 2 – „Duocarns - Mercuran & Tervenarius"
erscheint im Frühling 2014

Tervenarius   ©duocarns.com

Rezepte

Davids Tiramisu
100 g Puderzucker
4 Eigelb
2 Eiweiß
2 cl Amaretto
2 Tassen starker Kaffee
500 g Mascarpone
250 g Löffelbiskuits
Kakaopulver und Raspelschokolade
zum Dekorieren

Eigelb, Puderzucker, Mascarpone und Amaretto cremig rühren. Das Eiweiß steif schlagen und vorsichtig unterheben. Die Löffelbiskuits mit dem Espresso/starken Kaffee tränken oder nach Geschmack auch nur einpinseln. 4 Lagen Schichten, begonnen mit Biskuits, Mascarponecreme, Biskuits und wieder Mascarponecreme. Mit Kakao dick bestäuben und kühl stellen.

Maureens Donakuchen
(irdische Version)

Erdlinge setzen den Kuchen auf einen Grundteig aus Löffelbisquits.

200 gr. Löffelbisquits
125 gr heiße Butter
Paniermehl

300 gr. Kefir oder Donamilch
500 ml Sahne
3 Päckchen Vanillezucker
Zucker nach Geschmack
geriebene Zitronenschale

10 Blatt Gelatine

Die Löffelbisquits zerbröseln und mit der heißen Butter vermischen. Das Ganze in eine Springform drücken und mit ein wenig Paniermehl bestreuen.

Die Sahne sehr steif schlagen. Den Kefir oder die Donamilch mit dem Zucker verrühren. Die Gelatine in Wasser einweichen. Die Gelatine ausdrücken und bei schwacher Hitze auflösen. Mit 3-4 EL der Masse verrühren und dann in die restliche Kefir/Dona-Mischung geben. Danach vorsichtig die steife Sahne unterheben und in die Springform füllen. Unbedingt 1 Tag kühlen.

Personenliste:

Die Duocarns:

Solutosan – der Sternenkrieger (verbittet sich Abkürzungen und Nicknames) ehemaliger Chef der Duocarns, goldhäutig, weißes, langes Haar, sternenäugig, Energetiker, bisexuell, dominant, humorvoll, sensibel, Waffe aber auch Aphrodisiakum: Sternenstaub. Kanadischer Name: Bruce Farner

Xanmeran – der Ätzende (Spitzname Xan)
Krieger, heterosexuell, zwei Meter groß, Bodybuilder, schwarzäugig, wild, Glatze, rote Hautstreifen (Dermastrien), die er als Waffe und beim Liebesspiel benutzt. Experte für Sprengungen. Kanadischer Name: Bill Angels

Meodern – der Schnelle (Spitzname Meo)
Krieger, heterosexuell, blonde, stachelige Haare, grünäugig, goldhäutig, Frauenheld, kann seinen Körper zum Vibrieren bringen, Schnelligkeit bis Lichtgeschwindigkeit. Meoderns zweite Gabe ist seine tiefe Verbindung zu Pflanzen. Kanadischer Name: Pierre Malcolm

Tervenarius – der Giftige (Spitzname: Terv)
Krieger, Chef der Duocarns, homosexuell, goldene Augen, silbern-weiße Mähne, fungider Hybride. Er kann seine Pilzhaut nach Belieben verdicken und im Kampf Pilzsporen von sich geben. Er simuliert fast alle Pilzarten. Kanadischer Name: Philipp McNamarra

Patallia – der Heiler (Spitzname Pat)
Mediziner, homosexuell, grau/violette Augen, Glatze, weißhäutig bis durchsichtig je nach Emotion. Er kann sämtliche Medikamente in seinem Körper herstellen und per Hand verabreichen und hat ein Sprachtalent. Kanadischer Name: Patrick Mulhern

Die Erdlinge:

David Martinal/Mercuran – schlanker, dunkelhaariger Häusermakler, stahlblaue Augen, hartnäckig, sensibel, homosexuell.

Samuel Goldstein – (Spitzname Smu), Jude, Privatdetektiv, blond (wenn nicht gerade verrückt gefärbt), grüne Augen, gepierct, frech und unkonventionell.

Die Bacanis:

Bar – Anführer, intelligent, brutal, korrupt, nervenstark, nach Verwandlung graublaues, dickes Fell, mit spitzer Schnauze und langem Schwanz. Gründet Drogen-und Swingerclub-Imperium. Alias Brad Butler.

Krran – 1. Offizier, verschlagen, machtgierig, loyal, militärischer Ausbilder, nach Verwandlung rotbraunes hartes Fell, kurze, kraftvolle Schnauze, langer Spiralschwanz. Alias Wesley Trum.

Psal – Navigatorin, schlank, beweglich, intelligent, humorvoll, violette Augen (Telepathin), sehr schnell, nach Verwandlung grau-violett meliert, spitze Schnauze.

Chrom – Bacani, violette Augen, Telepath, Pelz gelb-grau gestromt, arbeitet auf Seiten der Duocarns, blitzschnell, intelligent, warmherzig, Computerfreak, Navigator.

Die Bacanars:

Pan – Sohn von Chrom, violette Augen, kein Telepath, Computergenie, intelligent, herzlich, kooperativ.

Frran – Einzige Tochter von Krran. Gehorsam, anpassungsfähig, humorvoll

Die Duonalier:

Ulquiorra – Sohn von Xanmeran, Energetiker, Oberhaupt von Duonalia, groß, schlank, dunkles Haar, schwarze Augen, ruhig, sanft, ausgeglichen, intelligent, stark.

Trianora – Genetikerin am Silentium, zierlich, blond, zurückhaltend, silberne Augen, kameradschaftlich, selbstbewusst, ehemalige Assistentin von Ulquiorra, nun Frau von Meodern.

Halia – Tochter von Solutosan und Aiden, grüne Sternenaugen, rotgoldene Locken, temperamentvoll, intelligent, studiert Medizin und Philosophie, beherrscht Sternenstaub, kann Dinge vereisen.

Die Occabellarner

Arishar - König der Quinaris, grauhäutig, stark gehörnt, ungeheuer stark, Schwertkämpfer, Erdwesen, gerecht, trotzig, feinfühlig, Waffe: zweischneidiges Schwert und Kampfaxt.

Maurus – König der Aquarianer, durchscheinende Alginat-Haut, Wasserwesen, langes, blaues Haar, guter und starker Kämpfer, familiär, aristokratisch und edel, Waffen: Achatschwert und Kristallquarz-Wurfring.

Luzifer – König der Trenarden, schwarzhäutig, rote Mähne, kurze Hörner, glühende Augen, flammende Zunge, Feuerwesen, wild, ungebändigt, dauergeil, lieb, Waffen: Flammenschwert und flammender Wurfring.

Bisher erschienen:
Alle Bücher sind als Taschenbücher
und Ebooks erhältlich.

Band 1 - "Duocarns – Die Ankunft"
ISBN: 978-3-943764-05-5 – 218 Seiten

Band 2 - "Duocarns - Schlingen der Liebe"
ISBN: 978-3-943764-00-0 – 198 Seiten

Band 3 - "Duocarns - Die Drei Könige"
ISBN: 978-3-943764-10-9 – 212 Seiten

Band 4 - "Duocarns - Adam, der Ägypter"
ISBN: 978-3-943764-02-4 – 204 Seiten

Band 5 - "Duocarns - Liebe hat Klauen"
ISBN: 978-3-943764-13-0 – 216 Seiten

Band 6 - "Duocarns – Ewige Liebe"
ISBN: 978-3-943764-14-7 – 228 Seiten

Band 7 - "Duocarns - Alien War Planet"
ISBN: 978-3-943764-17-8 – 288 Seiten

„Duocarns – David & Tervenarius"
ISBN: 978-3-943764-42-0 - 240 Seiten

Weitere Bücher von Pat McCraw:

Der schwarze Fürst der Liebe
Mittelalterlicher Liebesroman über eine
Magierin, Zauberbücher, zwei Männer, Freundschaft, Liebe
und Gewalt

ISBN 9783943764291 – 356 Seiten
als eBook und Taschenbuch

Leseprobe:

Matthias konnte sein Gesicht in der Dämmerung kaum erkennen, aber er meinte, seinen Herrn lächeln zu sehen. Jedoch bevor er genauer hinschauen konnte, hatte dieser den Wallach erneut angetrieben und war in der Dunkelheit verschwunden. Matthias sah ihm schwer atmend hinterher. Nun verstand er das Rennen. Es war seinem Herrn nicht darum gegangen, wer die Pferde striegeln musste. Mortiferius war durch den Kampf nicht so unbeteiligt geblieben, wie seine Miene vermuten ließ. Er hatte den fliegenden Ritt und den Wind gebraucht, um seine drückenden Gefühle loszuwerden und seinen Geist ins rechte Lot zu rücken.

Nein, er war bestimmt kein gefühlloser Mann, überlegte Matthias, als er langsam über das Feld ritt, denn er konnte den Weg kaum noch erkennen.

Als er im Stall der Herberge ankam, hatte Mortiferius bereits seinen Wallach versorgt und wusch sich in der Tränke. Das Wasser rann ihm den starken Oberkörper entlang und benetzte die schwarze Lederhose. Mortiferius löste die Schnürung der Hose und wollte sie ausziehen, als ihm Matthias' Blick auffiel. »Willst du dich nicht um dein Pferd kümmern?« Jetzt erst merkte Matthias, dass er seinen Herrn erneut angestarrt hatte.

»Ja, Herr!« Er wurde rot und fluchte lautlos. Warum hatte er sich nicht in Griff? Hätte er wirklich dagestanden mit dem Pferd am Zügel und zugesehen, wie sein Herr sich entblößte?

Er band das Tier an der gekalkten Seitenwand des Stalls an einem eisernen Ring fest und begann es abzusatteln. Matthias arbeitete bewusst langsam, um Mortiferius Zeit zu geben sich zu waschen. Aber wohin mit dem Sattel? Um ihn an seinen Platz zu bringen, musste er erneut in Richtung der Tränke. Er beschloss, ganz selbstverständlich an ihm vorbei zu gehen.

Mortiferius stand nackt in dem Steinbecken, rieb sich mit dem eisigen Wasser den Unterleib ab. Seine Lenden erschienen Matthias schmal und bleich, nicht von der Sonne gebräunt wie der Oberkörper. Die kräftigen, weißen Beine hatten offensichtlich ebenfalls lange kein Licht gesehen. Das nasse Haar fiel ihm strähnig über die Schultern. Dem Himmel sei Dank! Mortiferius hatte ihm den Rücken zugedreht, so dass er dessen Geschlecht nicht sehen konnte. Matthias drehte sich schnell weg, hängte den Sattel hastig an seinen Platz und ging, um die Stute zu versorgen. Mit fahrigen Händen streifte er das Halfter über den Kopf des Pferdes und verfluchte dabei seine Gefühle. Er benahm sich auffällig und wusste einfach nicht, wie er das ändern sollte.

Als er sich mit den Armen voller Heu umdrehte, stand Mortiferius vor ihm, nur mit der Lederhose bekleidet.

»Was ist los mit dir?«

Matthias wurde rot.

Der Herr nahm sein Kinn in die Hand und zwang ihn ihm ins Gesicht zu sehen. Gegen seinen Willen schossen ihm die Tränen in die Augen.

Mortiferius starrte ihn an.

»Mir geht es gut«, stieß Matthias hervor. »Wirklich«, setzte er noch beschwörend hinzu. »Ich habe nur etwas im Auge.«

Mortiferius ließ ihn los, zuckte mit den Achseln. »Du solltest schlafen gehen.«

Er befahl das in einem Ton, als wollte er sagen: Hör auf mich mit deiner Überspanntheit zu ärgern. Ich habe meine eigenen Sorgen.

Matthias senkte beschämt den Kopf.

www.ingramcontent.com/pod-product-compliance
Lightning Source LLC
Chambersburg PA
CBHW020728210626
46807CB00016B/503